La memoria

944

Maurizio de Giovanni,
Alicia Giménez-Bartlett,
Bill James, Marco Malvaldi,
Antonio Manzini, Francesco Recami

Regalo di Natale

Sellerio editore
Palermo

2013 © Sellerio editore via Siracusa 50 Palermo
e-mail: info@sellerio.it
www.sellerio.it

2013 dicembre quarta edizione

Per il racconto di Alicia Giménez-Bartlett «Princesa Umberta»
© Alicia Giménez-Bartlett, 2013
Traduzione di Maria Nicola

Per il racconto di Bill James «Christmas etc. is coming»
© Bill James, 2013
Traduzione di Alfonso Geraci

Questo volume è stato stampato su carta Palatina prodotta dalle
Cartiere di Fabriano con materie prime provenienti da gestione fore-
stale sostenibile.

Regalo di Natale. - Palermo: Sellerio, 2013.
(La memoria ; 944)
EAN 978-88-389-3121-5
808.839334 CDD-22

CIP - Biblioteca centrale della Regione siciliana «Alberto Bombace»

Nota dell'editore

Il tema che unifica tutti i racconti di questa antologia è il regalo di Natale così come, in precedenti volumi proposti al lettore con lo stesso scopo narrativo, il tema fu il Natale, poi il Capodanno e Ferragosto. L'idea è dunque quella di immaginare i detective, resi popolari dai romanzi polizieschi, impelagati nelle preoccupazioni della vita quotidiana, in situazioni in cui questa gioca un ruolo nettamente più marcato di quanto avvenga nell'inchiesta gialla tradizionale. Un caso criminale sarà sotto l'esame dei loro occhi vigili. Ma non potranno, data l'occasione, essere investigatori tutti d'un pezzo, non potranno avere la vita letteraria facile ad essere detective a una dimensione. Dovranno, come ogni mortale, avere più che una personalità, più Io contemporaneamente, perché mentre investigano saranno presi dall'incubo di dover accontentare nel libro i loro cari acquistando il tradizionale ricordo natalizio, senza deludere, fuori dal libro, il lettore che ha diritto a un colpevole. Dunque, uno stress speciale a cui sottoporre il personaggio, per vedere – quanto più severamente lo deciderà ciascun lettore – fino a che punto è personaggio; fino a che punto, cioè, riesce a impegnarsi con la variabilità della vita, restando riconoscibile e definito come personaggio.

Una raccolta di questo tipo che unisce scrittori e lettori dentro una specie di gabbia del quotidiano è anche un modo per fare tendenza, per forgiare personaggi e situazioni nuovi, o per metterne a punto di già creati. Un esempio: in questo Regalo di Natale, *per la prima volta aggiunge la sua tipica impronta letteraria alla nostra «scuola» giallistica uno scrittore di riconosciuto prestigio: Maurizio de Giovanni. Nel suo racconto esordisce un personaggio, Gelsomina Settembre, assistente sociale. Mina fa la sua prova generale, prova i costumi, le battute, il carattere, i movimenti. E questi dovranno essere tanto più puri e stilizzati proprio perché è una prova generale. Così che il racconto di de Giovanni ci indica verso dove si dirige la sua narrativa e con essa una parte significativa del giallo all'italiana (nel suo caso, un'evidente tendenza popolare e densa di critica sociale).*

Però, allargando il discorso, immettere un personaggio del poliziesco (genere in se stesso così schematico, regolato, disciplinato e poco avvezzo – nel bene e nel male – alla variabilità della vita quotidiana) in una situazione ordinaria, di tutti i giorni, non è un modo efficace per vedere a che punto è arrivato, sotto il profilo letterario, quel personaggio? Come evolve? Quanto è ricco il suo rapporto con la realtà? Cioè quanto convincente lui sia come personaggio?

Quindi, valutare la tendenza riguarda anche la possibilità di verificare la qualità letteraria in se stessa della giallistica che ormai da molto tempo proponiamo ai nostri lettori.

E su questo versante dobbiamo notare che c'è in questi racconti un ritmo comune, un'unità di fondo, che noi ci per-

mettiamo di descrivere dicendo: questi personaggi posseggo-
no tutti quanti un'armonia con il ritmo strano del nostro tem-
po; il loro indagare è ogni volta un giro di ballo con il mo-
vimento sussultorio e incoerente dei nostri sentimenti; i lo-
ro dilemmi, un conversare con l'incertezza traballante dei no-
stri giudizi morali in una moltitudine di casi cruciali.

Quanto poi ai singoli racconti ospitati nella raccolta, i vec-
chi lettori dei gialli delle nostre serie riconosceranno fami-
liarmente i detective ai quali (se hanno apprezzato le serie
medesime) molto probabilmente sono affettivamente legati.
La Petra Delicado è possibilmente più determinata a difen-
dere i diritti delle donne, la sua autrice Alicia Giménez-
Bartlett la fa misurare ironicamente con l'assassinio di una
donna. Il vicequestore Rocco Schiavone è più arruffato e so-
spetto del solito e il Natale che gli impone il suo padre let-
terario Antonio Manzini è piuttosto amaro. Bill James con-
duce i suoi angeli e demoni Harpur & Isles in un modo ta-
le da respirare a pieni polmoni l'aria grigia dove le forze del
bene e del male confondono i confini. I vecchietti del Bar-
Lume sembrano apertamente convinti, nella trascinante for-
za comica di Marco Malvaldi, di aver trovato nel delitto il
loro elisir di lunga vita. Nella casa di ringhiera di Francesco
Recami il gioco del caso e della necessità imbroglia le carte
tra regali confusi, rapine avventurose e morti sventate.

I nuovi lettori dei gialli Sellerio, invece, troveranno in
questi racconti, stilizzate e sintetiche come un augurio, l'at-
mosfera e la logica poliziesca che potranno leggere, spe-
riamo prima o poi, nei romanzi maggiori.

Regalo di Natale

Alicia Giménez-Bartlett
La principessa Umberta

A Umberta Echaniz, cui la mia ispirazione
ha rubato solo il nome e la bellezza

Verso il venti dicembre di ogni anno, di ogni maledetto anno che il Signore manda in terra, si tiene la famosa cena di Natale del commissariato, una lieta occasione conviviale all'insegna della pace, dell'amore e della fraternità. Dovrebbe essere un momento commovente, in cui quelli di noi che non sono in servizio si scambiano i migliori auguri di buone feste. E non dico che sia una cattiva idea, anzi, la troverei addirittura strepitosa, se non fosse che tutta la fraternità e l'amore che riusciamo a esprimere tra noi riesce a trasformarsi immediatamente in sguaiata grossolanità. Certo, il commissario Coronas presiede l'evento, come no, ma rimane solo finché viene portato in tavola il dolce, dopo di che adduce altri misteriosi impegni e se ne va. È chiaro che la sua presenza è una magnanima concessione alla plebe, ovvero a noi sbirri che ci danniamo l'anima ai suoi ordini per tutto l'anno. Di lì in poi, perso il freno dell'autorità, diamo libero sfogo ai divertimenti che caratterizzano la plebaglia poliziesca: consumo smodato di alcol e scambi di battute da caserma. Ed è superfluo dire che anch'io appena posso me ne scappo, sperando che nessuno se la prenda. Quell'anno, però, una fuga si profilava impossibile.

Compiendosi i quarant'anni di onorato servizio del viceispettore Fermín Garzón, mio insostituibile assistente, era previsto che alla cena facesse seguito uno speciale omaggio a lui dedicato. Uno dei colleghi avrebbe dato lettura di un testo composto, o per meglio dire «perpetrato» apposta per l'occasione, e all'amato Fermín sarebbe stato consegnato un regalo acquistato con il contributo di tutti. Come potevo andarmene prima? Non c'era nemmeno da pensarci, dovevo rimanere sino alla fine, come un impavido capitano sulla nave che affonda.

Giunse il giorno stabilito, cui seguì l'inevitabile serata, e ci ritrovammo nella sala espressamente riservata in un noto albergo della città. Eravamo tantissimi, decisamente troppi (questa era sempre stata la mia impressione) e nello stato d'animo tipico di quel genere di occasioni. Chi non era stanco, era già in ansia alla prospettiva del lavoro nei giorni di festa, aggravato dal fatto che ritrovarsi circondati da uno stuolo di parenti fermamente decisi a passarsela bene non è sempre la cosa più facile. Io sfoggiavo uno dei miei migliori sorrisi per non alimentare oltre la mia fama di scorbutica asociale, ma Garzón appariva felice, disteso, pieno di giusto orgoglio professionale e perfino radioso di beatitudine natalizia. Non potevo deluderlo, dovevo resistere.

Ci fu un aperitivo stuzzicante, una cena di svariate portate, il consueto scambio d'informazioni sui rispettivi programmi per Natale e Capodanno, e per fortuna il vino sgorgò inesauribile a riempire i calici. Fu questo a tenermi a galla. Mi aggrappai alla birretta dell'aperitivo, per poi afferrare al volo il bianco fresco servito col pesce e abbandonarlo solo per il rosso corposo delle carni. La fama di bevitori degli spagnoli è poca cosa in confronto a quella dei russi e degli irlandesi, ma posso assicurare che neppure noi ce la caviamo male. Il banchetto fu concluso da un gelato al gusto del tradizionale torrone natalizio e da una ricca scelta di cognac e superalcolici vari. Il commissario non se ne andò, diversamente dalle altre volte, tenuto com'era a rimanere fino al termine dell'omaggio a Garzón. Ma i colleghi sfoggiarono suprema indifferenza alla presenza del capo. Tutti brindarono alla carriera del viceispettore «che così a lungo aveva sopportato orari inclementi e un lavoro ingrato». Poi furono intonate strofette per le quali chiunque potrebbe essere scomunicato anche dal nuovo papa. Si udirono paragoni tra Garzón, dal baffo ormai canuto, e «quel rincoglionito di Babbo Natale». Alla fine, recuperata un po' di serietà, l'ispettore Sangüesa lesse un discorsetto che, tutto considerato, non fu neppure così spaventoso. Esaltò la figura del nostro amato collega, il suo buon carattere, il suo spirito di servizio, la sua generosità e la sua onestà a tutta prova. Lunga fu la lista delle sue virtù morali, e solo alla fine calò come una scure, a rovinare ogni cosa, il classico elogio ispanico alla virilità del maschio: «E per concludere, lascia che te lo dica, tu hai più palle di un toro, caro collega». Applausi torrenziali accolsero queste parole decisive. Poi si passò alla consegna del regalo: uno smartphone di ultima generazione con più applicazioni e proprietà di una pomata della nonna. Il commissario Coronas, cui andò l'onore di porgerglielo, ebbe la finezza di dichiarare: «Nessun dono è abbastanza prezioso per simboleggiare tutto il nostro apprezzamento e la nostra stima. Lo ritenga, caro amico, solo un piccolo pensiero natalizio». Un Garzón emozionato, ma sbruffone, rispose: «E allora spero proprio che vi ricordiate di me anche l'anno prossimo».

Tutto molto bello e molto commovente, solo che il giorno dopo, che era un giorno di lavoro come gli altri, il mio omaggiato collega non fece che irrompere ogni momento nel mio ufficio:

«Pensi, ispettore», diceva, inalberando il suo giocattolo nuovo, «posso cantare le mie canzoni preferite con accompagnamento musicale! Con questa applicazione ho la scelta tra batteria, pianoforte e violino».

Io, che avevo il mio mal di testa da doposbronza piantato come un chiodo in mezzo alla fronte, tentai varie esclamazioni di sorpresa pur di togliermelo di torno. Finché non mi trattenni più:

«Senta, Fermín, perché mentre pensa a come applicare tutte quelle applicazioni inutili, non lascia che io mi applichi un pochino al mio lavoro?».

Dopo avere visibilmente sbuffato, il mio sottoposto sparì e per quasi un'ora riuscii a concentrarmi senza interruzioni. Quando tornò col suo diabolico aggeggio fui a un passo dall'inveire senza pietà. Lui, che se lo aspettava, alzò le mani come a chiedere tregua.

«È una cosa di lavoro, si calmi!».

Gli lessi in faccia i segni di una vera preoccupazione.

«Guardi qua» disse, mettendomi lo schermo sotto il naso. «L'ho acceso solo stamattina e c'è già un messaggio. Legga:

ATTENTI ALLA PRINCIPESSA UMBERTA
LE APPARENZE INGANNANO».

Fissai il viceispettore senza capire.

«È una specie di messaggio di benvenuto» spiegò. «Come se qualcuno si fosse divertito a scriverlo direttamente qui sopra».

«Non ci badi, sarà uno dei tanti scherzi dei colleghi».

«Be', se è uno scherzo non lo trovo spiritoso, sinceramente».

«Come se i loro scherzi lo fossero mai stati».

«Sembra un avvertimento».

«Sarà una delle sue applicazioni del cavolo, Fermín. Provi a digitare principesse e veda cosa viene fuori».

«Certo che anche lei, quanto a spiritosaggine non scherza».

Se ne andò scuotendo la testa, e della questione non si parlò più. O meglio, non se ne parlò fino a due giorni dopo, esattamente.

Quel mattino, mentre prendevo il caffè alla Jarra de Oro, mi cadde l'occhio su un titolo del giornale:

«Assassinata principessa italiana». Seguiva un breve trafiletto: «È stata trovata morta questa notte nel suo appartamento del quartiere barcellonese di Pedralbes l'aristocratica italiana Umberta de' Teodosi, residente da molti anni nel nostro paese». Strabuzzai gli occhi. «La principessa dirigeva una fondazione benefica vincolata a un importante gruppo petrolchimico. Per il momento non sono state rese note le circostanze del delitto».

In una fotografia di piccolo formato si vedeva una donna di una certa età ma di notevole bellezza: lineamenti raffinati, occhi chiari, volto incorniciato da un morbido taglio a caschetto e sorriso soave. Se non fosse stato per lo strano messaggio comparso sul telefono di Garzón, la notizia non mi avrebbe destato che una blanda curiosità. E invece quel messaggio c'era stato eccome. Corsi a cercare il mio ignaro collega.

«Il messaggio? Di che messaggio sta parlando, ispettore?».

Gli misi sotto gli occhi il giornale con la brutta storia della principessa. Rimase a bocca aperta.

«Mica l'avrà cancellato?» gli chiesi a bruciapelo.

«Certo che l'ho cancellato. L'aveva detto lei che era solo uno scherzo dei colleghi».

«Adesso non dia la colpa a me, Garzón. Si ricorda che cosa diceva esattamente?».

«Esattamente no. Qualcosa come: "Attenti alla principessa Umberta. Non è come sembra". Lei pensa che si riferisse a questa principessa Umberta?».

«Quante principesse Umberte crede che ci siano al mondo, Garzón?».

«Be', se c'era solo quella del giornale, adesso non ce n'è più neanche una».

«Ottima deduzione, viceispettore. Ed è sicuro che il messaggio fosse stato scritto direttamente sul suo cellulare? Io non ho idea di come funzionino quei cosi. Crede di poterne avere conferma?».

«Adesso no, ma l'altro giorno mi ero informato. Non riuscivo a convincermi che fosse uno scherzo. Ed era come dicevo io, qualcuno doveva averlo scritto direttamente lì».

«Allora sappiamo qual è la prima cosa da fare».

«Sì, chiedere ai colleghi chi di loro è andato a comprare il telefono».

«Sbagliato! La prima cosa da fare è andare dal commissario Coronas. Dobbiamo farci affidare il caso. E solo Coronas sa come muovere i fili giusti».

Incredibilmente, ci accontentarono.

Non doveva essere facile trovare qualcuno disposto a prendersi una simile bega proprio sotto Natale.

Eppure, quando mi fu comunicata la notizia, qualche domanda cominciai a farmela. Possibile che proprio io avessi chiesto di essere gettata nella fossa dei leoni? Perché, ovviamente, se fosse venuto fuori che il nostro commissariato era coinvolto nella vicenda, sarebbero stati guai seri. E poi, chi mai aveva voglia di addentrarsi nelle paludi di un'aristocrazia decadente e decaduta che aveva fatto del nostro paese il suo estremo rifugio?

Ero sempre stata convinta che se quei nobilastri venivano a stabilirsi in Spagna non era per il bel clima e per la signorilità di certi ambienti, ma per chissà quali oscuri vantaggi che potevano trarne: scambi di favori, intrallazzi, benefici fiscali. Chi poteva saperlo? Comunque, il solo fatto che un simile messaggio fosse comparso sul cellulare di Garzón per me valeva come un imperativo morale. E poi, che proprio io avessi minimizzato l'importanza di quel breve testo mi faceva sentire in colpa. Era mio dovere impegnarmi a fondo. Avevo un mucchio di cose da fare: comprare regali per una lista infinita di persone, architettare chilometrici banchetti pieni zeppi di calorie e dannosi grassi animali, ma se dovevo dirla tutta perfino lavorare mi pareva più desiderabile che cantare *Tu scendi dalle stelle* e ingozzarmi a più non posso in una lieta atmosfera di pretesa armonia familiare.

La nobildonna era stata colpita alla nuca giusto la sera prima, con un corpo contundente, mentre leggeva seduta in poltrona ai piedi dell'albero di Natale. La porta era stata forzata, con gran professionalità, poco dopo che la domestica filippina era uscita per la sua sera libera. Inoltre era sparita la cassaforte, impeccabilmente estratta da una cavità nascosta dietro il mobile bar. Sembrava opera di specialisti. Se così era, il metodo da seguire per le indagini era da manuale: interrogare la domestica, sentire l'unico figlio della principessa, di nome Felipe, residente anche lui a Barcellona, verificare la contabilità della fondazione che la vittima dirigeva e, naturalmente, sguinzagliare mezzo commissariato sulle tracce di tutte le bande di scassinatori professionisti di cui si avesse notizia.

Tutto rientrava nella più perfetta normalità, tranne che per quel messaggio sul telefono di Garzón. Lì stava l'enigma. Cosa diavolo c'entrava il nostro bravo viceispettore con quella principessa italiana? A chi mai era venuto in mente di scrivere un avvertimento del genere su uno smartphone nuovo di zecca destinato proprio a lui? La mia curiosità era tale che avrei voluto sbattere le ciglia e trovarmi davanti la soluzione bell'e pronta come per magia.

Chiedemmo alla nostra agente Yolanda quale dei colleghi avesse avuto l'incarico di comprare il regalo per Garzón. L'ispettore Tomelloso, ci disse. Un tipo sulla quarantina, simpatico, molto a posto. Era con noi dal 2000, e nessuno aveva mai trovato niente da ridire su di lui. Rimase costernato quando gli spiegammo la questione.

«Dove l'hai comprato?» gli chiesi.

«In un negozio in centro, dove ho preso anche il cellulare per mia moglie. Vi do l'indirizzo, se volete».

«E che cosa ne hai fatto prima di consegnarlo a Coronas?».

«Niente, Petra, cosa vuoi che abbia fatto? Come al solito avevo rimandato la commissione fino all'ultimo. Sono passato a comprarlo la sera prima, uscendo dal lavoro. Poi sono andato a casa col mio bel pacco regalo e il giorno dopo l'ho portato qui».

«Chi abita con te?».

«Santo Dio, Petra, la mia famiglia! Mia moglie e le bambine».

«E una volta qui, dove hai lasciato il dispositivo?».

«Il dispositivo, come lo chiami tu, l'ho lasciato nel cassetto della mia scrivania. Chiuso a chiave. Non che non mi fidi, ma è sempre meglio prevenire che curare».

«Quindi non l'ha toccato nessuno».

«Nessuno. Per tutto il tempo che l'ho avuto io, è rimasto esattamente come me l'hanno dato al negozio, impacchettato in una carta a pallini davvero molto carina».

«È vero» intervenne Garzón. «L'ho perfino tenuta, mi spiaceva buttarla via. Ma non era a pallini, era a quadrettini».

«Pallini, quadrettini, neanche mi ricordo. Era su fondo nero, e poi c'era un nastro dorato».

«Esatto. E ora che me lo dici non sono più così sicuro che fosse a quadrettini, magari era a pallini come dici tu».

Fino a quel momento avevo sempre creduto che gli uomini fossero affetti da un'incapacità congenita di distinguere i colori. Per loro non c'è nessuna differenza tra il verde muschio e il verde erba, tra il rosa e il fucsia, tra il rosso e l'arancione. Ma adesso constatavo che il disturbo era ben più grave, coinvolgeva anche i motivi e le fantasie: quadrettini o pallini, righini o cavallucci marini, per loro erano la stessa identica cosa. Sono poco sensibili alle sottigliezze, ecco.

Morto di curiosità com'era, pregammo Tomelloso di tacere per non mettere in allarme la preda, qualora si fosse trovata in commissariato. Il povero Garzón era molto abbattuto: per colpa di quell'assurdo pastrocchio il suo cellulare era finito sotto sequestro, come corpo di reato. Appena fummo soli si mise a blaterare insensatezze:

«Magari ci stiamo scervellando senza motivo e aveva ragione lei, ispettore! Era solo uno stupido scherzo, e noi l'abbiamo preso per un disegno dell'Altissimo».

«Se sul suo aggeggio ci fosse stato scritto: "Attenti alla Peppina, col caffè della mattina" sarebbe stato diverso. Ma trattandosi di Umberta, e principessa, per maggior sventura, non c'è santo che tenga, dobbiamo vederci chiaro».

«Chi non sa a che santo votarsi sono io, che non ho più il mio telefono! Chissà quando me lo ridanno».

«Se ne compri un altro, o chieda a Beatrice che glielo faccia portare dai Re Magi».

«Neanche per idea! I colleghi potrebbero offendersi. E poi, con la scalogna che ho, magari ci trovo la soluzione dell'enigma delle piramidi e devo donarlo alla scienza».

«Be', non sarebbe male, visto che il suo corpo, con tutte le schifezze che mangia, non servirebbe a granché».

«Aspetti a dirlo dopo le feste. Ho già in mente di cucinarmi un maialino al forno che non sarà la cosa più sana di questo mondo, ma di certo risusciterà i morti».

Mi fece ridere. Da piccolo Garzón doveva essere il tipico ragazzino a cui capitano sempre le cose più strane. Gli diedi una pacca sulla spalla e ce ne partimmo alla volta del lussuoso quartiere collinare di Pedralbes. Nel frattempo, con l'efficienza che lo contraddistingue, l'ispettore Sangüesa, il nostro esperto in questioni contabili, avrebbe rinunciato ai giorni in famiglia per passare al setaccio le finanze della principessa e i libri della fondazione. Magari l'autore di quell'avvertimento aveva ragione, e la bella aristocratica nascondeva qualcosa.

L'appartamento della principessa era un sontuoso attico pieno di oggetti antichi dalle cui vetrate si contemplava tutta Barcellona. I colleghi che avevano condotto il primo sopralluogo, la notte del rinvenimento del cadavere, lo avevano già scrutato palmo a palmo senza trovare nulla di interessante. Curiosammo un po' anche noi, giusto per farci un'idea di che tipo di donna fosse la vittima. Era davvero una dama dell'alta società. Su un tavolino di un'epoca che non saprei precisare erano disposte svariate fotografie dentro cornici d'argento che la ritraevano in diverse circostanze e pose: accoccolata sull'erba durante un picnic; in abiti sportivi con un cane al fianco; in sella a un bellissimo cavallo baio; vestita di bianco, con un gran cappello, a chissà quale ricevimento importante; seduta semplicemente in poltrona con un libro tra le mani... C'erano anche immagini di un uomo, probabilmente il defunto marito – la principessa era vedova –, e di un giovane biondo con gli occhiali che le assomigliava parecchio, certamente il figlio Felipe.

«Una vita di privilegi» osservai.

«E come poteva essere altrimenti, se era una principessa?».

«Non creda, Fermín. In questo l'Italia non è diversa dalla Spagna: di nobili ce ne sono dappertutto, sono come il prezzemolo, ma un titolo non garantisce una vita nel jet-set. Ci sono nobili rovinati e senza un soldo, nobili che vendono i quadri di famiglia per tirare avanti, altri che prestano la loro immagine a marche commerciali pur di guadagnare qualcosa...».

«Pur di non lavorare, vorrà dire. Anche a me piace-rebbe prestare la mia immagine per una marca di mu-tande. Crede che ne avrei la possibilità?».

«Che cosa dice, Garzón? Francamente io non la ve-do posare in deshabillé».

«Non creda, sa? Guardi che faccio ancora la mia fi-gura. E le giuro che se me lo offrissero direi di no, ma solo per non offendere Beatriz, perché altrimenti... La-vorerei certo meno che in polizia, come quei nobilastri che dice lei».

«Questo è il punto, Fermín. Lavorare, lavorano tut-ti poco, ma guai a farglielo notare, se la prendono a mor-te. Sono capaci di risponderti che non hanno un atti-mo di tregua, che si occupano di mille cose, che sono schiacciati dal peso delle responsabilità; e se hanno un patrimonio o una casa di famiglia importante, si lamen-tano che è una voragine senza fondo, una fonte inesau-ribile di guai e preoccupazioni».

«Me lo immagino. Ora però vedremo cos'ha da dir-ci l'ispettore Sangüesa su come se la passava la nostra principessa. Di certo la signora non andava alle men-se di carità per mettere qualcosa in pancia».

«Non vada così sul pesante, Garzón. Non è nemme-no il caso di essere razzisti».

«Ma se è stata lei la prima a sparare a zero su certa gente!».

«Sì, ma io l'ho fatto con buon gusto e moderazione».

La luce gelida dell'inverno ci ferì gli occhi non appena fummo in strada. Decidemmo di cercare un bar dove scaldarci con un buon menu a prezzo fisso, ma a Pedralbes un posto come quello potevamo solo sognarcelo. Scendemmo fino a Gracia, che grazie a Dio è rimasto un quartiere popolare e accogliente, e lì non fu difficile trovare un posto come si deve dove la gente stava seduta su semplici sedie da osteria e mangiava su tovaglie di carta.

«Dalle stelle alle stalle, vero, ispettore?».

«Lei crede che la principessa fosse più felice di noi nella sua vita da quartieri alti?».

«Neanche per idea! Mi guardi, e guardi quella bella zuppa di fagioli fumante che tra un attimo sarà nel mio piatto. Crede che cambierei un piacere simile con qualcos'altro al mondo? Senza contare che adesso la principessa è sul morto andante, mentre noi siamo qui, infreddoliti ma vivi, e con una fame da mangiarci il tavolo. E poi non mi dica che vado sul pesante».

«No, caro amico, lei è la voce stessa della saggezza».

Una volta rimessici in forze, ci dirigemmo alla sede della famosa fondazione, dove trovammo ad attenderci l'inconsolabile figlio della vittima. L'ispezione cui ci sottopose fu impressionante, perché i suoi occhi chiari erano talmente identici a quelli della madre che fu come se la principessa in persona cercasse di sapere qualcosa di noi, e non il contrario. Il dottor Felipe, malgrado il piglio manageriale, ci parlò del delitto con autentico dolore. Capii subito che nel suo animo non trovava posto il timore di quel che avrebbe pensato la gente né delle voci malevole che immancabilmente fioriscono dopo una morte violenta di quel genere. No, lui era sinceramente affranto. Si sforzava di mostrare una parvenza di serenità ma il suo sguardo era velato dalla sofferenza.

«So che per lei tutto questo è molto penoso, ma non posso evitare di farle qualche domanda» cominciai. «Può dirmi che tipo di donna era sua madre?».

Evidentemente non si aspettava un approccio così personale in un colloquio con la polizia. Era talmente spiazzato che mi vidi costretta a spiegare:

«Vede, per noi è importante determinare la personalità della vittima. Facciamo sempre così».

«Mia madre era una donna meravigliosa» farfugliò a voce bassissima. Poi si ricompose per proseguire: «Una donna allegra, coraggiosa, delicata e sempre cortese con tutti. Sette anni fa la morte improvvisa di mio padre la segnò molto profondamente. Fu un periodo difficile. Mia moglie, i miei bambini ed io cercammo di starle vicini, eppure tutto sembrava inutile. Per uscire dalla depressione pensò persino di tornare in Italia, paese che amava moltissimo e dove vive ancora gran parte della famiglia. Ma anche questo servì a poco. Finché cinque anni fa mi venne in mente una soluzione. Il gruppo di aziende per cui lavoro ha sempre annoverato tra le sue svariate attività una fondazione a fini culturali e sociali. Era una realtà piuttosto trascurata, poco operativa, cui nessuno dava grande importanza. Parlai con il consiglio di amministrazione del gruppo e proposi mia madre come direttrice. Loro ne furono ben lieti e lei accettò. Fu l'idea migliore che avessi mai avuto. Quella nuova responsabilità la restituì alla vita e lei restituì vita alla fondazione. Vi si dedicò anima e corpo. Ampliò gli obiettivi e moltiplicò i progetti: secondo il nuovo orientamento da lei delineato, tutti gli utili degli eventi sociali e culturali organizzati dalla fondazione sono finalizzati a promuovere iniziative in favore dei bambini in difficoltà. È stata un'opera complessa e ingente. Ingente» ripeté, in tono ammirato.

«Magnifico!» non mi trattenni dall'esclamare. «Non si può dire che non sia una storia potente. Ma secondo lei, e mi perdonerà se quel che le chiedo può metterla a disagio, è del tutto impensabile che sua madre fosse coinvolta in operazioni, come dire... poco chiare, o addirittura ai limiti della legalità?».

Naturalmente lui ci restò di sale. Mi stava raccontando la vita di una santa, e io gli domandavo se quella santa non avesse commesso dei reati. Lo vidi farsi paonazzo dalla collera, ma ancora una volta la sua buona educazione riuscì ad avere la meglio.

«Ignorerò questa sua domanda, ispettore. Posso dirle soltanto che mia madre non si occupava unicamente degli aspetti più prestigiosi e piacevoli della vita della fondazione, ma si recava assai spesso in quartieri ad alto rischio, aveva a che fare direttamente con famiglie in difficoltà, o con realtà di grave emarginazione, e affrontava queste esperienze con un impegno che pochi sarebbero in grado di sostenere».

Non c'era da stupirsi che si sentisse offeso, la domanda era stata troppo diretta. Con l'unico risultato che l'argomento era stato subito cassato: o il figlio ignorava totalmente eventuali attività poco chiare della madre, o non intendeva parlarne e non lo avrebbe mai fatto. O forse sua madre era davvero quell'angelo di bontà che lui mi dipingeva.

«E perché non dovrebbe esserlo?» replicò Garzón quando gli espressi questa mia perplessità. «Stiamo impostando le indagini come se la principessa fosse colpevole di qualcosa».

«Lei dimentica il messaggio».

«Quel cavolo di messaggio non può condizionarci così! Tanto più che non ne sappiamo niente».

«Però c'è stato».

Fummo costretti a tacere perché il figlio della principessa rientrava nella stanza. Questa volta accompagnato dalla domestica filippina che era stata convocata lì su nostra richiesta. Era una donna poco oltre la trentina, da cinque anni al servizio della principessa. Eppure parlava uno spagnolo a dir poco essenziale. Non sembrava agitata, triste o intimidita, il suo volto era assolutamente impenetrabile. Rimase in piedi davanti a noi, immobile, dopo essersi prodotta in una serie di piccoli inchini con la testa. Il figlio della principessa ci lasciò soli.

«Può dirci dove si trovava la sera del delitto?» chiese Fermín.

«Io fuori, sera libera» pronunciò con difficoltà.

«Sì, però ci dica che cos'ha fatto nella sua sera libera».

«Mie amiche pilipine, io esci sempre con mie amiche».

«Anche quella sera?».

«No, io sola, andata cinema. Tornata subito, porta rotta, io chiama signore, lui chiama polizia. Signora morta». Con quello stile telegrafico sarebbe stato difficile cogliere qualche sfumatura interessante nelle sue dichiarazioni.

«E come mai l'altra sera non è uscita con le sue amiche?».

«Mie amiche sempre vedi pilm di amore. Io andata sola».

«E che film ha visto?».

«Una notte da leoni, tre» disse con perfetta chiarezza.

«E c'è qualcosa che può dirci della signora? Era forse venuto qualcuno, negli ultimi tempi, che non fosse tra le persone che lei vedeva di solito?».

«No, nessuno venuto. Signora molto brava. Io molto tiriste».

Senza dare alcun segno che potesse farlo prevedere, si mise a piangere. Ma il suo non era un pianto silenzioso, e non era nemmeno un pianto a singulti, era una specie di ululato informe che le usciva dalla gola e che sembrava non doversi fermare mai. Dopo un minuto di quello strazio, Felipe tornò nella stanza.

«Si è messa a fare così tutto d'un colpo» disse Garzón come se volesse scusarsi.

Il nobiluomo la prese per un braccio, le diede qualche colpetto sulla spalla e se la portò via. Sentimmo affievolirsi quella sirena lungo il corridoio mentre la riaccompagnava alla porta. Poco dopo lui tornò.

«Vi prego di scusarla, è una ragazza semplice ed era molto legata a mia madre. Tutto questo la sconvolge».

«Dovrà venire in commissariato, però. Non abbiamo finito di interrogarla».

«Dubito che possa dirvi nulla di nuovo, ma può darsi che in un luogo estraneo si senta meno condizionata».

Uscendo, ragionai sul fatto che quel Felipe non ci aveva minimamente esortati a catturare gli assassini. Non era certo un tipo viscerale, il figlio della principessa. Tanto meglio per noi.

Suonò il mio cellulare. L'ispettore Sangüesa era già in grado di dirmi qualcosa sui conti personali della principessa Umberta.

«Non vedo niente di irregolare, Petra. È tutto estremamente chiaro. La signora percepiva uno stipendio come direttrice della fondazione, e i canoni di locazione di alcuni appartamenti che possedeva a Roma. Presentava la dichiarazione dei redditi da buona cittadina e i suoi conti correnti e depositi bancari non hanno registrato alcun cambiamento significativo negli ultimi mesi».

«Bene. Allora sai già quello che devi fare».

«Dammi una pista».

«La fase due, Sangüesa. Passare da quella benedetta fondazione e spulciare i libri contabili».

«Non mi sono mai piaciute le fasi due, cara Petra. Soprattutto la vigilia di Natale. Senti, ma è vero che questa tizia era una principessa?».

«La cosa non è chiara. Il sangue sulla scena del delitto non era blu».

«Allora non mi fido neanche un po'».

Era simpatico, Sangüesa. Ma non invidiavo il suo lavoro, arido, ripetitivo, noioso, fatto solo di numeri. Certo che per noi era essenziale. Mi riscossi dai miei pensieri e mi accorsi che Garzón stava lì a guardarmi come un allocco.

«Si può sapere cosa aspetta, Fermín?».

«Ordini, ispettore».

«Allora può andare a sollazzarsi».

«Magnifico, per una volta!».

«Non mi ha lasciata finire. Può andare a sollazzarsi con la visione di *Una notte da leoni 3*. Continua a non quadrarmi che la morte della signora coincida con un cambio di programma della filippina».

«Che tipo di film è?».

«Una sonora boiata».

«Scommetto che se fosse stato di Bergman ci sarebbe andata lei».

«Non mi faccia innervosire, viceispettore, io ho altre cose da fare. E non si sogni di portarci Beatriz, non le piacerebbe».

Mentre il mio collega era al cinema (ero convinta che si sarebbe divertito un mondo) andai da Megastar, il negozio di astruserie tecnologiche da cui proveniva il nostro inopinato *corpus delicti*. Il titolare, o gestore o commesso, o tutte e tre le cose insieme, era un ragazzo molto giovane che, come gli ebbi mostrato il tesserino, trovò esaltante l'idea di avere davanti un poliziotto.

«Sì, me lo ricordo il suo collega. E anche il telefono, un bell'apparecchio, il migliore. L'avete trattato bene il tipo che andava in pensione».

«Non andava in pensione, erano i quarant'anni di servizio».

Sogghignò. Voleva fare il furbo.

«Quarant'anni di vita da sbirro. E come sta?».

«Benissimo. Ma non sono venuta per farmi due risate con te. Su quel telefono c'era un messaggio, quello che si chiama messaggio di benvenuto, sulla prima schermata. Qualcuno l'ha per forza digitato lì, sull'apparecchio. Voglio sapere chi può averlo maneggiato prima di noi».

Restò lì a guardarmi come se non capisse.

«È successo qualcosa?».

«Rispondimi, per favore».

«Nessuno ha toccato quel telefono, ispettore. Qui lavoro soltanto io, e al suo collega che è venuto qui l'ho consegnato nuovo di pacca, non ho nemmeno inserito la batteria».

«Sei sicuro? Sulla schermata di blocco non c'era niente?».

«Be', non ho guardato, però è impossibile. Non l'ho aperto, come le dico, l'ho lasciato chiuso nel cellophane, com'era nella scatola. E se ci fossero stati dei messaggi già memorizzati, io non li avrei visti».

«Non c'è nessuno che lavora qui, oltre a te?».

«No. Be', ogni tanto viene la mia ragazza a darmi una mano, ma le lascio fare solo le pulizie».

«Una gran delicatezza da parte tua. E prima che i telefoni arrivino in negozio?».

Lui si grattò la testa, irta di capelli corti e dritti come gli aculei di un porcospino, e sospirò.

«Dentro la confezione c'è la cartolina della garanzia. Lì dovrebbe esserci la data di fabbricazione e il numero di serie dell'articolo. Se me la porta, posso chiamare la casa e domandare».

«D'accordo. Vedrò se la cartolina c'è ancora. Nel caso, ritorno».

«Sta indagando su un omicidio, ispettore?» mi chiese il ragazzo mentre stavo uscendo.

«Sì, nei momenti in cui non faccio le pulizie» risposi, ma sono quasi certa che non mi capì.

Come mi ero immaginata, a Garzón il film era piaciuto da matti.

«Sarà una boiata ma non è così male. Però non so se sarebbe di suo gusto. A lei piacciono quei film da intellettuali dove non succede mai niente. Guardi che ci sono delle scene fortissime, tipo quando quei tre si svegliano e non si ricordano che...».

Prima che avesse la sfacciataggine di illuminarmi sulla trama, lo interruppi:

«Magari anche alla nostra filippina piacciono i film dove non succede niente. Domattina verifichiamo».

«Ispettore, domani è la vigilia di Natale!».

«Non la facevo così tradizionalista, viceispettore».

La ragazza rimase sbalordita quando Garzón le chiese di raccontare il film. Nei suoi occhi vidi panico e confusione. Sorrise scioccamente.

«Uomini molto coraggio. Coraggio di leoni. Uomini esci di notte».

Il viceispettore, come un professore coscienzioso, si mise a interrogarla punto per punto sullo svolgimento della storia. Al principio la ragazza cercò di tirare a indovinare, ma poi capì che il gioco non funzionava e attaccò a piangere istericamente.

«Di' la verità una buona volta, se no sarà peggio per te. Vuoi essere accusata di omicidio?» la incalzai.

Lei guardò a terra.

«Signori cattivi detto quella notte io non deve stare in casa» ammise di punto in bianco.

«Come, signori, quali signori? La principessa li conosceva?».

«Sì, io visti in casa, poco, però certe volte loro venuti. Io non pensa che ammazza mia signora».

«E perché non l'hai detto subito alla polizia?».

«Signori cattivi detto ammazza pure me se parlo».

«E chi erano? Sai come si chiamano?».

«Un signore vecchio, uno giovane».

«E che cosa facevano quando venivano a casa della signora?».

«Andati nello studio, io non capisce, parla, parla tanto... io non sai».

«Le portavano qualcosa?» chiese Garzón, colto da un'ispirazione improvvisa.

«Una valigia».

«Una valigia? E sai cosa c'era dentro?».

«No».

Mandammo a casa quella poveretta. Sarebbe stato il giudice a decidere che cosa farne. Quando restammo soli, il viceispettore osservò:

«Ci scommetto tutti e due i baffi che i signori molto cattivi non portavano il cambio di biancheria dentro quella valigia».

«Questo, sicuro. Chiama lei o chiamo io?».

«Chi?».

«L'ispettore Sangüesa. E chi, se no?».

Sangüesa, uomo scrupoloso quant'altri mai, era al suo posto in ufficio malgrado fosse la vigilia di Natale, ma non voleva rivelarci le sue impressioni prima di aver concluso l'esame della contabilità. Ma a me non interessavano le cifre esatte, solo lo spirito generale della cosa. A Sangüesa l'idea che i conti potessero avere uno spirito non andava giù, stentava addirittura a comprenderla. Una sola cosa capiva bene, che ero negata in fatto di numeri.

«Insomma, Petra, lo spirito generale può essere questo, che la contessa...».

«Principessa» lo corressi.

«Bene, che questa regina dei miei stivali riceveva un mucchio di donazioni per la sua fondazione, e straordinariamente generose. Donazioni anonime, ovviamente. Ma siccome la disciplina delle fondazioni impone la trasparenza, sono sicuro che per poco che scaviamo verrà fuori qualcosa che non va. Solo che ho bisogno di tempo».

«Qualcosa che potrebbe portarci fino in Svizzera, tanto per intenderci?».

«Chi lo sa. Potrebbe essere riciclaggio, però...».

«Grazie, ragazzo, rimettiti al lavoro. E non te ne andare a casa questo pomeriggio, avremo ancora bisogno di te. Al giudice servono le cifre, ma a me per ora basta quello che mi hai detto».

«Petra, mi fai paura quando parli così!».

«Sta' tranquillo. Tu pensa a dare i numeri che io penso allo spirito».

Riattaccai per non allarmarlo ulteriormente. Garzón se la rideva sotto i baffi.

«Certo che lei ci prova gusto a rompere le scatole alla gente».

«È la mia specialità. Ma ammetta che la cosa la diverte quando non sono le sue. A proposito, Fermín, l'ha tenuta la garanzia del telefono?».

«Ce l'ho a casa».

«Allora vada a prenderla. Mi serve».

«Ecco, parlando di rompere le scatole...».

«Nel mentre io andrò a fare gli auguri al nostro buon Felipe, di sicuro ne sarà lietissimo».

Udire le imprecazioni di Garzón che si allontanava lungo il corridoio mi fece una certa tenerezza. Ma non era il momento di perdersi in sentimentalismi: che si cominciasse a intravedere un po' di luce in fondo al tunnel non mi autorizzava ad abbassare la guardia. Accidenti alla principessa Umberta! Se si era messa a riciclare denaro sporco a spese dei bambini autistici doveva avercene di pelo sullo stomaco. Immaginai la bomba che sarebbe scoppiata sui giornali.

Il nobile rampollo accettò un appuntamento e mi ricevette con la sua caratteristica amabilità. Aveva ancora il volto contristato per la tragedia, ma dal suo atteggiamento traspariva una rassegnata accettazione della fatalità.

«La risoluzione del caso non mi restituirà mia madre, ispettore. Ma sapere di aver fatto tutto il possibile per trovare il colpevole forse mi farà sentire meglio. E poi, lei capisce, una patina di discredito finisce sempre per appannare il buon nome di chi è vittima di un delitto come questo, e vorrei che la memoria di mia madre restasse assolutamente libera da ombre».

Allora ne vedrai delle belle, caro mio, dissi tra me e me, e immediatamente decisi di tacergli le rivelazioni della filippina.

«Sua madre era bravissima nel suo lavoro, non è vero?».

«Era incredibile! Aveva tirato su la fondazione quasi dal nulla e la faceva andare a gonfie vele».

«Lei sapeva come riusciva a raccogliere fondi così cospicui?».

«Come si fa abitualmente. Sapeva conquistarsi soci sostenitori nelle grandi aziende e tra i privati grazie alla sua straordinaria capacità di persuasione. E poi organizzava gli eventi tipici di questo tipo di associazioni: cene, incontri culturali, recital di cantanti di fama che accettavano di esibirsi per una buona causa...».

«Capisco. E i risultati ottenuti sono stati notevoli».

«Certo, e di grande valore per la collettività. Il più importante è stato la creazione di un centro diurno per bambini autistici».

«Sarà costato un capitale».

«È un centro molto avanzato, un'eccellenza sul nostro territorio, dotato delle migliori attrezzature e degli specialisti più preparati. È costato un capitale, effettivamente, ma lei ce l'ha fatta. Nessuno immagina che cos'ha perso la città per colpa di tanta vigliaccheria».

«E lei era al corrente dell'andamento contabile della fondazione?».

«Certo. In quanto socio sostenitore ricevo un regolare rendiconto mensile».

«Le spiacerebbe farmene avere una copia? Mi basterebbero gli ultimi due anni».

«Ma lei ha già i libri contabili».

«Sì, certo, i miei colleghi li stanno analizzando; ma vorrei anche i rendiconti inviati ai soci. E, possibilmente, una lista degli investimenti. È una pura formalità».

Andò lui stesso a fare le fotocopie nell'ufficio deserto, e in meno di un quarto d'ora i documenti richiesti erano sul tavolo. Li infilai nella borsa, e preparandomi a uscire lasciai cadere con perfetta indifferenza:

«A proposito, il giudice che istruisce le indagini sentirà al più presto la domestica di sua madre».

«E per quale motivo?».

«Non lo so. I giudici hanno la facoltà di convocare i testimoni senza rendere conto a noi. Immagino che ci farà avere gli atti. La terrò informata».

«Gliene sarei riconoscente, ispettore».

Santo cielo, non sopportavo di dovergli mentire, ero sempre più convinta che quel tipo non sapesse un bel niente delle attività della nobilissima signora madre. Ma non potevo permettere che il nostro principale alleato si tirasse indietro solo per proteggere la memoria di santa Umberta.

Sulla via del ritorno risalii la corrente dei barcellonesi impegnati a fondo nello shopping. La folla che entrava e usciva dai negozi sembrava imitare i movimenti di certi insetti, api, forse, o formiche. Anch'io in realtà avrei dovuto pensare ai regali dei Re Magi: libri e film per i gemelli, libri e bambole per Marina. Meglio evitare gli aggeggi elettronici, per quest'anno.

La prima cosa che feci una volta rientrata in commissariato fu consegnare il malloppo di fotocopie a Sangüesa. La seconda fu mettergli una fretta dannata perché facesse immediatamente un raffronto con i libri contabili. La terza, uscendo dal suo ufficio, fu imbattermi in Garzón che se ne arrivava bel bello dondolando un sacchetto a motivi natalizi.

«Qui dentro ci sono i resti del mio presunto regalo» mi disse contraddicendo le mie irritate deduzioni. «Lei crede che me lo ridaranno?».

«Se risolviamo il caso, forse sì».

«Be', allora, fosse solo per questo, mi ci metterò di buzzo buono. Prima però le propongo una birretta per dare una botta all'ispirazione».

«D'accordo, ma non alla Jarra de Oro. Portiamo questi reperti al negozio da cui provengono così gliela offro lungo la strada».

Barcellona è sempre molto euforica nei giorni che precedono il Natale, come immagino lo siano tutte le città del mondo occidentale. Ma basta cercare qualche piccola oasi fuori dei percorsi più battuti e tutto cambia. Quel mattino la folla, in balia della sua furia consumistica, doveva essersi riversata unicamente nelle zone con maggiore concentrazione di negozi, e in certi angoli del Barri Gòtic, malgrado la magnifica giornata, non c'era quasi nessuno. Scegliemmo un tavolino in una piazzetta soleggiata e ordinammo due semplici birre. Il primo sorso è sempre insuperabile, come dice quello scrittore francese. Deposto il bicchiere, Garzón sospirò con aria pensierosa.

«Lei crede che il buon Felipe sapesse quel che combinava la sua egregia madre?».

«Io credo fermamente di no».

«Che roba! Eh, Petra? Noi ci facciamo gli affari nostri tranquilli e beati mentre altri, intorno a noi, vivono cose che non riusciremmo neanche a immaginare. Neanche fossero di un altro pianeta! Prenda questa tizia, per esempio: una principessa italiana che si dà alle opere di bene, ma che contemporaneamente entra in contatto col mondo del crimine organizzato! Che bisogno c'era, mi domando? Era una signora di una certa età, era ricca, aveva una famiglia...».

«Sì, tutti siamo molto diversi gli uni dagli altri, ma in fondo siamo mossi da impulsi molto simili. Umberta si era vista crollare il mondo addosso alla morte di suo marito, e avrà voluto dare un senso alla propria vita prima che toccasse anche a lei scomparire. Quanto alle sue attività illegali, non so. Nemmeno io capisco cosa potesse farsene di altri soldi».

Lui rimase zitto, bevve la sua birra. Mi guardò con l'intensità delle occasioni importanti.

«Senta, Petra, anche lei fa delle cose per dare un senso alla sua vita?».

«Ma certo».

«Come per esempio?».

«Come per esempio il nostro lavoro. Penso che abbia un'utilità maggiore che vendere balocchi e profumi o vivere di rendita. Non le pare? Contribuiamo a sradicare il male dalla società, o così almeno dice la teoria. Lavoriamo per uno scopo, non solo per ricevere un salario».

«Sì, è vero».

«Non ci aveva pensato?».

«Forse sì, ma non immaginavo che questo servisse a dare un senso alla vita. Io, sinceramente, non mi sono mai posto il problema. Non vedo perché cercare un senso: ci sei, sei vivo, e tutto viene da sé».

«È probabile che il suo modo di vedere sia molto più intelligente del mio. Però adesso andiamo, Fermín. Speriamo che quel decerebrato del negozio riesca a capire chi può aver messo le mani sul suo telefono».

«Il mio telefono? Il telefono che non è mai stato mio, vorrà dire!».

Il ragazzo con i capelli a porcospino mi riconobbe subito.

«Credevo si fosse dimenticata» disse. «Vedo che è tornata con suo marito».

«Non è mio marito, è un collega» risposi con poco garbo. Presi il sacchetto dalle mani di Garzón e glielo misi davanti. «Qui c'è la scatola e tutto quanto. Fammi la cortesia di scegliere quel che ti serve e fare le verifiche che ti ho chiesto».

Lui, con sovrana lentezza, andò estraendo dal sacchetto un pezzo per volta: la scatola, il libretto delle istruzioni, una busta contenente dei documenti, e infine il nastro e la carta da regalo che avvolgeva il tutto.

«E questa roba cos'è?» saltò su in malo modo. «Non

è la carta che usiamo noi. E nemmeno il nastro. Ci assomiglia, ma non è la stessa cosa».

Aprì un cassetto sotto il bancone e tirò fuori un foglio di carta nera a piccoli pois dorati. Lo posò accanto all'involucro stazzonato che aveva portato Garzón, nero anche quello, ma stampato a minuscoli quadratini.

«Vedete?».

Guardai Fermín.

«Questa è la carta che avvolgeva il pacchetto» disse. «L'ho aperto, poi l'ho ripiegata e l'ho messa nel sacchetto. E lì è rimasta fino a questo momento».

Guardai il porcospino:

«Sei sicuro che non ci fosse dell'altra carta in negozio, qualche giorno fa?».

«No, guardi, è sempre la stessa».

«Forse la tua ragazza ne aveva scelta un'altra».

«No, la mia ragazza...».

«Ah, certo, lei spolvera soltanto».

Uscimmo di lì in assoluto silenzio. Sapevamo entrambi il da farsi. Uno solo era il posto dove poteva essere avvenuta la sostituzione.

L'ispettore Tomelloso non la prese affatto sul ridere. Mi guardò con apprensione:

«Proprio non ti capisco, Petra. Non so cosa vuoi dire».

«Voglio dire che quel famoso messaggio sul telefono è stato scritto per forza in casa tua. Non è possibile che qui in commissariato, con tutta la gente che va e viene a ogni ora del giorno, qualcuno abbia aperto il pacco e sia intervenuto sull'apparecchio. Che età hanno le tue figlie?».

«Otto e cinque anni».

«E che lavoro fa tua moglie, Tomelloso?».

«È ragioniera e lavora in un grosso studio di commercialisti».

«Dovrai dirle di venire in commissariato».

«Va bene, Petra, gliene parlerò».

«No, scusami, devi chiamarla adesso. Dobbiamo parlarle immediatamente».

«Lei sarebbe implicata?».

Gli posai una mano sulla spalla. Capivo che era sbalordimento, più che paura, quel che provava in quel momento.

«Falla venire. È meglio se parliamo con lei».

Lui mi guardò angosciato e annuì. Prese il cellulare e chiamò.

«Margarita, sai, vogliono parlare con te in commissariato. No, scusa, dovresti venire adesso... Forse non ci siamo, Margarita, ho capito che stai farcendo il tacchino, ma molla tutto e vieni subito qui».

Era sbiancato. In un attimo la sua faccia si era riempita di rughe. Chiuse la comunicazione e restò lì con lo sguardo perso.

«Sarà meglio che tu non sia presente durante il colloquio. Però non devi preoccuparti. Ci sarà sicuramente una spiegazione».

Interrogare la moglie di un collega non è certo un piacere, specialmente se non sai cosa può venirne fuori. Margarita era piccolina, sottile, poco appariscente. Una donna normalissima, vestita con pretese di eleganza. Ci guardava senza saper cosa fare. Si vedeva che lottava per tenere a bada l'imbarazzo. Chiese di suo marito, le dissi che sarebbe venuto più tardi. Si sedette, rifiutò il caffè offerto da Garzón. Per me fu chiaro che dovevo passare immediatamente all'attacco.

«Vuole dirmi in quali rapporti era con la principessa Umberta de' Teodosi, Margarita?».

Lei arrossì fino alle orecchie, spostò lo sguardo, si schiarì la gola, ma la voce non le usciva. Alla fine disse:

«Era una cliente dello studio dove lavoro. Seguivo la sua contabilità».

«C'è qualcosa che sente di doverci dire, Margarita?».

Lei portò bruscamente una mano al volto, coprendosi gli occhi. Aveva cominciato a piangere silenziosamente. Garzón ed io ci scambiammo un'occhiata di allarme, augurandoci che si calmasse. Dopo un istante, farfugliò:

«L'ho scritto io quel messaggio. Non sapevo come avvertire la polizia. La principessa era entrata in contatto con gente che non mi piaceva, una società che depositava forti somme in una banca svizzera usando come tramite la fondazione. Provenivano da traffici illeciti, ne sono sicura».

«E perché non l'ha denunciata? Suo marito è un poliziotto!» sbottò Garzón.

«Temeva di perdere una buona cliente, vero, Margarita?» risposi io per lei.

«Ben più di questo, ispettore. Se avessi denunciato una cliente avrei perso il lavoro. E non solo, mi sarei fatta terra bruciata intorno, non avrei lavorato mai più! Ma proprio perché sono la moglie di un poliziotto non avevo la coscienza tranquilla».

49

«E allora perché non ha scritto una banalissima lettera anonima?» chiese il viceispettore con una punta di risentimento personale.

«Voi avreste dato retta a una banalissima lettera anonima? Quando mio marito mi ha parlato del regalo per un collega, ho pensato che quella potesse essere una soluzione. È stata un'idea stupida, lo so, ma almeno mi avrebbe fatta sentire a posto».

«Ha aperto il pacco e l'ha rifatto tale e quale?».

«Ci siete arrivati perché la carta era diversa? Lo sapevo! Ma non avevo molto tempo e non sono riuscita a trovarne una identica».

«Fin qui va tutto benissimo, Margarita; solo che quattro giorni dopo la principessa è stata uccisa».

«E che cosa potevo farci io?».

«Quello era il momento di parlare!».

«Ma io non c'entro per niente. Non ho neppure idea di chi sia stato».

«Questo è possibilissimo, però così si è resa complice di un delitto».

«Come? Ma ci mancherebbe altro! Io indirettamente vi ho informati di quello che sapevo, e non conosco affatto chi ha ucciso la principessa. L'avevo anche avvertita che quello era un gioco pericoloso, e lei non ha voluto darmi retta».

«O forse sì, e per questo l'hanno ammazzata».

«E che cosa potevo farci? Sarò stata una vigliacca, un'egoista, dica quello che vuole, ma non sono un'assassina. Ho cercato di avvertirvi senza rovinarmi la carriera. Non riesce a capirlo, ispettore?».

«E che cosa sa di questa fantomatica società che era in rapporti con la principessa?».

Rimase zitta, guardò il soffitto. Questo mi mandò su tutte le furie.

«Continua a volerli coprire anche adesso?».

«Ma io ho solo un indirizzo di posta elettronica, nient'altro».

«Ci dia quello».

Naturalmente non lo aveva con sé, e Garzón dovette accompagnarla nel suo studio. Come minimo avrebbe dovuto rispondere di intralcio alla giustizia.

A me rimase l'ingrato compito di informare l'ispettore Tomelloso della bizzarra «collaborazione» di sua moglie. Ammetto che ero curiosa di vedere come avrebbe reagito. A tutta prima, com'era prevedibile, rimase senza parole. Poi si indignò:

«Ma è ridicolo! È assurdo! Come fa una donna adulta, una professionista, una madre di famiglia, una persona seria... a farsi venire un'idea così contorta, così demenziale?».

«Pensava che potesse essere più efficace di una semplice lettera anonima».

«Ma è una cosa da pazzi, e per di più non corrisponde alla sua personalità! Margarita è una donna di buon senso».

«A volte le persone di buon senso ricorrono all'immaginazione in modi che nessuno si aspetterebbe».

«Ma, Petra, ti rendi conto di che cosa stiamo parlando? Di un messaggio su un telefono regalato per Natale, di lettere anonime... Perché prima non ne ha parlato con me? Perché? Sono suo marito o no? Non si fidava?».

«Temeva per il suo prestigio, per la sua carriera».

«Voi donne siete fissate con questa storia della carriera! Se mai io avessi messo in pericolo il mio matrimonio in nome della mia fottuta carriera, tutti avrebbero detto che ero un grandissimo stronzo; se invece lo fa una donna, allora bisogna capirla, poverina, si giustifica tutto. Ma dove siamo andati a finire?».

«Chi ha messo in pericolo il matrimonio? E come? Adesso stai esagerando...».

«Riderà di me tutto il commissariato!».

«Nessuno deve per forza saperlo».

Mi guardò con un filo di speranza.

«Tu credi?».

«Parlerò io col commissario. La cosa verrà trattata con la massima discrezione e puoi stare sicuro che nessuno dei colleghi si prenderà la briga di andare a leggere gli atti».

Si tranquillizzò. E quando se ne fu andato mi ritrovai a meditare sulla stranezza dei casi della vita, che ti portano a prendere le difese di persone che pochi minuti prima avevi messo alle strette. Eppure, che ci vogliamo fare, tutto è relativo, come ha dimostrato Einstein con la sua dannata formula. Gli uomini, pensai, temono il ridicolo più del diavolo l'acqua santa, più di un divorzio, più di una menzogna, più del tradimento in sé e per sé. L'uomo appartiene al gruppo, mentre la donna appartiene solo a se stessa e a quelli che lei lascia entrare nella sua intima cerchia.

Rimasi seduta alla scrivania, appoggiai la testa sulle braccia e, quasi all'istante, mi addormentai. Con quell'enigmatica storia del regalo di Natale erano giorni che non mi facevo un sonno come si deve. Per fortuna mio marito era in montagna con i ragazzi e non dovevo sorbirmi le sue amorevoli raccomandazioni: «Dovresti avere più cura di te, cara, dovresti riposare di più, dovresti mangiare in modo decente, imparare a mettere ogni tanto il lavoro da parte». I consigli degli altri sono una gran rottura di scatole e servono solo a dimostrarti che c'è qualcuno che si preoccupa per te. Certo, è molto più elegante riceverli da chi ti ama che doverseli dare da sé. È orribile che sia la tua prudente voce interiore a dirti che devi «mangiare in modo decente». Ti senti una vecchia ciabatta egoista, mentre se non mangi in modo decente quando qualcuno te lo ricorda, ti trasformi in una ribelle capace di morire per il suo eroismo sul lavoro.

Mi strappò a quel dormiveglia filosofico una manaccia sulla spalla. Nel mio stato di semincoscienza credetti che fosse Garzón, data la rudezza del procedimento. Ma aprendo gli occhi scoprii di avere davanti l'ispettore Sangüesa.

«Dormivi, Petra?».

«No, figurati! Mi stavo preparando per il Tour de France».

«Mi spiace, solo che ho scoperto cose incredibili nella contabilità della tua divina marchesa. Ma se ti stavi allenando per il Tour... magari è meglio se ripasso dopo».

Maledizione agli esperti contabili! Al giorno d'oggi senza di loro non si può più fare niente. Sembra che abbiano le chiavi di tutti i segreti.

«Fermo lì, Sangüesa, non te ne andare. Prenditi una sedia e spara».

«Dato che so che a te interessa solo lo spirito generale della questione, non mi sono portato neppure un pezzetto di carta».

«Ti ascolto».

«Sei sicura di essere abbastanza sveglia? Guarda che posso ripassare dopo».

«Per favore, ti prego, ti supplico! Vuoi che mi metta in ginocchio per te?».

«Non sarà necessario. Potrebbe compromettere l'allenamento ciclistico. Il fatto è, Petra, che la contabilità della tua baronessa non ha il minimo senso. Secondo te, cosa fa uno che mette in piedi un'attività per il riciclaggio di denaro sporco?».

«Boh, non lo so, sperare che Dio gliela mandi buona?» dissi, ancora intontita.

«No! Quello che fa è guadagnarci su! Logico, no? Tu metti su la tua impresina, la tua fondazione o quel cavolo che vuoi, in apparenza perfettamente legale, e poi ti prendi la tua fetta del nero che ricicli. Una specie di commissione per il servizio prestato, mettiamola così. È chiaro?».

«Certo, come il sole».

«Bene, invece la viscontessa non faceva così. Lei riciclava fondi neri provenienti da chissà dove, ma tutto finiva nelle casse della fondazione».

«Ne sei sicuro?».

«Quei rendiconti che mi hai dato, quelli che inviava ai soci della fondazione, sono tutti truccati. Lì risulta che quel che riusciva a tirar su veniva da cene, serate danzanti, vendite all'asta di abiti smessi e concerti di cantautori passati di moda, quella roba lì. Ma la realtà è ben diversa. Nei libri contabili le grosse cifre figurano come donazioni di entità che rispondono a sigle sconosciute. Una parte di questi introiti veniva depositata presso una banca svizzera. Stiamo cercando di fare le debite verifiche, ma a quanto pare il conto non è intestato a lei. Il resto finiva nelle casse della fondazione».

«E non ci sarà un altro conto a suo nome da qualche parte?».

«No. Altrimenti non avrebbe potuto pagare religiosamente tutte le fatture delle iniziative che finanziava. La più importante delle quali è un centro diurno per bambini autistici. Ci sono tutte le pezze d'appoggio, non manca niente, e anche le altre realizzazioni della fondazione esistono nella realtà. Quel che non si capisce è come potessero credere, i signori soci, che a forza di aperitivi e serate si potessero fare tanti soldi».

«Dubito che andassero troppo per il sottile. Si fidavano di lei, la lasciavano fare. Il presidente era suo figlio».

«Capisco».

«In definitiva quel che stai cercando di farmi capire è che Umberta era una specie di Robin Hood: toglieva ai ricchi per dare ai poveri».

«Sarebbe così se sotto quelle sigle ci fosse la banca mondiale, ma invece chissà chi ci sta dietro. Avete qualche indizio?».

«Un indirizzo di posta elettronica».

«Noi, attraverso il giudice istruttore, stiamo facendo pressioni sugli svizzeri perché ci facciano sapere a chi è intestato il conto. Qualcosa verrà fuori».

«Speriamo».

«E questo è quanto, Petra. Puoi risalire sulla tua bicicletta».

«Complimenti, Sangüesa, hai fatto uno splendido lavoro. Solo una piccola precisazione: Umberta non era baronessa, né marchesa, né contessa. Era principessa, è chiaro?».

«Ma aveva i suoi anni. E a partire da una certa età le principesse, o diventano regine, o non contano più niente».

Rimasi annichilita a quell'ultima trovata del collega. Sì, forse aveva colto nel segno. Quella principessa bella, bionda, colta, ricca, con una vita di privilegi, sempre ammirata e invidiata, era condannata a essere regina o a non contare più niente. Regina dei Bambini Sfortunati era un titolo che poteva anche andarle bene, e ce l'aveva messa tutta. Solo questo poteva dare un senso alla sua vita, con buona pace di Garzón.

Grazie all'aiuto concesso obtorto collo dalla banca svizzera, e il contributo dei nostri specialisti, prima ancora di Capodanno riuscimmo a stabilire l'identità dei «soci» della principessa. Erano puri avanzi di galera, e implicati nel traffico di stupefacenti, come se non bastasse. Catturarli fu un gioco da ragazzi per i colleghi della Narcotici. C'era da domandarsi come fossero entrati in contatto con la signora. Come l'avessero conosciuta, dove si fossero incrociate strade in apparenza così divergenti. Gli interrogatori condotti dai nostri esperti colleghi, ai quali potemmo essere presenti pur non occupandoci delle questioni relative al traffico di droga, chiarirono come si fosse creato quell'insolito sodalizio. La nobile Umberta, sempre animata dal suo zelo caritatevole, aveva organizzato dei corsi per il reinserimento degli ex detenuti. E a questi corsi insegnava lei stessa. Uno dei partecipanti le aveva raccontato di aver fatto lo spacciatore per certi tizi piuttosto in alto. Il tipo doveva essere simpatico, e nelle loro frequenti conversazioni la principessa si era resa conto di quanto fossero cospicue le somme che si muovevano in quel mondo e aveva capito che uno dei principali problemi era rimettere in circolazione i proventi di quell'infausto commercio. Era stata lei, con cautela e compiendo i passi che le furono prescritti, ad avvicinare i trafficanti e a proporre la sua collaborazione.

«All'anima della principessa! Che coraggio!» commentò Garzón in un impeto critico, o forse ammirativo, le imprese della nostra nobildonna.

Ci volle un certo impegno a strappare una confessione piena ai due loschi figuri, ma rinunciando al veglione di fine anno i nostri abnegati colleghi riuscirono anche in questo. Tutto sembrava chiarirsi come per incanto, finché non venne fuori il movente del delitto, che impresse una nuova svolta alla vicenda. Come mai? Perché il motivo per cui la principessa si era presa quella definitiva botta in testa era la scomparsa di ben seicentomila euro che non erano andati a ingrossare il famoso conto svizzero. Nella cassaforte trafugata, secondo gli assassini, di quei soldi non c'era traccia. In poche parole l'Umberta li aveva fatti sparire senza dare spiegazioni.

«Santo cielo, non è ancora finita» sospirai. Con il caso ormai virtualmente risolto, restava da capire che fine avesse fatto quella valigia piena di banconote.

«Lo dicevo io che non era fatta per questo mondo tanta angelica bontà!» esclamò il viceispettore in uno dei suoi commenti caustico-realistici.

«Non corra, collega. La casa della principessa è stata rivoltata da cima a fondo, e non è saltato fuori un centesimo. E lo stesso è stato fatto con la sede della fondazione».

«Quella è capace di esserseli spesi in modellini di Chanel».

«Ne dubito. Bisognerà consultare di nuovo Sangüesa».

Ma nemmeno il nostro esperto, munito di lente e travestito da Sherlock Holmes, riuscì a trovare traccia contabile di quei seicentomila scomparsi. Dov'erano finite le mazzette che avevano condannato a morte la principessa? O forse, detto in altre parole, chi diavolo le aveva? Perché il mio cuore, malridotto com'era dopo tanti palpiti e tante pene, mi stava dicendo qualcosa.

La sua faccia da bravo ragazzo si alterò un poco quando ci vide comparire proprio il cinque di gennaio, giorno che noi spagnoli consacriamo interamente ai regali dei Re Magi. Ma devo ammettere che il cortese Felipe riuscì ancora una volta a essere impeccabile nella sua amabilità.

«Ispettori, lieto di vedervi. Accomodatevi. Sono emerse novità dagli interrogatori di quei signori?».

A quel punto non avevo nessuna voglia di perdermi in divagazioni di cortesia. Mirai dritto all'obiettivo:

«La somma sottratta da sua madre, ce l'ha lei, vero?».

Lui sussultò come se fosse stato colpito al cuore. Eppure seppe riprendersi. Rispose in modo abbastanza naturale:

«Come, ispettore? Non capisco che cosa intenda dire».

«Finiamola con questa commedia, la prego. È evidente che lei non ha la stoffa del delinquente. Sono sicura che la sua signora madre se la sarebbe cavata molto meglio».

«Ispettore, io... Forse dovrebbe spiegarmi a che cosa si riferisce esattamente».

«Mi riferisco esattamente ai seicentomila euro in contanti che sua madre ha sottratto ai suoi complici. Come lei sa abbiamo trovato gli assassini, che adesso sono dove devono stare. Ma il motivo per cui sua madre è stata uccisa sono appunto i seicentomila euro che aveva pensato bene di tenere per sé».

Cominciarono a tremargli le mani. Si tolse gli occhiali, che nel frattempo gli si erano appannati. Continuai:

«Forse lei conosceva quei trafficanti; forse aveva persino preso accordi con loro perché liquidassero una madre troppo ingombrante. Un delitto spregevole, se mi permette un'opinione, il peggiore di cui un uomo si possa macchiare».

Garzón mi guardava basito. In quel momento il figlio della principessa esplose:

«Lei insinuerebbe che io, per denaro, me la intendessi con gli assassini di mia madre? Basta, ispettore, basta! Le dirò tutto quello che so, ma la smetta di muovere accuse terribili nei miei confronti. Questo non posso permetterlo».

«Se dice la verità, noi siamo disposti a crederle».

«I resoconti che mia madre mandava nel mio ufficio non venivano mai controllati. Perché? Ma perché tutto funzionava perfettamente e non ne vedevo la necessità. Non ci pensavo nemmeno. Finché lei non ha stanziato i fondi per la costruzione del centro per bambini autistici, un'opera davvero faraonica. Lì ho avvertito che qualcosa non tornava, che per quanti sostenitori avessimo, e per quanto fossero generosi, certe somme non erano nemmeno pensabili. Feci io stesso una revisione dei bilanci e mi resi conto che c'erano parecchie lacune, introiti di provenienza dubbia, ingiustificata. I resoconti che mi aveva presentato erano truccati. Parlai con lei, le chiesi spiegazioni, e lei si rifiutò sempre di darmele. Non ebbi il coraggio di denunciarla, però la avvertii con fermezza che quel tipo di attività, di qualunque natura fosse, doveva cessare. Lei me lo promise, e io non volli approfondire».

«Davvero lei non sapeva che quel che sua madre faceva era riciclaggio di denaro sporco?».

«No! E se lei non me lo dice, continuerò a non saperlo».

«Proveniente dal traffico di droga, dottore».

A quel punto lui si portò le mani al volto e si mise a piangere. Continuò tra i singhiozzi:

«Mia madre era una donna molto forte, ispettore, apparteneva a una generazione di donne forti. La fondazione dava un senso alla sua vita. È probabile che abbia chiuso tutti e due gli occhi e si sia lasciata trascinare. Era disposta a fare qualunque cosa pur di trovare quanto serviva per i suoi progetti, qualunque cosa».

«Ma mentre i bambini autistici ricevevano le migliori attenzioni in quel bellissimo centro, molti giovani trovavano la morte per mano degli spacciatori». Mi detestai per aver tirato in ballo un luogo comune così spaventoso, ma avevo fretta di arrivare fino in fondo.

«Non dica così, per favore. Di certo lei non fu mai consapevole di questo aspetto».

«E lei, lei fu consapevole del fatto che i contatti di sua madre con la criminalità organizzata avrebbero finito per costarle la vita?».

Crollò completamente. Scuoteva la testa, senza smettere di piangere.

«Mai, mai, mai! Lo giuro solennemente, a questo non ho mai pensato!».

«E dove sono quei seicentomila euro?».

«Li ho io» mormorò, disarmato. «Meno di un mese fa era venuta da me, voleva parlarmi. Mi ha detto che finalmente tutto quello che non mi piaceva del suo modo di gestire la fondazione poteva considerarsi una storia chiusa. E mi ha pregato di tenerle quei contanti per un anno. Dopo di che li avrebbe versati sul conto della fondazione».

«È evidente che aveva deciso di mettere fine a quella sua maniera disinvolta di accumulare fondi, ma non si è trattenuta dal mettere da parte qualcosa. Questo è bastato per ucciderla. È probabile che non immaginasse neppure di cosa fosse capace quella gente in caso di tradimento».

«Dio mio! Che cosa poteva saperne, lei, che cosa?».

«Perché non si è rivolto prima alla polizia, Felipe?».

«Lei che risposta si dà, ispettore Delicado?».

«Si domandi piuttosto se ciò che stava proteggendo, in realtà, non fosse la sua reputazione, invece di quella di sua madre».

«Lei è ingiusta, ispettore».

«Forse. Ma ora, a stabilire che cosa sia giusto e che cosa no sarà il giudice. Si porti dietro quel denaro, quando la chiamerà a deporre, vedremo se deciderà di credere alla sua versione».

In strada, Garzón, che non aveva aperto bocca fino a quel momento, mi guardò con aria seria:

«La ammiro, ispettore. L'ha fatto a pezzi, ma con molta eleganza».

«È stato l'interrogatorio più retorico e orribilmente patetico che io abbia mai condotto».

«Era quello che ci voleva. Con un tipo così sensibile e beneducato cosa poteva fare, puntargli una pistola in mezzo agli occhi?».

«Forse sarebbe stato meglio, avremmo risparmiato tempo».

«Ispettore, che ne dice, ce la prendiamo la birretta del caso risolto?».

«Anche due, caro Fermín, anche due».

Appena fummo seduti al tavolo della Jarra de Oro, il mio collega si diede alle sue riflessioni a voce alta:

«Assurdo fino a che punto può arrivare la gente solo per dare un senso alla propria vita! E pensi che io, se non me lo avesse detto lei, non ci avrei mai pensato».

«E meno male, Fermín! Questo vuol dire che lei è una persona felice».

«Crede? Chissà, forse sì... Ma lei, Petra, non è felice?».

«Io, Fermín? Solo quando trombo».

«Adesso è lei che va sul pesante, ispettore!».

«Non mi dia retta, collega, pensi piuttosto a coronare la sua felicità ordinando un paio di salamini piccanti».

«Questo sì che dà un senso alla vita, se Dio vuole, il resto sono tutte fesserie!».

«Per una volta, e spero non costituisca un precedente, sono perfettamente d'accordo con lei».

Finiti i salamini mi alzai in piedi e dissi:

«E adesso, si corre».

«Si corre dove, ispettore?».

«Lei li ha comprati i regali dei Re Magi?».

«Ecco, ora che me lo dice, non ho fatto niente».

«Può cominciare adesso, i negozi sono aperti. Io devo comprare una sciarpa di cashmere per il mio amato sposo, e poi un mucchio di libri, giochi e gadget inutili per i ragazzi. E per finire farò irruzione al supermercato e spazzerò via tutto l'immaginabile».

«Io da mangiare ho già comprato».

«Vuol dire che ha preferito il maialino a sua moglie?».

«Detto così sembra un crimine perverso».

«Stia pur sicuro che lo è».

«Ma che cosa compro per Beatriz e per mia cognata?».

«Ah, questo riguarda lei».

«Mi accompagni a scegliere i regali, Petra, sia buona».

«Non ci penso nemmeno. Con queste indagini forsennate non mi è rimasto tempo per niente».

«E a me che cosa pensa di regalare?» buttò lì con perfetta sfacciataggine.

«Niente. Ho già partecipato all'acquisto del telefono».

«Già, però non si sa ancora se me lo ridaranno. Potrebbe almeno regalarmi la sua compagnia nella scelta dei regali».

«E lei, Garzón, che cosa pensa di regalare a me?».

«Io? Questo» disse misteriosamente infilando una mano nella sua cartella e facendo comparire una meravigliosa scatola di dolcetti di marzapane. Attraverso l'involucro trasparente vidi che erano autentiche opere d'arte, uguali identiche a ciottoli di fiume.

«Sono a forma di pietra» specificò. «Come il suo nome e il suo cuore».

Mi misi a ridere, arrossendo dalla contentezza.

«E va bene, viceispettore, va bene! Andremo insieme a cercare quei benedetti regali. Pur di farmi sentire in colpa lei è capace di qualunque cosa, anche di diventare dolce come il marzapane».

«Me ne farà assaggiare uno?».

«Ci penserò».

E così, dicendo sciocchezze e ridendo ci inoltrammo nel bailamme della città, piena di gente come noi che pensava alla famiglia solo all'ultimo momento.

Settembre 2013

Maurizio de Giovanni
Un giorno di Settembre a Natale

Gelsomina Settembre aveva un'unica, incrollabile fede: le Giornate di Merda.

Ci pensava proprio così, con le maiuscole: anzi, la consuetudine con cui si presentavano nella sua vita l'aveva portata a individuarle con le sole iniziali, GdM, un acronimo confidenziale, un timbro mentale da apporre per qualificarle con brevità.

Con quello che vedeva succedere ogni santo giorno, aveva imparato fin troppo bene che non c'erano elementi sufficienti per poter credere in una divinità provvidente; e che il caso, il fato o il destino erano comode soluzioni, rifugi ai quali rivolgersi per nascondere l'incapacità di affrontare con le proprie forze le avversità. Né il suo innato senso pratico le consentiva soluzioni spirituali e animistiche, con spiriti sorridenti a vegliare sull'esistenza o acrobatiche reincarnazioni in animali o piante.

In compenso, era assolutamente certa che quando una giornata iniziava storta, storta continuava fino alla fine, quando, finalmente appoggiato il capo sul cuscino, avrebbe potuto apporre il famoso timbro di GdM per sperare in una rapida e indolore archiviazione. Per quanto riguardava il riconoscimento, si poteva stare tranquilli: la GdM avrebbe saputo come manifestarsi.

Quella mattina, per esempio, Mina ebbe il primo sentore della qualità delle ventiquattr'ore che l'aspettavano già davanti allo specchio, appena alzata. I capelli bianchi erano passati da quattro a otto.

D'accordo, aveva quarantadue anni fin troppo ben portati, a giudicare dalla quantità di sorrisi, apprezzamenti e avance più o meno aperte che subiva con fastidio dalla mattina alla sera; e sì, non si tingeva i capelli nerissimi né si sottoponeva a complicati e noiosi trattamenti come molte sue amiche facevano, limitandosi a un veloce shampoo giusto per concedersi una mezz'ora di appisolamento dal parrucchiere, una volta alla settimana. In definitiva, Mina non era certo una che faceva della cura del proprio aspetto la trave portante della vita: anche perché non ne aveva bisogno, essendo una di quelle donne sulle quali il tempo non sembra voler lasciare segni. La pelle liscia e tesa, le labbra piene con un lieve accenno di broncio naturale, gli occhi neri e grandi dietro gli occhiali che non aveva mai voluto sostituire con le lenti a contatto, molto meno pratiche.

E il corpo, be', quello era tutto un problema. Alta, tonica e aggraziata, con un seno molto ampio e morbido che aveva la scomoda somiglianza con un barattolo di marmellata aperto in una stanza infestata di insetti: il numero di mosconi e calabroni che il suo petto attirava in continuazione, a scapito dei tentativi perenni di nasconderlo sotto ampie vesti, era in costante incremento. Fosse stata meno terrorizzata dalla chirurgia, lo avrebbe volentieri devoluto a una decina di bisognose.

E allora perché l'aumento di capelli bianchi, peraltro non particolarmente notevole, angosciava Mina?

Il motivo le si manifestò mentre prendeva in fretta il caffè in cucina, scottandosi le labbra pur di uscire di casa prima di incontrare il Problema.

Il Problema, come lo chiamava tra sé, si palesò tuttavia prontamente, annunciando il proprio arrivo, al solito, col ben noto cigolio nel corridoio.

Dopo la separazione, due anni prima, Mina era tornata per necessità economiche ad abitare con sua madre, e con la di lei badante moldava, Sonia. Da quel momento, l'unica occupazione della signora Concetta (detta «il Problema», appunto) era una stigmatizzazione costante e articolata della vita della figlia, che invece di tendere a procurarsi un uomo purchessia si perdeva dietro a inutili inezie quali il lavoro di assistente sociale, il bene del mondo e la lotta contro il degrado.

Il cigolio della sedia a rotelle alla quale la signora Concetta era costretta da forti dolori reumatici che non ne miglioravano certo il carattere ricordava l'intro di *I will survive*, la canzone di Gloria Gaynor che aveva fatto da colonna sonora all'adolescenza di Mina. Ma chissà perché adesso non le piaceva più. «At first I was afraid», diceva il verso della canzone imitato dalla ruota cigolante: all'inizio ero terrorizzata. C'era da pensare che la mamma l'avesse programmata, la ruota, accordandola come uno strumento. Mina si ritirò fuori

71

dal cono di luce della lampadina, sperando che il Problema fosse meno attento del solito.

«Mamma, già sveglia?» cicalò leggiadra. «Come mai? Oggi è festa, perché non riposi un po' di più?».

Concetta aguzzò gli occhi, stringendoli a fessura:

«Oggi è la vigilia di Natale, la festa è domani. E poi i dolori non mi fanno dormire, lo sai. Fai un passo avanti, vieni alla luce, fammi vedere una cosa».

Mina sospirò e venne avanti, secondo gli ordini.

«Ecco, lo sapevo. Facevi così pure quando eri piccola, quando non mi volevi far vedere una cosa ti nascondevi. Guarda là, stai facendo tutti i capelli bianchi. Stai diventando una vecchia cadente, hai pochi mesi di tempo e poi nessuno ti piglia più. E come ti combini? Tu una cosa buona tieni, una sola, e ti metti questi maglioni larghi per nascondere, invece di metterti in mostra».

Mina sospirò, conscia che qualsiasi difesa sarebbe stata inutile. Il Problema continuò, tagliente:

«Non lo capisci, che oggi per procurarsi uno che ti mantiene devi essere zoccola? Guarda la televisione, non le vedi? Tutte truccate, scosciate, scoperte, siliconate, ossigenate, sopraelevate. E tu? Senza trucco, con le scarpe di gomma e il maglione da uomo, ma chi ti piglia? Invece di approfittare che si riportano le cose degli anni Settanta, con una scollatura a barca che ti mette in risalto il seno, magari un idiota che ti prende lo trovi».

Mina scattò:

«Ma', a me gli anni Settanta mi facevano schifo pure negli anni Settanta. E poi lo sai, a me la scollatura ci vorrebbe a nave, non a barca. Vabbè, va', fammi andare che è tardi: mi tratterrei pure, in questa simpatica conversazione, ma tengo da fare in ufficio. Tu hai bisogno di qualcosa?».

Il Problema le rivolse uno sguardo amareggiato:

«Ecco, che bella educazione, così ti rivolgi dopo che una cerca di aprirti gli occhi. E spiegami, che tieni da fare la vigilia di Natale? E non lo chiamare ufficio, quel buco cadente in un palazzo cadente in un vicolo cadente dove vai a fare finta di lavorare».

GdM, pensò Mina fermandosi con la mano già sulla maniglia della porta. Senza voltarsi sibilò:

«Lo chiamo ufficio perché ci lavoro, ma'. È un consultorio, aiutiamo la gente. E ci vado perché proprio alla vigilia di Natale c'è bisogno, ci stanno bambini che non tengono niente da mangiare, magari qualcuno ci porta qualcosa da dargli. E poi, che ne sai tu delle condizioni del palazzo e della strada?».

La signora Concetta, palesemente contenta di aver colpito nel segno, sorrise soddisfatta:

«Ho le mie fonti. Ogni tanto, quella zoccola di Sonia che tra parentesi dovrebbe essere la mia badante e invece sta ancora dormendo mentre io mi sono già eroicamente lavata e vestita da sola, senza un lamento come fioretto a Padre Pio, pure con tutti i dolori che tengo, mi dà le notizie che mi servono: anche se invece di metterci cinque minuti se ne sta le ore intere in mezzo alla strada, magari facendo qualche servizietto a qualcuno per soldi, avida com'è».

Agli occhi di Mina si presentò l'immagine di Sonia, cinquantenne del peso stimato in una tonnellata abbondante e con sei denti d'oro che baluginavano nel buio del corridoio, che si nascondeva per differire l'inizio della sua personale GdM. Rapidamente riflettendo sull'improbabilità dell'esercizio della prostituzione occasionale da parte di una con quel fisico, alzò la voce per farsi sentire da entrambe.

«Vabbè, mo' vedi che si alza e ti viene a fare compagnia. Torno presto».

«Sì, come se contasse qualcosa la mia presenza. Morirò, sai? Morirò, e tu resterai sola e abbandonata. Questo è il mio anatema, ricorda».

E, con addolorato sussiego, si allontanò verso le proprie stanze. La ruota canterina cigolò il proprio terrore. Come ti capisco, pensò Mina uscendo.

A partire dal nome, rifletté cercando di districarsi tra la folla che invadeva la strada, alla ricerca dell'ultimo acquisto natalizio. Mi ha rotto le scatole fin dal nome.

Provaci tu, mammina cara, ad affrontare la vita chiamandoti Gelsomina Settembre, con tutti i compagni di classe e gli amici a sfotterti perennemente. Povero papà, tutto sommato non è stata del tutto una sfortuna morire così presto: non oso pensare a che vecchiaia ti sarebbe toccata. Magari avresti fatto finta di essere diventato sordo.

Doveva però ammettere che le fonti della madre erano state accurate e veritiere: il consultorio era il pomposo nome di due stanze cadenti al terzo piano di un palazzetto scrostato in piena zona Quartieri Spagnoli, con l'ascensore perennemente fuori servizio e un terribile odore di cipolle cotte aleggiante come un fantasma. E non erano questi gli unici problemi del posto di lavoro: se ne ricordò quando dalla fatiscente guardiola sgusciò agilmente una figura sottile, sbarrandole la strada per la rampa di scale.

Il portiere dello stabile, Trapanese Giovanni detto Rudy, poteva avere sessanta quanto centoventi anni; il volto era un reticolo di rughe, la corporatura sottile e minuta era innalzata da un paio di scarpe dotate di zeppe fino al metro e sessanta. I capelli e i baffi, curati al limite della mania, erano tinti con un improbabile color noce che Mina riteneva sottratto in grandi quantitativi a un mobilificio.

L'uomo aveva la sgradevole abitudine di dialogare con Mina senza staccarle gli occhi dal seno. La cosa conferiva alla conversazione un che di surreale, come se la donna fosse ventriloqua.

«Signora Mina, che bellezza, siete qui pure il giorno della vigilia!» disse alla tetta destra.

«Eh, signor Trapanese. E sto pure in ritardo, se è per questo. Ci sta qualcuno, di sopra?».

Sospirando, Rudy si rivolse all'altro emitorace come a non volergli far torto:

«Proprio non mi volete chiamare Rudy, voi. È il nome ispirato a Valentino, me l'hanno gentilmente dato le signore del quartiere che non sono come voi, che resistete al mio fascino. Comunque purtroppo sì, c'è gente sopra, compresa una giovane che vi cercava».

«Purtroppo?» chiese Mina.

«E già, perché altrimenti vi avrei accompagnata e, una volta soli, chissà che succedeva».

Mina valutò che avrebbe potuto agevolmente schiacciarlo sotto un piede, e per un lungo attimo ritenne quasi di farlo. Poi decise per un sorriso sghembo e si inerpicò per la scalinata.

Il consultorio, uno dei pochi sopravvissuti al di fuori dei distretti sanitari, ospitava, oltre a Mina, una psicologa e un ginecologo. La psicologa, un'anziana dolce signora dei quartieri alti, si vedeva raramente perché aveva uno studio privato e non andava volentieri a sporcarsi le mani nel popolare, pur non volendo perdere qualifica e stipendio; nel caso abbiate bisogno di me chiamatemi, e sono là in cinque minuti, diceva. Mina però all'occorrenza fungeva tranquillamente da psicologa, e pure da neurologa, rianimatrice e ragazza del bar, se era per questo, per cui il cellulare della collega poteva dormire sonni tranquilli. Peraltro l'angustia dell'ambiente mal si prestava a un eccessivo affollamento, quindi nessuno si lamentava per la carenza d'organico.

Il ginecologo era tutto un altro discorso, e coinvolgeva il mondo affettivo di Mina.

La separazione dal marito era stata più triste che dolorosa. Una bravissima persona, conosciuta all'università; un rapporto cerebrale, basato sulla condivisione di valori e gusti letterari, musica e belle vacanze, lui ricco di famiglia, magistrato tutto d'un pezzo, onesto e rigoroso. Anche un bell'uomo, come le diceva acida il Problema quando, non più di una decina di volte al giorno, le rinfacciava di aver perso la sicurezza di un fulgido futuro per ragioni imprecisate. Lo stesso Problema che, in costanza del suo matrimonio, le aveva rinfacciato, non meno di una decina di volte al giorno, di avere sposato un inetto.

E invece Mina le ragioni ce le aveva, e molto precise, pure. La ragione principale era la pelle. Alle prese dalla mattina alla sera con gli effetti tragici e dolorosi delle passioni, che ribollivano in quel quartiere come l'acqua della pasta a mezzodì, aveva cominciato a chiedersi dove avesse smarrito le sue: e aveva dovuto rispondersi che, in realtà, non le aveva mai provate. Si era allora convinta che forse non ne era in grado, fino a quando, in un congresso che si era tenuto al nord e a seguito di un'animata discussione e qualche cocktail di troppo, era finita a letto con un collega, siciliano e molto affascinante.

La cosa non aveva lasciato strascichi, ma aveva spiegato a Mina molto più efficacemente di una serie di lezioni di psicologia quanto la sua vita fosse insoddisfacente. Con onestà ne aveva parlato a Claudio, il marito, che pur assumendo un'aria sofferente e offesa le aveva detto che avrebbe perdonato e dimenticato l'episodio. Il problema, gli disse Mina, è che non ho intenzione di dimenticarlo io. Per cui si separarono. Mina, suscitando l'orrore del Problema, ritenne dignitoso lasciare al marito l'integralità dei beni che peraltro aveva pagato lui, inclusa la casa, e rinunciò a qualsiasi forma di assegno. Mi mantengo da sola, disse. E così aveva fatto.

Claudio la cercava ancora, per la verità. Si preoccupava per lei, cercava di sapere come stesse in salute, se ce la faceva coi soldi eccetera; e lei, in due anni, non aveva avuto altre relazioni perché le sembrava triste andarsele a cercare, come le sue amiche divorziate facevano, provando a coinvolgerla in serate malinconiche in locali specifici. Lei si defilava, dicendo a se stessa che le cose importanti ti vengono a cercare, e che non succede mai viceversa; e che le occasioni, a volerle creare, non ci si riesce mai meglio di come ce le si ritrova tra i piedi quando non ci si pensa.

Mina, appunto, l'occasione se la trovò tra i piedi quando il vecchio dottor Rattazzi andò in pensione, a quasi settant'anni. Avevano pianto tutti, era stato come un padre e poi come un nonno per generazioni di donne del quartiere, prima con le guardie mediche e poi da ginecologo del consultorio, anche se la presbiopia e un po' di tremito alle mani avevano alla fine reso penoso essere visitate da lui. Aveva pianto anche lei, fino a quando era arrivato il sostituto, il dottor Domenico Gammardella, chiamami Mimmo.

Mimmo si presentò una mattina di primavera, giovane e stazzonato il giusto, i capelli spettinati e impettinabili a incorniciare occhi nocciola chiaro, un velo di barba bionda, denti forti e bianchi che balenavano in improvvisi sorrisi, spalle larghe e dita lunghe e sottili. Perfino la fossetta sul mento, aveva. Mina, una volta richiusa la bocca, aveva esibito un'estrema e raggelante professionalità difensiva che aveva ricondotto il sorriso di Domenico chiamami Mimmo a dimensioni molto più contenute.

Le utenti del consultorio si erano moltiplicate come polli in batteria, e alcuni fidanzati a scanso di equivoci avevano preso ad accompagnare le proprie donne alla visita; il fatto era socialmente positivo nell'ottica della responsabilità di coppia, e Mina ne era stata contenta. Il problema era che, per chissà quale carsica rotta dei sentimenti, non poteva fare a meno di essere sempre molto brusca quando si rivolgeva al dottor Domenico, chiamami Mimmo, che al contrario era con lei cordiale al limite dell'affettuoso; e che per di più, disorientandola gravemente, invece di guardarle il seno le rivolgeva sguardi dolcissimi color nocciola. Il loro rapporto viveva così una fase di stasi, con una tensione sessuale che si tagliava col coltello tra la formale gentilezza di lui e la barriera di ingiustificata freddezza di lei.

Quella mattina della vigilia di Natale, essendo una GdM, chiamami Mimmo non c'era, con visibile disappunto di una tardona pesantemente truccata con un voluminoso involto di natura alimentare tra le mani.

«Scusate, signo', ma il dottore bello non viene? Noi gli abbiamo portato gli struffoli e la pastiera!».

Mina rispose freddamente:

«Non lo so, non mi avverte se viene o non viene. E poi, abbiate pazienza, la pastiera non si fa a Pasqua?».

La donna sbuffò, infastidita:

«Sì, ma siccome lui è straniero del Molise ed è qua da poco, non l'ha mai assaggiata. Certo, se qualcuno dei suoi colleghi lo invitasse qualche volta a mangiare a casa sua, magari ne saprebbe qualcosa di più di quello che si cucina in città».

Mina arrossì violentemente:

«Ma... ma... che c'entra, il fatto di lavorare insieme non significa che si debba per forza fraternizzare. E poi, noi stiamo qua per fare un servizio sociale, non per...».

La donna tagliò corto:

«Vabbè, signo', ho capito, il dottore vi piace pure a voi. Io me ne vado, eventualmente ripasso più tardi, se viene glielo dite, è venuta la signora Nunzia, quella con la cistite, per farvi gli auguri di Natale. Grazie, statevi bene».

Mina, a bocca aperta e senza niente di caustico da rispondere, la guardò scendere le scale in precario equilibrio. Dio mio, pensò, era così evidente? Rabbrividì, non solo per gli spifferi che battevano il pianerottolo come i venti della steppa siberiana, ed entrò.

In attesa, su una sgangherata sedia di legno, c'era una ragazza.

Se ne stava addossata alla parete in maniera che chi passava per le scale non la vedesse; Mina se ne accorse solo mentre ravanava nella borsa per cercare la chiave del suo ufficio.

L'atteggiamento non era insolito: la maggior parte delle giovani donne che decidevano di venire al consultorio avevano nell'essere riconosciute la principale preoccupazione; e l'orario prescelto per evitare incontri indesiderati era proprio al mattino presto, o la sera subito prima della chiusura, con inevitabile ritardo a cena e interminabile discussione col Problema. Spesso, troppo spesso, oltre a se stesse nascondevano segni di percosse sul volto e sul corpo, di cui assurdamente si vergognavano.

Stavolta però la «cliente» non aveva lividi o abrasioni, anzi; a quell'ora di mattina esibiva un aspetto che lasciò Mina a bocca aperta.

Era bellissima e raffinata. Indossava un trucco leggero che esaltava i lineamenti delicati, i capelli raccolti e legati in una morbida coda, orecchini di perle, una sciarpa di lana e un soprabito scuro. Le gambe e le caviglie sottili, fasciate da calze scure di seta, finivano in un paio di eleganti scarpe nere con un tacco di media altezza.

Mina, che aveva colto tutti i particolari con una mezza occhiata di traverso, concluse che la bella signora era venuta dai quartieri alti per essere visitata dal dottor Domenico chiamami Mimmo Gammardella e avvertì una scomoda puntura alla bocca dello stomaco, soprattutto al pensiero del maglione sformato e dell'assenza di make-up che esibiva quel giorno. Il risultato fu che fece finta di non vedere la donna, e si infilò nella sua stanza, sbattendosi la porta alle spalle.

Stava armeggiando sulla vecchia stufetta elettrica cercando di attivarla, quando sentì un discreto bussare alla porta. «Avanti!», disse, a voce più alta di quanto avrebbe voluto, e la ragazza dell'atrio si affacciò sull'uscio.

«È permesso? Posso entrare?».

Mina corrugò lo sguardo. Quella voce. Una voce bassa, un po' roca, con una vibrazione in fondo appena percepibile. Quella voce. Quella voce l'aveva già sentita.

La donna fece un passo avanti nella stanza, le mani guantate che stringevano il manico di una borsetta di pelle. Gli occhi azzurri, fermi, erano fissi sul volto di Mina.

«Prego, signora, mi dica: che posso fare per lei?».

Un altro passo.

«Dottore', ma veramente non mi riconoscete? È passato tanto tempo, allora?».

Mina cercò di scavare nei propri ricordi, e di liberare di vestiti e gioielli la bella giovane che aveva davanti. La voce, quella voce. E gli occhi, azzurri e coraggiosi, senza paure e con un sottofondo di sfida nell'espressione. Lei. Era lei.

«Anna? Sei tu, davvero? Ma… Sei tu?».

L'ala di un sorriso passò veloce sul volto della ragazza.

«Mi posso sedere, dottore'? E permettete che chiudo la porta a chiave?».

Normalmente Mina preferiva che la porta rimanesse socchiusa; le storie delle quali era testimone a volte potevano avere improvvise evoluzioni che implicavano un'immediata richiesta di aiuto. Ma Anna, la piccola Nanninella: troppi anni erano passati. Le fece un cenno di assenso e attese che chiusa la porta la ragazza si sedesse, composta e aggraziata, davanti a lei.

Mentre ricordava tutto, come se fosse successo il giorno prima.

All'epoca, una dozzina d'anni addietro, lavorava senza stipendio presso il Tribunale dei minorenni che, su richiesta pressante del marito magistrato, le passava qualche segnalazione di casi particolari che non erano ancora della gravità tale da necessitare di un intervento dell'autorità giudiziaria. Sentì un brivido al pensiero del fuoco che l'animava all'epoca, della determinazione a rendere quella città un posto migliore; si chiese quanto ci avesse messo la città a rendere lei una persona peggiore.

Nanninella era una bambina del Bronx, come gli stessi abitanti chiamavano il terribile quartiere devastato dallo spaccio. Il padre faceva il posteggiatore abusivo e raccoglieva cartoni nei pressi dei cassonetti, per gli standard uno quasi onesto; la madre si arrangiava lavando le scale di un paio di condomini in centro. Anna era la più grande di quattro figli, a undici anni la mattina teneva i fratelli e un paio di volte, la sera, la volante dei carabinieri l'aveva pizzicata in compagnia di un gruppo di giovani malviventi. Niente di criminale, ma davvero brutte compagnie. Il giovane magistrato che aveva ricevuto la segnalazione aveva chiesto a Mina di fare un paio di visite, per avvisare la famiglia.

In simili condizioni, il più delle volte non la facevano nemmeno entrare o le urlavano addosso insulti pesanti, affinché nessuno dei vicini pensasse che si erano rivolti a un ordine costituito che non era riconosciuto in quel luogo. La famiglia Capasso, invece, l'aveva accolta e le aveva pure offerto un caffè.

Nanninella, le avevano spiegato, era intelligente e sveglia e non avrebbero voluto che crescesse come gli altri ragazzi del luogo; purtroppo però non avevano risorse, e anche consentirle di frequentare la scuola con continuità era impossibile, perché nessuno avrebbe potuto badare ai fratelli. Pure la domenica, quando il padre andava in Villa a vendere palloncini e fischietti e la madre era a servizio in una pizzeria, al pranzo doveva pensare lei. Erano coscienti del pericolo di certe frequentazioni, ma non potevano pensare di trasferirsi, disperati com'erano. Peccato, perché «la guagliona a scuola ci vorrebbe pure andare, è la preferita delle professoresse, sono venute perfino qua quando non l'hanno vista più. Ma è impossibile».

Allora Mina se l'era presa in carico. Ogni giorno la raggiungeva per un paio d'ore e le faceva fare i compiti, portandola a un diploma forse inutile ma gratificante; nel contempo cercava di tenerla lontana da quel gruppo di amici che utilizzavano quella bella faccia pulita, da bambina, per portare in giro qualche pacchetto, in cambio di pochi soldi. Poi avevano aperto il consultorio, e non l'aveva più vista.

«Ma come stai? Guardati, come sei cresciuta, ma quanto tempo è, dieci, no, dodici anni, vero? E come stai bene, sei... sei diversa».

La ragazza fece un sorriso amaro:

«Volete dire che sembro ricca, eh? Che questi vestiti, questi gioielli sono lontani da quelli della ragazzina che conoscevate voi. Roba cara, questa, dottore'. Roba che costa. E che si paga, pure. Si paga assai. Per quello che ve ne importa, a voi qua sopra».

Mina cambiò tono:

«Che vuoi dire, Nannine'? Io ti ho lasciata che eri una bambina, diplomata e serena».

«Per carità, è giusto, dottore'. Voi mica ci potete seguire per tutta la vita, a noi. Ci portate a una base, un diploma, magari un lavoro, o fuori dalla galera. Poi però noi dobbiamo affrontare il mondo nostro, un'altra volta. E il mondo nostro, lo sapete, è un inferno. Mica è colpa vostra: la colpa è nostra, che una mattina non ci alziamo e cominciamo a sparare addosso ai mostri, che non li ripaghiamo con le stesse armi loro».

«Senti, qua certi discorsi non li sopportiamo. Noi ci facciamo un mazzo tanto dalla mattina alla sera, e predichiamo in mezzo al deserto, quindi non mi venire a fare lezioni. Che vuoi, si può sapere?».

Nanninella sorrise ancora una volta, ma più dolcemente.

«Ecco, io così mi ricordavo di voi: combattiva, determinata. Mi piacevate assai, e cercavo pure di imitarvi. Non ve ne siete mai accorta. Io, vedete, faccio la puttana. La puttana di alto livello, ma sempre la puttana. Mi chiamano a un numero riservato, un telefonino speciale, solo per clienti di un certo tipo. Ci vediamo nei corridoi degli alberghi, loro prendono una singola e io una doppia, una cosa discreta».

Mina era poco disponibile al dialogo, su queste cose:

«Già, poverine, siete costrette a fare la vita. Perché lavare le scale, come fa quella poveretta di tua madre rompendosi la schiena, è un lavoro troppo difficile, no? Con quel lavoro là non te li compri, gli orecchini di perle».

«Come faceva mia madre, dottore'. Come faceva, non come fa. È morta. Lei e pure mio padre, la stessa malattia a due anni di distanza. Certe cose capitano, sapete. E ai vestiti, ai gioielli ci si abitua facilmente. Ma non è per questo che sto qua, lo capisco da sola che sbaglio».

«E allora perché stai qua? Non tieni di meglio da fare, la mattina della vigilia di Natale?».

La ragazza aprì la borsa e tirò fuori una busta.

«Dunque, dottore', statemi a sentire. Io abito in un quartiere residenziale, non ho più contatti con la gente di prima. Ho il mio giro, mi vedete, non sembro una puttana e infatti quelle che fanno il mestiere come lo faccio io sembrano in tutto e per tutto donne normali. Ho fatto questa scelta perché ho un bambino».

Mina fu testimone di una cosa stranissima: appena nominato il figlio, sul viso di Anna cominciò a scorrere una lacrima. Il tono di voce non cambiò, né cambiò l'espressione fredda e determinata degli occhi. La bocca non si contrasse, né sulla fronte liscia comparve alcuna ruga. Semplicemente, un filo sottile di acqua prese a scendere dall'angolo dell'occhio sinistro, piano, come un rigagnolo di dolore.

«Ha due anni. È venuto da una storia con uno... lasciamo perdere, va'. Il padre nemmeno lo sa che è nato, e non lo deve sapere. Me lo cresco io, tanto così sarebbe stato comunque. I miei fratelli sanno che me ne sono andata all'estero, gli mando soldi e sono contenti, grazie a Dio mi pare che ora cominciano a cavarsela per conto loro».

Mina si lasciò sfuggire un sorriso: faceva la vita, d'accordo, ma continuava ad accollarsi il destino della famiglia com'era stata abituata a fare, fin da bambina. L'imprinting.

«E come mai sei qua?».

«Sono qua perché questa è la mia ultima vigilia di Natale, dottore'. Io stasera devo morire».

In strada un clacson strombazzò rauco. Mina aprì la bocca e la richiuse subito, perché ci fu un bussare discreto alla porta. Si alzò e aprì; dallo spiraglio vide il bel sorriso del dottor Gammardella, il ginecologo.

«Salve, Mina. Volevo dirti che sono qui, un po' in ritardo ma sono qui. Se dovessi aver bisogno...».

Lo interruppe bruscamente, riducendo l'apertura e frapponendosi in modo che lui non vedesse Anna:

«Ah, Domenico, ciao. Va bene, grazie di avermi avvisato. A dopo».

Richiuse la porta sul suo «chiamami Mimmo», imprecando tra sé per l'ulteriore occasione di dialogo perduta e rendendosi conto che era venuta al consultorio la mattina della vigilia solo per ritrovarsi con lui, e invece ora aveva quella gatta da pelare.

«Che significa, che stasera devi morire?» disse, risedendosi.

«Li conoscete voi, i Luongo?».

E chi non li conosceva, sospirò annuendo Mina. La famiglia che governava il quartiere e mezza città, che decideva pure se la mattina il sole poteva sorgere o doveva aspettare una mezz'ora per consentire che si concludessero tranquillamente i traffici notturni.

«Tengono a mio figlio. Lo hanno preso l'altro ieri alla baby-sitter ucraina, mentre passeggiavano vicino casa. Senza fare rumore, lei ha capito subito chi erano, quando sono tornata me la sono trovata a casa che piangeva con la faccia abboffata di paccheri. E poi mi

hanno telefonato, sul numero riservato che non conosce nessuno».

Mina ascoltava, a occhi spalancati:

«E che vogliono, soldi?».

La ragazza rise, beffarda.

«Sì, figuratevi. Quelli si comprano a me, a voi e a
tutta la città e gli rimane ancora in mano una cifra che
noi non sappiamo nemmeno pronunciare. No. Vogliono una cosa da me».

Detto questo, tirò fuori dalla borsa un sacchettino e
lo mostrò a Mina.

«Mi hanno raggiunto di notte, quando non sapevo
più che fare. Mi hanno detto che lo sapevano, che una
come me non chiamava a nessuna polizia. Mi hanno detto che il bambino stava bene, che giocava con altri bambini della stessa età sua, me l'hanno fatto sentire, io
ho riconosciuto la voce».

Il rigagnolo riprese a scorrere, in silenzio.

«Allora io gli ho chiesto che dovevo fare. Lui, una
voce di uomo vecchio, mi ha detto che mi avrebbe telefonato uno per una serata, che io ero il regalo di Natale che loro facevano a un tizio in rapporti con loro.
Che mi avrebbero dato una bustina, che l'avrei trovata nella cassetta delle lettere. Che dovevo mettere
il contenuto di questa bustina in un bicchiere qualsiasi e farglielo bere, al tizio. E che poi me ne dovevo andare».

Mina attese, in silenzio. La ragazza ripose con delicatezza il sacchettino in uno scomparto all'interno della borsa. Tirò su col naso, brevemente, poi riprese:

«Sta su uno yacht al porto turistico; io, diciamo, gli devo fare compagnia, ci devo andare stasera alle otto. Io sola, forse è un uomo anziano, visto che non vuole due o tre di noi come in genere fanno quelli ricchissimi. Una cosa, poi si addormentano e ti vogliono vicina per tenergli la mano. Sono come bambini».

Non smetteva di fissare Mina negli occhi, senza alcuna vergogna, senza sofferenza.

«Il mio bambino, dottore'. Io vi ho cercata perché siete una persona onesta, l'unica che mi ha fatto bene per senza niente nella vita mia. Lo so che non mi lasceranno andare, dopo questa... dopo stasera. Non lo corrono, il rischio di tenere in giro una che sa quello che ha fatto. E se non mi ammazzano, mi devo ammazzare io, perché se poi mi fanno saltare con tutta la macchina, o la casa, con mio figlio vicino... Il mio bambino. Ve lo dovete andare a prendere, dottore'. Io so chi lo tiene, certi amici ce li ho pure io. Ci dovete andare domani mattina, lo dovete togliere da quelle mani. E lo fate andare in un istituto, uno buono perché se lo date ai miei fratelli non risolviamo niente, farà la stessa vita loro, e mia; o a una bella famiglia, che se lo tiene come se fosse suo».

Rigirò la busta che ancora teneva nelle mani.

«Poi dovete fare in modo che, a diciott'anni, riceva questa lettera che gli ho scritto. Gli spiego certe cose, perché non deve pensare mai che la madre lo ha lasciato e se n'è andata. Io lo so che lo farete, perché voi non siete della legge, siete una che ci capisce pure a noi, del mondo nostro. È per questo che vi sono venuta a cercare».

Le sue ultime parole caddero nel silenzio. Dall'esterno venne una risata chioccia, forse la signora della pastiera fuori stagione era tornata coi suoi doni alimentari per il dottore. Mina cercava di pensare in fretta.

«Non la devi fare per forza, questa cosa. Se sai chi tiene il bambino, puoi denunciarli, io ti aiuterei e...».

Di nuovo Anna rise, amara:

«Non dite sciocchezze, dottore'. Quella non è gente normale, che accetta uno smacco così. Fuori ne restano sempre più di quanti ne potete mettere dentro, e io non saprei dove nascondermi. Comunque, se non mi potete aiutare, o non volete, vi capisco. Grazie lo stesso, e buon Natale».

Fece per alzarsi, ma Mina la bloccò:

«E quando mai mi sono tirata indietro, io? Ti risulta? Dimmi tutto quello che devo sapere, a cominciare da dove sta il bambino».

Rimasta sola, Mina si affacciò e vide Nanninella uscire dal vicolo, a testa bassa. Prima di andarsene si era fatta giurare che non avrebbe detto niente a nessuno, né avrebbe preso iniziative di alcun genere. Mina aveva promesso, ma naturalmente non aveva nessuna intenzione di mantenere la parola.

La scelta che aveva fatto, rinunciando a qualsiasi professione molto più remunerativa e socialmente gratificante, le era stata rinfacciata dalla madre pressoché ogni giorno. Sentiva la voce del Problema risuonarle nelle orecchie: avresti potuto guadagnare un sacco di soldi, essere rispettata e temuta e a quel punto lo potevi pure lasciare, tuo marito, senza dover rimanere in mutande.

Ma se quella scelta aveva fatto, l'aveva fatta proprio per non dover essere testimone impotente di certe situazioni. Non era tagliata per i documenti, gli atti e le normative; sapeva bene la differenza, a volte minima, a volte decisamente abissale, che c'era tra la legge e la giustizia: una terra di nessuno in cui si succedevano eventi quasi sempre tragici per i più deboli.

Anna, pensò mentre guardava la lettera che la ragazza le aveva lasciato, aveva scelto forse la via più facile che la bellezza le consentiva; ma chi poteva davvero biasimarla? Non certo chi aveva visto il tugurio in cui era cresciuta, la difficoltà di procurarsi da mangiare, la sporcizia e i topi e le malattie endemiche, la miseria e la povertà come compagne di viaggio dell'infanzia e dell'adolescenza. Era già tanto che non si fosse rivolta alla droga, la più semplice e letale delle soluzioni per i ragazzi della sua generazione.

Non per questo però doveva perdere la vita. Non per questo il suo bambino doveva pagare per lei e per tutti.

D'altra parte era vero: se Mina avesse denunciato la cosa la polizia sarebbe piombata a impedire il probabile omicidio, ma poi avrebbe dovuto lasciare Anna e il suo bambino al loro destino; senza contare che i committenti non sarebbero stati identificati né rintracciati.

Nessuna soluzione. Spettava a lei, proprio a Settembre Gelsomina detta Mina, assistente sociale, cercare e trovare la via per risolvere la questione o cercare di farlo. E aveva poche ore, ed era la vigilia di Natale.

Tolse gli occhiali, mise le mani sulla faccia e ce le tenne per quasi un minuto, cercando di organizzare le idee senza riuscirci minimamente. Aveva bisogno di confrontarsi con qualcuno che non avesse pregiudizi, e che non sentisse la frenesia che adesso la stava prendendo.

Si alzò, andò alla porta e vide il dottor Gammardella che, imbarazzato e cercando di reggere una serie di pacchetti, fronteggiava un gruppo di virago che tubava come uno stormo di piccioni.

«Domenico, per favore, puoi venire un attimo da me?».

Visibilmente grato per l'insperato aiuto, l'uomo salutò in fretta e si chiuse con un sospiro la porta alle spalle.

«Mamma mia, che pressione! Sono gentilissime, ma francamente mi pare esagerata tutta questa gratitudine. In fondo faccio solo il mio lavoro, ma con chi mi ha preceduto erano così affettuose?».

Mina tagliò corto:

«No, direi di no. Siediti, ti prego: devo raccontarti una cosa, Domenico».

«Sì, ma per favore, chiamami Mimmo. Domenico mi pare formale, e in fondo non dovremmo esserlo, lavorando insieme, no?».

Non era il momento di applicarsi sulla fossetta e sul velo di barba bionda; Mina in un lampo rifletté sul fatto che era andata in ufficio la vigilia di Natale per un motivo, e la GdM aveva disposto diversamente. E, in breve, si sforzò di comprendere se l'uomo che aveva davanti avesse un animo in grado di reggere alla questione che gli doveva porre. Poi decise che non aveva alternative e, sforzandosi di non omettere alcun particolare, gli raccontò d'un fiato la storia di Nanninella.

Il dottore ascoltò, spalancando via via gli occhi. Alla fine si accarezzò pensoso il mento ispido e fossettato, poi disse:

«Non c'è alcun dubbio. Abbiamo il preciso dovere di avvisare le autorità».

Era esattamente quello che non dovevano fare, rispose Mina; e gli spiegò il perché, soffermandosi con gusto sadico su quello che probabilmente «quella gente» avrebbe fatto al bambino e alla madre, in caso di evidente sgarro.

«Non mi far pentire di averti raccontato tutto, Domenico. Non ho altri con cui parlarne, e mi serve aiuto. Dobbiamo risolverla noi, questa faccenda».

Gammardella strabuzzò di nuovo gli occhi:

«Noi? E che possiamo fare, noi? Un ginecologo e un'assistente sociale, poi. Dobbiamo trovare qualcuno, se non vuoi chiamare la polizia. Qualcuno che sappia cosa fare. Tu conosci sicuramente chi si sa muovere, in queste cose, no? Io vengo da fuori, sono qua da pochi mesi e...».

Mina non se la sentì di intenerirsi per la manifesta incapacità tutta maschile di affrontare la vita. Non nel pieno di una GdM così dM che di più non si poteva.

«Senti, a me serve solo sapere se eventualmente te la senti di darmi una mano. Solo se fosse necessario. Altrimenti lasciamo perdere, e fai come se non ti avessi detto niente».

Domenico si drizzò sulla sedia come se fosse stato punto nelle parti basse:

«Ma scherzi? Certo, che ti do una mano! Mica lascio che te la sbrighi da sola! Vorrei solamente essere sicuro che facciamo la cosa giusta, tutto qui».

Mina annuì, pensosa. In effetti, qualcuno del settore lo conosceva, forse. Solo che non era così ansiosa di andarci a parlare.

Il Centro Direzionale era un posto veramente triste, che diventava spettrale il giorno della vigilia di Natale. Anche quando nel resto della città regnava un placido sole senza brezza, il microclima di quel luogo disgraziato sapeva essere opposto: il vento tagliente ululava tra gli incongrui grattacieli deserti, e le strade erano invase dal perenne turbinio di cartacce e foglie secche.

Mina, scesa dal taxi, si incamminò a passo sicuro verso il tribunale: per scrupolo aveva chiamato, ma non aveva dubbi che la persona che cercava sarebbe stata al lavoro anche alla vigilia di Natale.

Claudio, il suo ex marito, la aspettava intirizzito con le mani affondate nelle tasche del cappotto grigio, cercando di ripararsi dal vento dietro un pilastro di fronte al palazzo di giustizia. Mina sorrise intenerita: il grigio era proprio il suo colore.

Appena la vide arrivare uscì dalla protezione del pilastro, andandole incontro.

«Poi me lo spieghi, per quale motivo non hai voluto parlare al telefono o raggiungermi in ufficio. Dieci minuti a questa temperatura e con questo vento, tanto valeva spararmi direttamente».

«Ciao, Claudio. Contieni l'entusiasmo, e andiamo in quel bar, così ti scongeli».

Occupato un tavolino in disparte e ordinati due caffè, rimasero a guardarsi: Claudio al solito preoccupato, che cercava di cogliere segni di disagio di Mina; Mina che cercava di capire come avesse potuto pensare di passare tutta la vita con un uomo così rassicurante ma così triste.

«Stai bene, sì? Ti vedo sciupata, mangi abbastanza?».

«Me l'hai chiesto anche la scorsa settimana, sì, mangio abbastanza. Non sono qui per questo. Ti devo parlare».

Claudio fece una smorfia:

«Sì, l'avevo intuito dal fatto che me l'hai chiesto al telefono. Dimmi».

Mina cincischiò col cucchiaino.

«Dunque, promettimi anzitutto che non mi ascolterai da magistrato: è il motivo per cui non ti ho voluto incontrare nel tuo ufficio».

«Mina, lo sai che uno il magistrato non lo fa in luoghi e orari definiti. O si è magistrati o non lo si è. Mi stai facendo preoccupare, mi dici che è successo?».

Lei fece scorrere lo sguardo sui capelli ordinati, i lineamenti regolari, gli occhiali, il nodo della cravatta regimental perfettamente stretto, la camicia con le iniziali. Provò il consueto misto di affetto, malinconia, tenerezza e rabbia.

«Lo so, e tu sei magistrato fin dalla nascita. Forse ho sbagliato a cercarti, lascia perdere. Prendiamoci il caffè e me ne vado, vorrà dire che ti ho augurato il buon Natale da vicino».

Claudio scattò:

«E no, adesso sei qui e mi dici perché. Va bene, farò uno sforzo. Ma tu parla».

Mina sospirò:

«Immaginiamo che stamattina sia venuta una persona, da me. E che mi abbia raccontato una storia. Immaginiamo che sia una storia che implica la possibilità, solo la possibilità, sia chiaro, che venga commesso un delitto. Che questo delitto, se lo si evita, comporterebbe gravissime conseguenze a carico di questa persona, e di suo figlio. Che io mi senta in dovere di intervenire...».

Il magistrato si drizzò sulla sedia, strabuzzando gli occhi: Mina non poté fare a meno di rilevare come la reazione fosse stata simile a quella avuta da Domenico.

«Ma che dici? E tu, che c'entri? Mina, ascolta, non combinare guai come al solito buttandoti dentro chissà quale problema che non ti riguarda! Ricorda che sei pur sempre mia moglie, e che...».

«Ecco. Tipico tuo: il vero problema è la tua carriera, e i riflessi che la mia vita potrebbe avere sulla tua carriera. È questo il vero motivo per cui la nostra storia è finita, ammesso che sia mai cominciata. Ciao, Claudio, ti saluto».

Lui allungò la mano sul tavolino e afferrò quella di lei, fermandola:

«No, dai. Va bene, starò zitto. Ma tu raccontami tutto».

Mina lo osservò a lungo e decise di fidarsi, anche perché non aveva di meglio. In maniera impersonale, e senza dare riferimenti che potessero far risalire a Nanni-nella, raccontò tutta la storia a Claudio che l'ascoltò in silenzio, ponendo ogni tanto brevi domande. Dopo meno di un minuto non resistette alla tentazione e tirò fuori la penna, prendendo rapidi appunti su un tova-gliolo di carta; Mina sorrise tra sé, riconoscendo il la-to metodico del carattere dell'ex marito.

Quando ebbe finito di raccontare, rimasero per un minuto in silenzio. Poi Claudio disse:

«I Luongo. Brutte bestie. Gente che non perde un attimo, a buttarti nella calce o in fondo al mare. Sa-pessi quanti non ne abbiamo trovati più, che si era-no messi di traverso sulla loro strada. Uno yacht, di-ci? Dev'essere qualche trafficante straniero, qualcu-no che ha cercato di fregarli in qualche modo. Una mossa abile, trovare una zoccola per farlo fuori; dev'essere ben protetto, questi si portano dietro un esercito personale».

«Complimenti per la sensibilità culturale, una zoc-cola, come se fosse solo uno strumento. Si dà il caso che la zoccola in questione sia una povera ragazza con un bambino, e che sia in condizioni disperate. Allora, hai qualche idea?».

Claudio si mordicchiava il labbro superiore.

«Tu non vuoi denunciare nessuno, e lei nemmeno; quindi non ce la possiamo andare a prendere col bam-bino, perché poi dovremmo rilasciarli e quelli li fareb-bero sparire entrambi. E nemmeno possiamo andare a rastrellare gli yacht al porto, così, a vanvera. Potrem-mo forse fermarla prima di salire a bordo, per un controllo; accusarla magari di adescamento e metterla in galera per qualche giorno, la facciamo uscire per la Befana, così non sarà stata colpa sua se non ha ammazzato il tizio. Ma più di questo, temo di non poter fare; a meno che, ripeto, qualcuno non sporga una bella denuncia e ci consenta di agire».

Mina sospirò, scuotendo il capo:

«No. Non risolverei niente, e sarebbe peggio per loro due. Va bene, mi farò venire in mente qualcosa».

Claudio si agitò sulla sedia:

«Non c'è molto tempo, Mina. Sono quasi le due. Ti prego, non fare niente di avventato: quelli sono terribili assassini, non ci perdono tempo a farti a pezzi, e io... io non lo potrei sopportare».

Lei gli sorrise, gli fece una carezza veloce e si alzò:

«Stai tranquillo. Non farò niente di avventato, lo sai».

Ma l'avrebbe fatto, invece: e il bello era che lui lo sapeva benissimo.

Era ancora in taxi quando squillò il cellulare.

«Mina? Ciao, sono Mimmo».

«Mimmo? Mimmo chi?».

«Ehm... Domenico, sono Domenico».

«Ah, ciao, Domenico. Che succede?».

«Senti, io ho ripensato a... a questa cosa. Sai, quella questione... la visita di stamattina, insomma. Quella... quella...».

«Dome', dillo a parole tue. Tanto stai tranquillo, a quelli come noi non ci intercettano».

«No, ma che vai a pensare? È solo per discrezione,

sai, la privacy... Ho pensato a una cosa, tutto qui. Te la volevo dire».

«Bene. Io sto arrivando al consultorio, tra cinque minuti sono là».

Domenico chiamami Mimmo saltellava letteralmente per la tensione, con una luce nuova negli occhi nocciola. Mina lo squadrò:

«Devi fare pipì?».

«No, solo che ho avuto un'idea. Una mia collega, una tizia che ha fatto l'università con me, le ho dato una mano per certi esami, insomma, ha motivi di riconoscenza nei miei confronti».

«Immagino. Be'?».

«Ora è chirurgo d'urgenza in uno dei grandi ospedali. Mi è venuta un'idea: il nostro problema principale è il bambino, no? Il bambino della ragazza, quello che i Luongo hanno preso».

«Sì, diciamo che è una gran parte del problema. Allora?».

«Allora, la mia collega, che lavora al pronto soccorso, ha rapporti con un tizio che guida l'ambulanza. Questo tizio, diciamo, ha anche lui motivi di riconoscenza verso la mia collega, che una volta ha fatto finta di non vedere che lui guidava un po'... insomma, avendo bevuto un po'. L'ha coperto, e lui non ha perso il posto».

«Senti, Domenico...».

«Chiamami Mimmo, per favore. Be', diciamo che lui, l'autista insomma, lascia le chiavi sul tavolo della mia collega. Diciamo che queste chiavi spariscono, per un'oretta, non di più».

«E chi le piglia, queste chiavi?».

«Ma noi, è chiaro!».

Mina non riusciva a capire.

«Cioè, noi rubiamo l'ambulanza? E per farci che?».

Domenico sorrideva a tutta faccia. Era felice come un bambino.

«Tu hai l'indirizzo dove tengono il figlio della ragazza, no? Per non dare nell'occhio, lo tengono in città, mi hai detto. Se arriviamo furtivamente, ci vedono e ci bloccano. Se arriviamo in macchina, ci vedono e ci bloccano. Se arriviamo in taxi, ci vedono e ci bloccano. Se arriviamo con la polizia…».

«… ci vedono e ci bloccano, certo. E allora?».

«Ma se arriva un'ambulanza a sirene spiegate, si ferma e scendono un dottore e un'infermiera, si crea un diversivo, no? E magari, facendo in fretta, ci si può infilare in casa e prendere il bambino giocando sulla sorpresa. Perlomeno, possiamo riuscire a vedere dov'è, ed eventualmente pianificare un'altra azione».

Mina lo guardava a bocca aperta, stupita.

«Ma allora sei un uomo d'azione, sei! A parte il fatto che ci manderanno in galera per furto d'ambulanza, esercizio abusivo della professione, truffa ai danni dello Stato e chissà quanti altri reati, è davvero una bella idea!».

Il dottore gongolava, felice.

«Quindi non ti sembra male, eh? Allora mi attivo? Non mi pare che abbiamo molto tempo. Certo, poi resta il problema della ragazza».

Mina annuì:

«Vero. Ma se riusciamo a prendere il bambino, poi magari la convinco a fermarsi. Vale la pena provarci, insomma. E alla fine, che alternativa abbiamo?».

Mina, per dare completezza alla GdM, decise di fare una telefonata a casa per dire al Problema che non sarebbe tornata dal lavoro se non molto, molto tardi. Ammesso e non concesso che sarebbe tornata, naturalmente.

Rispose la cosiddetta zoccola Sonia, che magari si chiamava proprio così perché la madre non l'appellava mai diversamente. La badante riteneva il telefono un oggetto senza alcuna funzione, visto che gridava come se dovesse farsi sentire all'effettiva distanza alla quale l'interlocutore si trovava.

Urlando come un'ossessa, disse a Mina che avrebbe chiamato la signora. Una volta calato il fischio nell'orecchio, Mina sentì cigolare l'intro di *I will survive* fino al telefono. Quando mise giù, il Problema stava ancora spiegandole con amabilità estrema che la sua vita era ormai irreparabilmente una rovina, a seguito dell'incredibile serie di scelte tutte sbagliate. Una vera iniezione di autostima. Mina guardò l'orologio: erano le quattro.

Passò due ore lunghissime, in attesa di ricevere la telefonata che dava il via per l'ambulanza. Mina avrebbe voluto che Claudio non le avesse imposto di smettere di fumare, tanto tempo prima; e la sua natura le impediva di riprendere le cattive abitudini, consenten-

dole solo di mantenerle. Si alzava, si risiedeva, cammi-
nava e si fermava.

Domenico non l'aiutava: nel terrore di non avere sufficiente campo per il cellulare, girava per le stanze
mantenendo il telefono in alto davanti a sé come una
fiaccola nel buio, imprecando a bassa voce in un dia-
letto stranissimo e incomprensibile. Per fortuna non venne nessuno degli assistiti del consultorio, altrimenti
avrebbe avuto ragione di pensare che là, più che prestare aiuto, avrebbero avuto un gran bisogno di cure.

Quando erano quasi le sei, e Mina stava dispera-
tamente cercando di elaborare soluzioni alternative,
il telefono di Domenico squillò nel silenzio, propo-
nendo l'attacco di *Highway to hell* degli ACDC e pro-
curando a Mina il record del mondo di salto da seduta. Con uno sguardo imbarazzato, il ginecologo rispose e con alcuni monosillabi concluse rapidamente la conversazione.

«Ci siamo», disse con aria cospiratoria; «posso an-
darla a prendere, con l'autista».

«L'autista? Quale autista?».

Infilando il giaccone, il dottore minimizzò con un gesto vago.

«Serve l'autista, ovviamente; hai mai visto un medico guidare l'ambulanza? Capirebbero subito che si
tratta di una presa in giro. Ma non ti preoccupare, ce
l'ho l'autista».

Mina era sconcertata. Quell'uomo credeva di trovarsi in un film d'azione americano.

«Scusa, ma come ce l'hai, l'autista? E dove l'hai preso? Che gli hai detto? Non possiamo coinvolgere degli sconosciuti in questa cosa, te ne rendi conto?».

«Primo: era necessario. Secondo: non è uno sconosciuto. Terzo: è fidatissimo. Quarto: ha anche la patente adatta, ti immagini se ci ferma la polizia?».

«E chi sarebbe, questo conosciuto ben patentato e fidatissimo?».

Distogliendo lo sguardo e abbassando la voce, il dottore rispose:

«Rudy».

«Chi? Rudy, il portiere? Quel vecchio bacucco, buono solo ad allungare le mani?».

«Non si poteva certo trovare di meglio, in così poco tempo. E vedessi come è stato felice, dice che il suo sogno è sempre stato portare un mezzo con la sirena».

Mina pensò fugacemente che la GdM è la GdM, e consolidò la sua unica fede.

«Dunque, pianifichiamo un minimo: il bambino lo tiene una coppia con figli, Nanninella per consegnare la lettera mi ha dato nome e cognome; stanno in quel palazzo del Cavone, quello che sembra una piccola città scavata nel tufo. Lui è un affiliato dei Luongo, uno di secondo piano, tiene quattro o cinque figli già, uno in più non avrebbe dato nell'occhio. Noi arriviamo direttamente nel cortile, questi stanno al quarto piano; dobbiamo fingere di essere stati chiamati da qualcuno su quel pianerottolo».

Domenico ascoltava, un mezzo sorriso ebete sulla faccia e gli occhi scintillanti.

«E poi?».

Mina si morse il labbro:

«E poi, recitiamo a soggetto. Non so dirti altro».

Il sorriso si allargò:

«Esatto. A ruota libera. Sai, sono stato incerto fino all'ultimo tra studiare Medicina o andare in America e tentare la via della recitazione. Una professoressa, a scuola, diceva che avrei potuto provarci».

E nel frattempo ci provava lei, pensò Mina. Speriamo che quell'insegnante avesse ragione.

La consegna dell'autoambulanza andò relativamente liscia, se non fosse stato per l'inquietante, almeno per Mina, eccitazione di Domenico e dell'azzimato Rudy, che sembravano due liceali in gita. Quest'ultimo si era presentato all'appuntamento nei pressi del Pronto Soccorso vestito come se dovesse presenziare a un matrimonio, coi capelli tirati in un'ondata di gelatina, un terribile cravattino a farfalla e immerso in una nuvola di atroce profumo dolciastro.

All'occhiataccia di Mina, Domenico aveva risposto stringendosi nelle spalle e allungando velocemente al portinaio un camice bianco di una misura doppia rispetto alla sua. L'uomo era felice come una Pasqua:

«Dottore', che meraviglia, un sogno che si realizza. Ho passato una vita nel maledetto traffico, e mo' finalmente si levano tutti davanti».

«Signor Trapanese, noi non stiamo qua per giocare. Non so se il dottore vi ha spiegato, ma la situazione è tragica e noi dobbiamo fare qualcosa di pericoloso, spero che ve ne rendiate conto».

Rudy fece un'espressione orgogliosamente ferita:

«Lo so bene, dottore'. Io ho fatto il soldato, e certe cose le capisco. Non vi preoccupate, non vi deluderò, il dottore mi ha spiegato tutto».

Mina era tesa: il loro piano era esile e pieno di buchi. Bastava un minimo contrattempo e tutto sarebbe saltato, e comunque poi, se anche fossero riusciti nell'improbabile impresa di prelevare il bambino, come avrebbero convinto Nanninella a non salire su quello yacht?

Mentre i pensieri più neri le attraversavano la testa, vide uscire Domenico dall'ospedale con aria furtiva e piede veloce.

«Ecco le chiavi. La mia amica mi ha spiegato che ufficialmente il mezzo è in riparazione, così gli hanno assegnato un'ambulanza sostitutiva; solo che l'officina è chiusa per Natale, riapre a metà gennaio, e…».

«Caspita», ghignò Rudy, «e che Natale lungo che tengono, in quest'officina!».

Domenico gli lanciò un'occhiataccia:

«Meglio per noi, no? Insomma, possiamo tenerla per tutto il giorno, gliela devo riportare stasera a casa».

Mina sorrise:

«Eh già, capisco. Consegna a domicilio, magari le porti anche una pizza».

«Dici che dovrei? Ma no, mi ha detto che ha preparato una bella cena, lei vive da sola e…».

Fu interrotto da una partenza da Gran Premio di Rudy, che si era impossessato del posto di guida mentre ancora loro due si sistemavano nei sedili del personale medico. Appena fuori dal cancello, il portinaio diventato pilota squarciò l'aria con l'ululato della sirena e si avventò sulla strada a centocinquanta all'ora.

Domenico, aggrappato alle maniglie, miagolò:

«Rudy, attento, così ammazzate qualcuno!».

L'uomo gli rivolse un sorriso beato, mostrando almeno tre denti d'oro:

«Dotto', tranquillo. Non vedete? Sono abituati».

In effetti Mina rilevò con orrore che nessuno si meravigliava della guida da Formula Uno di Trapanese; i pedoni balzavano di lato senza battere ciglio, le auto e le moto si facevano da parte salendo sui marciapiedi, gli ambulanti si addossavano al muro riparando col proprio corpo la merce. L'istinto di conservazione urbano prevaleva.

In meno di tre minuti arrivarono a destinazione. L'ingresso dell'automezzo a sirene spiegate nell'ampio cortile tranquillizzò tutti, perché la sirena aveva fatto pensare ad altro; per cui da ogni buco, porte, portoni e perfino tombini, molta gente mise fuori il capo, incuriosita.

Mina e Domenico saltarono giù che l'ambulanza stava ancora frenando, con un misto di determinazione per quello che andavano a fare e di sollievo per essere sopravvissuti al tragitto, cosa sulla quale nessuno dei due avrebbe scommesso. Mina aveva indossato un camice che, manco a dirlo, non riusciva a chiudere per via del seno prorompente, e Domenico esibiva lo stetoscopio e una valigetta minacciosamente tintinnante di strumenti da taglio e cucito.

«Presto», urlò stentoreo a Rudy e Mina che distavano dieci centimetri, «presto! Non abbiamo tempo! Che piano avete detto?».

Rudy, come un filodrammatico impegnato in una prima nazionale, rispose inutilmente urlando a sua volta:

«Quarto, dottore! Corriamo, è una questione di vita o di morte!».

Mina si chiese come le era venuto in mente di coinvolgere questi due idioti in una situazione così delicata, e si aspettò che tutti i testimoni, un centinaio circa, scoppiassero a ridere e poi si mettessero a sparare su di loro. Invece la folla si aprì come il Mar Rosso davanti a Mosè, e qualcuno addirittura gli indicò la direzione, incitandoli a far presto.

L'ampia scalinata dell'antico palazzo era l'ultima cosa che residuava da un passato glorioso. Man mano che salivano, seguiti da un corteo di curiosi che cresceva a ogni piano, Mina vedeva decrescere le possibilità di farcela: l'unica speranza era che, non aspettandosi azioni tese al recupero del bambino, il livello di sorveglianza predisposto dai Luongo non sarebbe stato così stretto. Altrimenti avrebbero corso il serio rischio di sparire nel nulla.

Il trambusto della folla li precedette, e sul pianerottolo le due porte erano già aperte: da un lato un donnone si guardava attorno truce, i pugni sui fianchi; dall'altro, un occhio osservava furtivo dallo spiraglio con la catena. Qual era l'appartamento dove tenevano il bambino?

Domenico fissò Mina smarrito; il piano predisposto

si concludeva con l'arrivo sul posto, poi avrebbero dovuto recitare a soggetto. Sì, ma quale soggetto?

Rudy, al quale la salita di corsa aveva spezzato il fiato, li tolse dall'imbarazzo con un colpo di genio:

«Dvstalbmbino?» ansimò.

Domenico e Mina lo guardarono, terrorizzati.

«Che?» disse Domenico, al quale la voce uscì in falsetto. Attorno a loro si era fatto un cupo silenzio.

Rudy, lottando per riprendere un ritmo regolare del respiro e appestando l'aria col suo terribile profumo, si guardò candidamente intorno e, con un sorriso, disse:

«Il bambino infetto, dotto'. Quello che avete detto che può attaccare la peste a tutto il palazzo».

La folla, come una sola persona, fece un passo indietro alzando una mano a coprire la bocca. Sembrava una di quelle danze per le quali ci si vede tutti il sabato nelle balere di provincia, dirette da un coreografo dilettante. Domenico, con una luce nuova negli occhi, si schiarì la voce: ora sì, che avevano un soggetto.

«Infermiere Catanese, le avevo detto di mantenere l'assoluto riserbo su questa cosa. Si rende conto che se si sapesse di questo caso di clonorchiasi si scatenerebbe il panico in tutta la città?».

Il coreografo invisibile diresse un sospiro di terrore e un ulteriore passo indietro della folla. Domenico, nel pieno della foga recitativa, estrasse con un ampio gesto tre mascherine chirurgiche dalla borsa e ne indossò una, lanciando le altre a Mina e Rudy. L'occhio sparì dallo spiraglio e la porta si richiuse con un tonfo, mentre le file dei curiosi si assottigliarono velocemente lasciando una ventina di irriducibili a presidiare la zona.

La virago coi pugni sui fianchi era un osso duro, però. Fece un passo avanti e disse:

«E scusate, a voi chi vi ha avvertito di questa cosa? Vi ha chiamato qualcuno? No, perché qua stiamo tutti benissimo».

Dietro di lei si affacciò un uomo smilzo, dal pomo d'Adamo prominente e dagli occhi guizzanti, che teneva una mano in tasca in maniera preoccupante.

Domenico non vacillò: i palcoscenici delle scuole molisane non erano stati calcati invano.

«La madre di un bambino che risulta ospitato qui ha manifestato i sintomi stamattina, ed è stata ricoverata immediatamente. La malattia ha un decorso breve, si manifesta solo quando è in stato avanzato. Voi, signo', non avete problemi di digestione?».

La donna sbatté le palpebre. Domenico era un maestro, pensò Mina: non esiste essere umano al mondo che non abbia qualche dubbio sulla sua digestione.

«In che senso, dotto'? Stomaco o pancia?».

«Entrambi. Voi, per esempio, una bella donna giovane e forte, all'improvviso potreste avere qualche crampo. O sudare. O avere, parlando con decenza, episodi di diarrea. Poi, all'improvviso, cadete a terra con le convulsioni e si arriva al peggio tra le vostre stesse feci».

La donna arrossì violentemente, combattuta tra il piacere del complimento ricevuto da un uomo così affascinante e il terrore della morte incombente.

«Uh, madonna mia, dotto', prego, entrate e fate quello che dovete fare. Il bambino sta qua, noi... insomma, lo teniamo per un paio di giorni perché la mamma è amica nostra, ce lo ha affidato perché teneva da fare. Prego».

L'uomo alle sue spalle però sbarrò il passaggio; gli occhi che guardavano in tutte le direzioni tradivano l'incertezza, ma anche la determinazione a mantenere una posizione coerente.

«Eh no, scusate ma prima di farvi entrare dobbiamo... ci dobbiamo assicurare che lo possiamo fare. Insomma, devo fare una telefonata».

La donna lo guardò torva:

«Ciru', ma sei scemo? Se la creatura sta male può morire, e magari ci attacca la malattia pure a noi. Fai passare il dottore».

Il nominato Ciruzzo scosse la testa:

«No, Mari'. Se non ci dicono, chi sai tu, che possiamo far passare a vedere il bambino, io non faccio entrare proprio nessuno».

La mano, in tasca, fece un movimento che attirò lo sguardo di Rudy, Mina e Domenico. Le cose si mettevano male.

Il medico disse:

«Fateci almeno vedere il bambino come sta. Magari non presenta sintomi e noi ce ne andiamo tranquillamente dalla madre. Certo, il rischio che poi lui sia un portatore sano e vi attacca lo stesso il morbo, nessuno ve lo può togliere».

La donna prese l'iniziativa, guardando storto il marito:

«Sicuramente, dotto'. Scusate, quello mio marito si è preso l'impegno coi parenti del bambino, e si mette paura che loro si arrabbiano. E per questo, mette a rischio la famiglia sua. Accomodatevi, la creatura sta dormendo nella stanza di là».

Domenico seguì Maria, Rudy rimase fuori la porta a fronteggiare l'ormai esiguo plotone di curiosi, e Mina si trovò da sola con Ciro. L'uomo, con calma e usando l'altra mano rispetto a quella che armeggiava nella tasca destra, tirò fuori un telefonino e compose un numero senza togliere gli occhi dalla faccia di Mina. Al di là dello stretto corridoio si sentì Domenico che diceva:

«Non mi piace. Non mi piace, il colore della faccia del bambino. Lo vedete, signo'? È giallo, lo vedete?».

La donna rispose:

«Effettivamente... sì, lo vedo, dotto'».

«Ce lo dobbiamo portare, subito».

Ciruzzo cercava di comporre il numero, con qualche difficoltà potendo usare una sola mano. Era una questione di secondi. Domenico stava chiedendo a Maria una coperta per avvolgere il bambino. Se l'uomo fosse riuscito a mettersi in contatto coi Luongo tutto sarebbe finito, loro sarebbero stati scoperti e oltre a non riuscire a salvare madre e figlio si sarebbero trovati in grossi guai. Mina doveva impedire la telefonata, almeno fino a quando non fossero tutti saliti sull'ambulanza.

Si sarebbe chiesta per molto tempo, dopo, da dove venne fuori l'intuizione che li salvò; non aveva mai pensato a se stessa, o a quella parte di sé, come a un'ar-

111

ma. Ma in quel momento, in quella circostanza così difficile, con Rudy a un metro che teneva lontani i curiosi e Domenico che stava uscendo portando il bambino tra le braccia, Mina fissò lo sguardo negli occhi di Ciro, che teneva il telefono in una mano e la pistola, nella tasca dei pantaloni, nell'altra e gli sorrise, seducente. Poi sollevò il maglione sui suoi splendidi, enormi seni a stento sorretti da un vasto reggiseno di pizzo.

L'uomo sbarrò gli occhi e spalancò la bocca. Il telefono gli cadde di mano, aprendosi sul pavimento in quattro pezzi. Un vago, incongruo sorriso gli si dipinse sulla faccia e rimase là, come un raggio di sole in mezzo alle nuvole.

Mina repentinamente calò di nuovo il maglione, nell'attimo stesso in cui dalla porta si riaffacciavano Domenico col bambino in braccio e Maria.

La donna stava parlando:

«Andate, dotto', io lavo subito con l'acqua bollente le lenzuola, non vi preoccupate, con mio marito ci parlo io. Ciro… Ciro?».

La donna fissò agghiacciata l'espressione vacua e sorridente del marito, poi si accorse del telefonino sparso al suolo in pezzi. Domenico colse la palla al balzo:

«Ecco, vedete? I primi malesseri. Mi raccomando, signora: se la situazione dovesse peggiorare, prendete vostro marito e portatelo subito in ospedale, avvertendo che si tratta probabilmente di una crisi di clonorchiasi. Grazie di tutto, noi scappiamo».

Alla vista del bambino addormentato in braccio al dottore, la folla si dileguò come la nebbia al mattino e Rudy poté riproporre una partenza da Indianapolis a sirene spiegate. Mina prese il piccolo in braccio, assicurandosi che stesse bene. Domenico le si rivolse:

«Scusa, mi spieghi come hai fatto? Quando sono entrato nella stanza con la donna, lui stava per telefonare ai Luongo. Poi, l'attimo dopo, sorrideva come un ebete e il telefonino era a terra in pezzi. Che hai fatto, l'hai ipnotizzato?».

Mina annuì:

«Una specie. Il bambino, grazie a Dio, sta bene. Che ore sono, adesso?».

Domenico guardò l'orologio:

«Dieci minuti alle otto».

Mina si passò una mano sulla faccia:

«Non ce la faremo mai, il porto turistico è dall'altra parte della città e c'è il traffico della vigilia di Natale. La madre è perduta, purtroppo».

Rudy si voltò a mezzo, con una zaffata di profumo che praticamente era visibile a occhio nudo.

«Dottore', così mi fate dispiacere perché vuol dire che non avete capito con chi avete a che fare. Tenetevi forte, e mantenete bene il bambino: se volete un consiglio, chiudete pure gli occhi».

E azionò la sirena.

I dieci minuti successivi ebbero i connotati dell'incubo, e Mina pensò che nella remota possibilità che fossero sopravvissuti, cosa che le sembrava obiettivamente assurda, non sarebbe salita mai più nella vita su un mezzo dotato di sirena.

Rudy percorse interi chilometri contromano, salì su marciapiedi, scavalcò cordoli, a un certo punto a bordo ebbero anche l'impressione che scendesse per una rampa di scale. Sta di fatto che, anche se shakerati e omogeneizzati, erano sul molo del porto turistico alle otto meno uno.

Il problema era che Nanninella doveva essere arrivata in anticipo, perché quando l'ambulanza si fermò con un sussulto a pochi centimetri dal vuoto alla fine della banchina, nell'oscurità della notte si intravedevano le luci di un enorme panfilo che, mollati gli ormeggi, si avviava fendendo la fetida acqua del porto. A Mina, che si era fiondata dal portello prima ancora che le ruote si fermassero, parve di notare due figure sul ponte che si affrettavano a rientrare, come per togliersi dalla vista.

Emise un gemito di rabbia. Davanti ai suoi occhi si presentò l'immagine di Nanninella com'era da piccola, una punta di lingua che le sporgeva dalle labbra mentre, concentratissima, faceva i compiti; e i suoi occhi azzurri, fermi, mentre le raccontava quella stessa mattina la sua storia, con la lacrima che le scendeva lungo la guancia. Non saprai mai, mia piccola dolce Nanninella, che il tuo bambino è salvo e sta bene. Non saprai mai che avevi davanti una vita troppo bella per perderla la notte di Natale.

Un colpo di tosse nel buio la fece trasalire. Si accorse solo allora che, ferma sulla banchina a pochi metri dalla fine del molo, c'era una macchina della polizia col lampeggiante acceso.

Un giovane poliziotto in divisa si avvicinò a lei:

«La signora Settembre Gelsomina?».

Mina annuì, la gola secca. A qualche metro di distanza, intravide Rudy che si gettava sotto il volante nel tentativo di far credere che l'ambulanza si fosse guidata da sola fin là.

«Favorisca con me, gentilmente» disse il poliziotto, avviandosi verso la volante.

La delusione e l'angoscia per aver perso Nanninella pesavano come una montagna sul cuore di Mina, e la rendevano rassegnata a tutto, anche a essere perseguita dalla legge per chissà quale motivo. La GdM non si smentisce mai, pensò. Il problema principale, quello che le attanagliava il cuore in una morsa, era che cosa sarebbe successo al bambino; conosceva fin troppo bene gli istituti e gli enti che si occupavano dell'infanzia, e non era certo il destino che avrebbe scelto per lui, né tantomeno quello che avrebbe scelto la sua povera mamma.

L'agente le teneva aperto lo sportello della volante, e Mina entrò con un sospiro; fu sorpresa dal percepire un'ombra che l'attendeva seduta dall'altra parte.

L'ombra le parlò, col tono di voce basso che le era ben noto:

«E così, anche tu come me a prendere un po' di fresco vicino al mare, la notte di Natale».

Mina sospirò, triste.

«Ciao, Claudio. Perché non mi sorprende troppo, vederti qui?».

«Dovrebbe, invece. O meglio, dovrebbe farti piacere, dato il numero di reati che tu e la tua simpatica compagnia teatrale avete commesso in un solo pomeriggio: una specie di record, credo».

La donna scattò, infastidita:

«Cazzate, rispetto al fatto che una donna, non protetta dalla legge, è andata incontro a una brutta fine. Cazzate, rispetto al fatto di aver sottratto il suo bambino dalle grinfie della malavita».

L'ex marito rispose mantenendo un'assoluta calma:

«Be', cazzate non direi; fammi pensare: furto di un automezzo pubblico, esercizio abusivo della professione, sottrazione di minore a persone alle quali era stato affidato con piena conoscenza della madre, che infatti ti ha dato perfino l'indirizzo, un centinaio di infrazioni gravi al codice della strada, e via elencando».

«Insomma, mi hai fatto seguire. Che schifo, Claudio. Come ti sei ridotto».

«Avresti preferito che ti avessi lasciato fare, magari facendoti sparare addosso? A proposito, come sei riuscita a prendere il bambino, evitando la pistola di Ammaturo Ciro, detto *Ciruzzo 'o Malamente*?».

Mina aprì la bocca e la richiuse, facendo un gesto vago:

«Lasciamo perdere. Resta il fatto che mi hai fatto seguire, accidenti!».

Il magistrato sospirò, scuotendo il capo nel buio.

«Vedi, Mina, ho sempre pensato che il nostro rapporto fosse, per me, il completamento di un'esigenza: io sono protettivo, lo sono per natura. E tu, per natura, sei una che si mette nei guai e ha bisogno quindi di essere protetta. Siamo fatti l'uno per l'altra».

Mina rise, beffarda.

«Io mi proteggo talmente bene, come vedi, che cerco pure di proteggere gli altri. Tu, invece?».

Claudio tacque. Poi riprese:

«Quando stamattina mi hai raccontato la storia di Anna mi sono informato, con discrezione; sono anni che cerchiamo di incastrare il vecchio Luongo, ma lui se ne sta là, al centro della sua ragnatela, ben attento a non scoprirsi mai personalmente. Però anche i ragni grossi, pelosi e particolarmente schifosi hanno il loro punto debole».

Indicò le luci dello yacht che si andavano perdendo nel buio, in lontananza.

«Sai chi c'è, a bordo di quella barca? No, non un trafficante colombiano o un oligarca russo, no. C'è un industriale. Un giovane industriale ligure, che non ha nessun rapporto d'affari con la famiglia Luongo».

Mina si meravigliò:

«No? Ma allora perché Nanninella...».

Nel buio Claudio alzò una mano:

«Aspetta. Nessun rapporto d'affari, ho detto: non ho detto nessun rapporto. Il giovane è l'ex marito dell'ultima figlia di Raffaele Luongo, il vecchio capo della famiglia».

La sirena di una nave da crociera che salutava il Natale risuonò all'improvviso, facendo sobbalzare Mina.

«Non capisco. Proprio non capisco».

Claudio raccontò, con voce piatta:

«Il ragazzo ha conosciuto la figlia di Luongo a Londra, all'università, e lei se l'è voluto sposare contro il volere del padre e senza dirgli niente dell'attività della sua famiglia. Poi lui ha cominciato a riempirla di corna, e lei l'ha lasciato soffrendo moltissimo, è pure andata in depressione. Hanno un bambino, che lui è venuto a salutare per Natale; siccome gli piacciono le donne, e non perde occasione per chiamare un'escort e passarci qualche ora allegra, Luongo ha fatto in modo che il suo pappone abituale gli proponesse la tua Nanninella, per vendicarsi a modo suo. Un divorzio un po' più radicale».

«E tu, tutto questo come lo sai?».

«Semplice: sono il magistrato che sta svolgendo l'indagine sulla famiglia Luongo. Finora però non abbiamo trovato niente per incastrare il vecchio a titolo personale: ha una cura maniacale a non comparire in prima persona. Mai».

Mina era abituata a pesare le parole, e con Claudio era fondamentale:

«Finora, dici?».

«Finora, sì. Perché il codice d'onore di questa gente prevede che uno sgarro nei confronti di una figlia debba essere riparato direttamente, non per interposta persona. Quindi, la telefonata fatta a Nanninella, con l'ammissione del rapimento del bambino e l'istigazione a uccidere l'ex genero, l'ha fatta proprio lui. Personalmente. E noi l'abbiamo intercettata, e registrata».

Mina avrebbe pianto.

«E noi l'abbiamo persa, per sempre. Noi e suo figlio, povera Nanninella».

Claudio, inaspettatamente, sorrise nel buio:

118

«L'avresti persa, sì. Perché sei dolce e ingenua, mia cara ex mogliettina. Io invece sono una vecchia zoccola, e ho capito subito che l'ora che ti aveva detto la ragazza era quella prevista per la partenza dello yacht e che lei sarebbe arrivata sul molo assai prima; ti ha detto così per evitare che tu venissi a fare una scena madre, mettendo in pericolo il figlio. Noi invece ci siamo nascosti sulla banchina dalle cinque e quando Nanninella è arrivata, un'ora fa, siamo venuti fuori e con la scusa di un controllo l'abbiamo caricata a bordo, fidando nel fatto che l'equipaggio della barca se la sarebbe filata in fretta e furia, per non venire coinvolto in una storia di prostituzione. Cosa che puntualmente è avvenuta».

Mina era rimasta a bocca aperta:

«Ma allora...».

«Allora, Esposito», disse Claudio rivolgendosi all'agente dal finestrino, «vai a prendere la signorina nell'altra auto, per favore».

Mina si catapultò fuori, giusto in tempo per abbracciare Nanninella che scortata da una donna poliziotto emergeva dal buio. L'accompagnò all'ambulanza e, quando la ragazza vide il suo bambino che giocava con lo stetoscopio di Domenico, scoppiò in un pianto dirotto.

L'assistente sociale ritornò in lacrime all'auto, dalla quale Claudio non era uscito.

«Grazie. Grazie, mille volte. Solo che adesso Nanninella dovrà guardarsi dalla vendetta dei Luongo».

L'uomo assentì:

«Certo, ci proveranno. Io però ho fatto inserire madre e figlio in un programma di stretta protezione, anche se non ne avrebbe diritto perché la registrazione della telefonata è sufficiente e non dovrà nemmeno testimoniare. Un'altra città, un altro nome, sorveglianza rigorosa: un'altra vita, insomma. Un mio regalo di Natale, a madre e figlio; spero proprio che ne sappia approfittare. Mica ce l'hanno tutti, un'altra possibilità. Tu a me, per esempio, non l'hai data».

Mina sospirò, sorridendo:

«Claudio, dai, ne abbiamo parlato tante volte. E comunque, mai dire mai, no?».

Il magistrato fece un cenno col capo verso l'ambulanza, dove Domenico cercava di districare lo stetoscopio dall'abbraccio di Nanninella col figlio.

«Il dottorino, il tuo collega, lo sa che ti chiami Gelsomina? Mi pare un bel tipo, tutto sommato. Fagli restituire subito l'ambulanza e digli di rigare diritto perché lo tengo d'occhio».

Mina arrossì nel buio:

«Ma che dici, Claudio? Se è più giovane di me, credo! E poi, con gli uomini ho chiuso, se non altro per non dare soddisfazione a mia madre».

«Come sta, quella vecchia megera?».

«Piena di dolori, raffreddata, con l'ulcera e più rompiballe del solito. Benissimo, insomma».

Claudio scosse la testa, sorridendo.

«Un giorno la voglio proprio venire a trovare, mi manca quella sua palpabile malevolenza. Così, magari, prendiamo insieme un altro caffè».

Mina sorrise ancora, pensando che a volte le giornate di merda hanno una strana evoluzione.

«Magari. Oggi mi hai fatto proprio un bel regalo, Claudio. Il più bello di tutti. Non ti va di venire a cena da noi? In fondo è Natale».

Claudio le sorrise di rimando:

«No, sono di turno. Non ricordi? Io sono un grigio ometto attaccato al lavoro. Mi basta il tuo sorriso, come regalo: un raggio di sole di Settembre, in pieno dicembre. Buon Natale, Mina. Esposito, fai salire in macchina la signora e suo figlio e andiamo: c'è ancora tanto da fare, stanotte».

E partì, alla luce del lampeggiante; lasciando Mina in piedi sul pontile a pensare che in fondo il grigio è un bel colore.

Francesco Recami

Scambio di regali nella casa di ringhiera

I

Milano, 23 dicembre. Il clima natalizio non era dei più spensierati, questa volta. La crisi economica cominciava a fare capolino e i cittadini, incerti, stentavano ad abbandonarsi con il solito entusiasmo alla spensieratezza giocosa delle festività natalizie, alle spese extra, alle vacanze sciistiche e ad altri divertimenti. Fra l'altro questi divertimenti, in primo luogo le vacanze sciistiche, erano resi improbabili viste le condizioni meteo, perché avevamo un Natale anomalo, molto caldo e piovoso, temperature al di sopra della media, probabilmente risultato del riscaldamento globale del pianeta, almeno così si diceva in tutti i bar, nelle mense aziendali e nelle sale d'attesa ambulatoriali. Grossi nuvoloni neri e grigi oscuravano il cielo, pronti a scaricare altra pioggia, l'aria era umida e tiepida, sembrava di essere a fine settembre, il termometro restava abbondantemente sopra i dieci gradi, un Natale così non si era mai visto.

Per cui non si sapeva come vestirsi, col cappotto si moriva di caldo, e il Natale col caldo umido non sembrava neanche Natale.

Anche nella casa di ringhiera si respirava questa atmosfera di una festività sotto tono, evidenziata dalla insistente fanghiglia che imbrattava tutta la corte. Era un problema perché attraversandola si sporcavano le scarpe e così anche i pavimenti degli ambienti domestici.

La signora Angela Mattioli per Natale amava regalare libri. La cosa la convinceva sotto vari aspetti. Prima di tutto c'era quello culturale: aveva sempre adorato la lettura e a questa occupazione dedicava molto tempo, finalmente. Nei periodi in cui esercitava la sua professione, quando era una insegnante di italiano, non aveva mai tempo per leggere per il piacere di farlo, se non in quei due risicati mesi di ferie, nei quali comunque le ore a disposizione erano sempre poche. Adesso invece aveva la possibilità di leggere finché voleva: era una lettrice cosiddetta «forte», smaltendo all'incirca un libro a settimana, perlopiù classici, quelli che nel corso degli anni si era sempre ripromessa di leggere, o di «rileggere». Il secondo motivo per il quale amava regalare libri era che i regali potevano essere selettivamente personalizzati: c'è sempre il libro che sembra fatto apposta per qualcuno, basta informarsi un po' e indirizzare alla persona un pensiero speciale. Il terzo motivo era, non c'è da vergognarsi, economico. Con un centinaio di euro riusciva ad acquistare almeno sette-otto regali, e per di più con un viaggio solo, in libreria. Non aveva da confezionare i pacchetti, perché te li preparano alla cassa.

Oddio, non proprio tutti gradiscono i libri e così accadeva anche nella casa di ringhiera, ma ad Angela sembrava opportuno continuare nella sua opera di proselitismo, non c'è persona che non si possa portare dalla parte dei lettori. Almeno così la pensava lei.

Anche quest'anno aveva seguito questa sua regola, scegliendo con cura un libro per i più vicini inquilini della casa di ringhiera. L'unico lavoro da fare era quello di scrivere dei bigliettini, con il nome del destinatario, una frase ben congegnata e sentita, e gli auguri. Con una breve missione in libreria trovò regali adatti a ciascun individuo.

Prima di tutti c'era Amedeo Consonni, il tappezziere in pensione dell'appartamento 8, che non era un coinquilino a caso perché con lui Angela intratteneva da diverso tempo, non senza i dovuti incidenti di percorso, una relazione sentimentale. Niente di clandestino, il Consonni era vedovo e Angela divorziata, anche se la relazione era in parte osteggiata dalla figlia di lui, Caterina, che vedeva con terrore la possibilità che suo padre si risposasse, con tutte le conseguenze relative all'asse ereditario.

Negli anni precedenti Angela aveva sempre regalato al suo partner qualcosa che fosse attinente alla sua passione, le notizie di cronaca nera e inerenti i «crimini» d'Italia, notizie che Consonni collezionava diligentemente. Ma quest'anno no, eh no! Aveva pertanto scelto un testo un po' impegnativo, nientepopodimeno che i *Frammenti di un discorso amoroso* di Roland Barthes. Consonni, che non aveva intrapreso studi umanistici – neanche scientifici, se è per quello, visto che era entrato in bottega a 14 anni e mezzo – avrebbe avuto le sue difficoltà ad affrontare una lettura così complessa, ma per Angela era l'ora che si sgrezzasse un po' e che riflettesse con maggiore profondità sull'amore e su tutte le sue conseguenze. Forse Angela aveva le idee un po' annebbiate su quel testo, lo aveva letto qualche decennio prima e non si ricordava bene il suo contenuto, se si può parlare di contenuto: un libro che una relazione amorosa può rinforzarla, ma anche, parimenti, sgretolarla.

Il secondo regalo era per il nipotino del Consonni, Enrico, quattro anni e mezzo abbondanti, un bambino sveglio ed amatissimo dal suo nonno che spesso gli faceva da baby-sitter. Per lui Angela aveva scelto un volume cartonato, *Il mio amico ratto*, in cui brevi linee di testo in corpo 18 (che avrebbero potuto esser lette dal nonno), abbinate a sontuose illustrazioni, raccontavano la storia di un giovane ratto che aveva dei problemi a integrarsi con il gruppo dei suoi coetanei, fisicamente più piccoli di lui e quindi simpatici topolini. Che ci si può fare, ormai i libri per bambini hanno tutti espliciti intenti didattici e pedagogici: il ratto in questione, soffrendo per la stigmatizzazione cui veniva sottoposto in quanto lurido schifoso ratto, simulava una menomazione a una gamba, per farsi notare, come richiesta di attenzione. Ma un altro topo bambino, diventato suo amico, lo avrebbe convinto che il fatto che nessuno lo considerava come gli altri era soltanto una sua proiezione mentale, e che correre è bellissimo. Alla fine i due ratti – perché nel frattempo anche il topolino amico era diventato tale – si abbandoneranno a corse sfrenate nelle amate fogne. Una bella metafora contro il razzismo e il pregiudizio, a favore dell'amicizia e dell'integrazione.

Angela non si era dimenticata nemmeno di Caterina, madre di Enrico, una persona con la quale, per i motivi citati in precedenza, non era mai riuscita a stabilire un rapporto accettabile che non fosse puramente formale. Anche per lei Angela operò una scelta pedagogica, con *I no che aiutano a crescere*, un testo che ha conosciuto un grande successo perché dà il permesso ai genitori di dire no, aggirando il bombardamento psicologico della fronda che suggerisce ai genitori moderni di non dire mai di no, sostanzialmente perché a dire tante volte no i bambini imparano a dire solo quello, sviluppando la famosa «età del no». Siccome Caterina era una mamma, separata e sola, oberata di impegni e spesso piuttosto nervosa, il «no» lo utilizzava con una certa frequenza e quindi di conseguenza anche Enrico. Angela riteneva che il libro fosse dunque molto adatto. Non si sa se lo fosse veramente, perché Caterina era quel tipo di madre che non gradisce molto i suggerimenti pedagogici, cioè era come tutte le madri nel loro insieme, ma soprattutto non li avrebbe graditi dalla «fidanzatina» di suo padre.

In realtà regalare un libro può essere un'arma a doppio taglio, in special modo se non lo si è letto ma se ne è soltanto sentito parlare, o se ci si è limitati a dare una sbirciata alla quarta di copertina.

In verità neanche Angela si sottraeva a queste scorciatoie, per esempio per la signorina Mattei-Ferri aveva acquistato un romanzo breve che si intitolava *La casa di ringhiera*: neanche quello lo aveva letto, pensava che fosse un testo storico-nostalgico sulla tipologia edilizia delle case di ringhiera milanesi e sulla vita al loro interno. La Mattei-Ferri nella casa di ringhiera era quella che sapeva tutto di tutti, esercitava attivamente la sua curiosità e probabilmente avrebbe gradito un libro di ambientazione, pensava Angela, che la immergesse in una situazione simile a quella a lei cara.

Un altro regalo era destinato al signor Claudio Giorgi, dell'appartamento 15, una cara persona, se non fosse stato per i suoi gravi problemi di alcol. Proprio per questo Angela aveva scelto *Come liberarsi delle dipendenze a qualsiasi età*, un libro che, cercando di evitare pesantezze accademiche e terrorizzanti, dava dei consigli pratici per affrontare dipendenze varie, come quelle dal gioco, dall'alcol, dalle droghe e dal denaro. Il signor Claudio non si sarebbe offeso per niente, pensava Angela, ed era necessario che di fronte al suo problema, dopo che era stato forzatamente separato da moglie e figli, non si sentisse solo, ma sapesse che i suoi vicini erano al corrente del problema – e come poteva essere diversamente? –, pronti ad aiutarlo.

Più difficile era stato scegliere un volume per il signor Luis De Angelis, l'ultraottuagenario dell'appartamento 16, la cui unica passione, almeno fra quelle note ad Angela, erano le automobili, in particolare le BMW. Dopo lunghe ricerche la ex prof trovò quello che faceva al caso di De Angelis: *Le BMW di fascino: dalla*

3/15 alle ultime cabrio (1928-2006), per la modica cifra di 11 euro.

Infine veniva Antonio. Qui la faccenda si faceva difficile: Antonio era un trentenne semianalfabeta che faceva il muratore e che a ricevere un libro come regalo si poteva anche offendere, come se si trattasse di roba per «culi». Il fatto è che Angela, con spirito da crocerossina, si era sforzata di rieducare un po' quel giovane: lo aveva aiutato in un momento di difficoltà a trovare un lavoro, ma in cambio aveva ottenuto la disponibilità a sottostare a delle lezioni di vario tipo, dalle buone maniere all'utilizzo di un linguaggio educato e proprio, dal modo in cui si trattano le donne a come sostenere un colloquio di lavoro. I risultati delle lezioni erano stati altalenanti: dopo una prima fase promettente nella quale Antonio pareva impegnarsi a controllare per lo meno il linguaggio, riducendo drasticamente l'uso di interiezioni volgari, il corso rieducativo si era arenato proprio di fronte al modo in cui un uomo deve comportarsi con una donna. Antonio sembrava abbastanza irrecuperabile. Angela per Natale decise di battere sempre sullo stesso tasto e comprò una sorta di *Galateo, o libro delle buone maniere*, in versione Ventunesimo secolo. Non arrivava a sperare che Antonio lo avrebbe letto, ma forse c'erano alcuni strumenti di ricatto per costringerlo almeno a sfogliarlo.

II

La signorina Mattei-Ferri aprì quello che lei chiamava il libro dei soldi. Si trattava di una copia del Srimad Bhagavatam, ed era posto nello scaffale a sinistra della televisione. Non aveva la più pallida idea di che cosa ci fosse scritto dentro, si trattava di un regalo di alcuni Hare Krishna che la avevano importunata suonandole alla porta. Comunque era rilegato con una copertina molto dura e faceva alla bisogna come nascondiglio per il contante.

Scoprì che le sue riserve erano esaurite. E adesso come faccio? Rapidamente stilò l'inventario delle persone cui avrebbe potuto chiedere di accompagnarla in banca. Ai primi posti, se non gli unici, c'erano il Consonni e l'Angela Mattioli, ma il primo non era in casa, l'aveva visto uscire intabarrato nel suo cappottone, all'incirca alle 8.43. Alzò la cornetta e chiamò la Mattioli. Senza perdere tempo in giri di parole le chiese se sarebbe stata così gentile da accompagnarla in banca perché doveva svolgere alcune operazioni in mattinata e non c'era nessuno disposto ad aiutare una povera invalida come lei.

Angela aveva mille cose da fare, a partire dai bigliettini per i regali, che sarebbero stati distribuiti nel corso di una semplice festicciola in casa di Consonni, il giorno della vigilia. Un modo semplice per augurarsi buon Natale. Per quell'occasione Angela doveva preparare un piccolo rinfresco, tartine varie e... Inoltre dopo lo scambio dei regali era in programma la cena natalizia a due col Consonni, che il 25 invece era impegnato con i suoi familiari, e lei della famiglia, tristemente, non faceva parte.

Si era alzata abbastanza presto per preparare il brasato, per il giorno dopo. Lo aveva scottato nella cocotte di ghisa. Alle nove e mezzo la cocotte era già in forno, a 140 gradi. La bottiglia di barolo che aveva impiegato per la preparazione le era costata una trentina di euro, ma si sa, per cucinare non bisogna utilizzare vino scadente, anzi, in teoria deve essere migliore di quello che si berrà col brasato. Nell'incertezza Angela di quelle bottiglie ne aveva prese due, una per cucinare e una per cena. Una volta infornata, la cocotte non andava riaperta per qualche ora.

Solo per questo motivo Angela acconsentì ad accompagnare la Mattei-Ferri alla banca, subì il peso del ricatto e non poté rifiutare, in fondo in un'oretta al massimo sarebbero andate e tornate. Che poteva succedere al suo brasato? Il problema era che la signorina andava aiutata a scendere le scale, qualche metro talvolta riusciva a farlo sulle sue gambe, ma poi occorreva riposizionarla sulla sedia a rotelle. Per fortuna la banca era abbastanza vicina.

Nel giro di un quarto d'ora furono per strada, in direzione viale Lombardia, lì vicino aveva sede la filiale

133

del Credito Cooperativo. Lungo il percorso la Mattei-Ferri non fece altro che lamentarsi, che i pochi parenti che aveva l'avevano completamente abbandonata, che con quella misera pensione di invalidità che prendeva – che poi misera non lo era per niente – ce la faceva a stento, anche perché se doveva andare da qualche parte era costretta a prendere un taxi, e il taxista le faceva pagare anche il tempo che perdeva a caricarla e scaricarla sulla macchina e le applicava una salatissima tariffa per il bagaglio, cioè la sedia a rotelle. «Ma si può? Si possono penalizzare in questo modo gli invalidi? È colpa mia se ho la spina dorsale distrutta?».

Angela cercò di cambiare discorso, portandolo sul tempo, che non si era mai visto un clima così sotto Natale. «Si esce e non si sa come vestirsi…». Alla Mattei-Ferri del tempo non interessava granché, visto che stava sempre in casa. «Non si sa più se siamo una città del Nord o del Sud». La signorina, guardandosi intorno e scorgendo il lato più multietnico di Milano, commentò: «Eh, sì, ormai siamo una città dell'Africa… a proposito, signora Angela, che notizie mi dà di sua figlia? Come è andata a finire con quel moroso che aveva là, a Bruxelles, quello di colore? Hanno fatto la pace? Si vedono ancora? E lei come la pensa?» sicura che la signora Angela, anche se non lo avrebbe ammesso, era ben contenta se sua figlia non si vedeva più con quel negher.

Che la Mattei-Ferri si facesse gli affari degli altri in modo quasi professionale era noto a tutti, bisognava stare parecchio attenti a parlare con lei e a raccontarle qualche vicenda personale, perché tale vicenda sarebbe stata vagliata, archiviata, interpretata, comparata, interpolata e probabilmente, dopo questo complesso trattamento, diffusa.

«Ah, guardi, non me lo chieda, non me lo chieda... con quello che è successo...».

La Mattei drizzò subito le orecchie. «Perché, cos'è successo?».

«Non me lo faccia dire... non me lo faccia dire...». Angela non era nata ieri, sapeva come incuriosire a morte la signorina, così imparava.

«Ah... non vedrei l'ora di parlarne con qualcuno... ma mia figlia mi ha fatto giurare di non raccontare il fatto a nessuno, ma sapesse...».

Quel «sapesse» fu come una coltellata per la Mattei-Ferri, che si immusonì e non disse altro, se non apostrofare con un «Maleducato» un automobilista che passandole vicino sollevò schizzi di fanghiglia che andarono a depositarsi sul suo paltò. Giunsero alla banca.

La filiale era decorata con alcuni stentatissimi addobbi natalizi, già polverosi. In un angolo c'era un albero di Natale ecologico, cioè di plastica, con quattro lucine fisse. Alcune persone attendevano il loro turno, in coda. Naturalmente su tre sportelli ne era aperto uno solo. La Mattei-Ferri, senza neanche pensarci, disse all'Angela di spingerla direttamente fino alla cassa, perché riteneva in quanto invalida di poter saltare la coda. I detti clienti invece non erano assolutamente di questo avviso e nonostante il clima natalizio nessuno dei quattro accettò l'ipotesi di lasciare il suo posto all'invalida, tanto più che era l'unica comodamente seduta. Perfino la cliente all'ultimo posto, una ragazzona con una bella chioma di capelli rossi, fece cenno ad Angela che aveva molta fretta e che erano già venti minuti che aspettava. Un signore anziano in terza posizione non disse una parola ma estrasse una tessera per mostrare che era invalido anche lui, ipovedente. Davanti a lui una signora ben vestita parlava al telefono e ostentatamente guardava da un'altra parte. In pole position c'era una ragazza piccola e grassottella, evidentemente la segretaria di un ufficio di commercialista o simili, di quelle che hanno una cinquantina di operazioni da smaltire e allo sportello ci passano mezz'ora. Dietro al vetro, oltre all'unica impiegata disponibile – la quale peraltro anziché sbrigare le innumerevoli operazioni della segretaria del commercialista era impegnata in una lunghissima telefonata – c'erano altri due impiegati che non si capiva proprio che cosa stessero facendo.

La Mattei-Ferri scandalizzata si mise a inveire, a voce molto alta per farsi sentire da tutti: e che non era possibile una cosa del genere, che ci fosse un unico sportello aperto, che ci dovrebbero essere degli sportelli apposta per chi viene a fare operazioni lunghissime, tanto a loro li pagano per quello, e allora se ci mettono due ore a loro che cosa gliene importa, e che dovrebbe esserci una corsia privilegiata per gli invalidi, che non si possono passare due ore in banca, e che qui e che là. Angela un po' si vergognava di quella piazzata, ma guardava l'orologio con grande preoccupazione, andava a finire che per fare un favore perdeva la mattinata intera. E il forno? Il brasato avrebbe dovuto cuocere per più di tre ore, c'era tempo, ma tutto il resto?

La situazione stava per degenerare, gli altri clienti fremevano e commentavano duramente anche loro, le voci si alzarono: «E qui non ne possiamo più», «Perfino sotto Natale!», «Con tutti i soldi che ci portate via, questo è il servizio», «Voglio parlare col direttore!». La più nervosa sembrava la ragazzona coi capelli rossi, che non urlava ma andava avanti e indietro, sbuffando.

Il direttore, o il facente le veci, si affacciò dalla porta del suo ufficietto, cercando di capire che stesse succedendo. Gli impiegati cercavano di calmare gli animi, invitando ad avere pazienza, che sotto Natale avevano da fare un sacco di operazioni, le RIBA, le Disposizioni, gli F23, eccetera.

Angela la vedeva brutta. «Ma lei, signorina, un Bancomat non ce l'ha? Qui finisce che ci schiacciamo la mattinata».

«No, il Bancomat non ce l'ho, non l'ho mai voluto. Non si sa mai come va a finire con quella roba lì, e se me lo clonano?».

Proprio quando le acque sembravano calmarsi un po' la ragazzona lasciò la posizione nella coda, si allontanò di qualche metro – che stesse rinunciando? –, frugò nella borsa, ne estrasse una pistola che puntò sugli altri clienti e disse con una voce un po' strozzata ma assai forte: «Fermi tutti, questa è una rapina!».

Per avere un po' di attenzione dovette ripeterlo

un'altra volta e si fece molto convincente quando puntò la pistola alla tempia dell'ipovedente.

«Fate quello che vi dico e non succederà niente».

Consonni da due ore si aggirava per le strade del centro alla disperata ricerca di un regalo per Angela. Era in trance perché la notte non aveva praticamente dormito, nell'angoscia di pensare a un regalo di Natale per la sua donna. Non sapeva dove sbattere la testa, non aveva idee: guardava le vetrine in cerca di ispirazione. Una borsa? E che ne sapeva lui di borse? Una pianta? La solita stella di Natale? Avrebbero fatto in tempo a consegnarla? Un gioiello? Ma no, Angela era contraria a buttare via i soldi in quel modo. Un paio di scarpe? No, le scarpe non si regalano.

Le tipologie merceologiche ricoprono milioni di oggetti possibili, eppure sotto Natale questa enorme scelta è come se si riducesse a zero. Un libro? Ma che ne so io di libri. Una sella per equitazione? Consonni passava in rassegna le vetrine, e mille dubbi lo attanagliavano, non cavava un ragno dal buco. Un servizio di tazzine da caffè, quelle che collezionava Angela? Ma no, ma no, quelle che lei gradiva richiedevano un investimento di svariate centinaia di euro, e qui si usciva dal budget. Il tempo passava e lui era sempre più in crisi. E adesso aveva appuntamento con Caterina in San Babila, perché lì sua figlia gli avrebbe consegnato Enrico, col quale si doveva andare a scegliere il regalo che poi sarebbe stato ufficialmente recapitato da Babbo Natale. Caterina arrivò puntuale, scaricò Enrico in un secondo e se ne fuggì via.

Consonni decise che avrebbe risolto la faccenda del regalo per Angela nel pomeriggio, in extremis.

La rapinatrice coi capelli rossi aveva consegnato un sacchetto di iuta ecocompatibile alla cassiera che adesso lo stava riempiendo con tutti i soldi che c'erano in cassa. Al direttore, che se ne era uscito dal suo ufficio, fu imposto di bloccare la porta automatica, così che non potesse entrare più nessuno. L'impiegato azionò un comando a pulsante sotto il bancone, che si trovava proprio accanto a quello dell'allarme, ma si guardò bene dall'attivare quest'ultimo. Che quella donna si portasse via quello che c'era in cassa e si togliesse di torno presto, a dare l'allarme non c'era altro che da rischiare grosso. Non sapeva però che era già scattato perché mentre la donna scandiva «Questa è una rapina» l'impiegata allo sportello era ancora al telefono e la persona all'apparecchio dall'altra parte, un collega della filiale 8, aveva sentito distintamente quello che stava dicendo la rapinatrice. Quando l'impiegata aveva riattaccato era già troppo tardi.

Infatti nel giro di tre minuti arrivarono due auto della polizia, che non ebbero cura di non farsi notare. Si piazzarono davanti alla banca con le ruote sul marciapiede: scesero quattro agenti, che cercarono di sbirciare attraverso le vetrate.

La rapinatrice col sacco dei soldi in mano non poté non accorgersi delle pantere e dei poliziotti, ed ebbe uno scatto d'ira. Visto che quelli potevano vederla ripuntò la pistola a una tempia, questa volta a quella della segretaria del commercialista, quasi a vendicarsi di tutto il tempo che aveva fatto perdere a lei e agli altri clienti. Per chiarire quali fossero le sue intenzioni sparò un colpo con la canna vicinissima all'orecchio della ragazza. Questa cadde a terra per lo spavento, convinta di essere stata colpita. Gli altri clienti furono presi dal terrore.

«State calmi», disse il sedicente direttore, «non fate niente, non fate niente, questa situazione si concluderà molto presto».

«Questo lascialo dire a me, testa di cazzo!».

«Ma io...».

«Sdraiatevi tutti a terra, a pancia in giù» ordinò la rossa a clienti ed impiegati, che eseguirono. L'unica esentata fu la signorina Mattei-Ferri, che restò dove si trovava, praticamente al centro della filiale, sulla sua sedia a rotelle.

La rapinatrice passò dietro il bancone, per nascondersi al tiro dei poliziotti.

«Dov'è un telefono?» chiese all'impiegata che in precedenza lo stava utilizzando.

«Questo qua... prima deve fare lo zero».

Mentre la criminale stava pensando a cosa fare, a chi telefonare, il telefono squillò. La donna, furibonda, rispose immediatamente.

«Sì, commissario, sono io» e poi si mise in ascolto per qualche secondo. «Va bene, non me ne importa un cazzo se lei non è il commissario... qui la situazione sta per diventare molto seria. Ho visto gli agenti fuori della banca, e questo è qualcosa che non doveva succedere, perché io qua dentro ammazzo tutti, avete capito?».

Seguirono alcuni secondi di silenzio.

«Non cerchi di perdere tempo, perché ogni quarto d'ora in più che passa qui muore qualcuno. E se non dite ai vostri agenti di andarsene e non mi fate trovare una macchina col pieno di benzina qui fuori entro 15 minuti comincio ad ammazzare la gente che è qui dentro…».

«…».

«Uscirò dalla banca proteggendomi col corpo degli ostaggi e se sparerete a me sparerete a loro… e non fate scherzi…».

«…».

«Ok, parli col suo superiore, mi richiami fra tre minuti».

La ragazzona con la pistola in pugno era in un bagno di sudore, aveva la fronte imperlata, si accese una sigaretta.

«Guardi che il fumo fa scattare l'allarme anti-incendio» disse zelantemente il direttore.

«Lei è il primo che faccio fuori, cosa vuole che me ne sbatta se scatta l'allarme anti-fumo? Chiuda quel buco di culo che ha al posto della bocca!».

Per essere una ragazza, almeno a giudicare dall'abbigliamento e dagli accessori, appartenente alla media borghesia lombarda era piuttosto sboccata.

I poliziotti nel frattempo avevano fatto sgombrare l'area davanti alla banca e si erano disposti ai lati, fuori dalla vista di chiunque fosse dentro la filiale. La strada si stava riempiendo di curiosi, che scattavano fotografie coi cellulari o con apparecchi più sofisticati. Il traffico in viale Lombardia era stato bloccato e gli autisti delle macchine rimaste ferme in colonna cominciarono una litania di clacson. Arrivarono altri agenti, col compito di tenere lontani i curiosi, fu creata una zona di rispetto.

Dopo quattro minuti la telefonata del superiore non era ancora arrivata. La donna rapinatrice inveiva contro tutto e tutti, compresa se stessa, sembrava sull'orlo di una crisi di nervi.

«Perché cazzo non telefonano? Cosa aspettano, che faccia fuori qualcuno? Lei» disse alla signora elegante «si alzi e si metta davanti alla vetrata. Presto!».

La signora si alzò, e, incerta, si avvicinò lentamente alla porta a vetri.

«Si metta bene in vista e si tolga tutti i vestiti».

«Cosa? Ma lei è matta?».

La donna sparò un altro colpo verso l'alto. «Non me lo faccia dire un'altra volta!».

La signora, terrorizzata, cominciò a svestirsi. Quando rimase in mutande e reggipetto la donna le intimò di togliersi proprio tutto.

Quella finì di spogliarsi. Uno scroscio di flash si scatenò dall'esterno.

«Ma signora…» sbottò Angela. «Non le pare che questo sia troppo?».

«Lei stia zitta, troia di merda. Lei è la seconda che ammazzo!».

Finalmente la telefonata arrivò, ma la donna non pareva essere soddisfatta. Affermava che non aveva voglia di perdere tempo e che ormai il momento era quasi arrivato. Riattaccò bruscamente, quindi le venne in mente un'altra idea. Disse alla signora nuda di andare a prendere il suo telefonino e di rimettersi nella stessa posizione.

«Lei ce l'ha un marito?».

«Be'... sì...».

«Ecco, lo chiami e gli spieghi la situazione. Gli spieghi che qui fra tre minuti comincia a morire la gente». La donna eseguì.

«Carlo, sono in banca, c'è una rapina e siamo tutti ostaggi. La polizia non si sa che cosa fa, è qui fuori. Fai qualcosa! Ti prego, fai qualcosa! La polizia ci lascerà ammazzare tutti come cani! E io sono qui, nuda, davanti alla vetrina!».

La notizia si diffuse rapidamente in tutta Milano e anche fuori, visto che venne annunciata per radio e TV a tempo di record. Non capita tutti i giorni una rapina a mano armata andata male, con ostaggi, trattative, ore disperate, e per di più la rapinatrice era una donna! Sul posto arrivarono giornalisti e troupe televisive, nella speranza di assistere al massacro o per lo meno a una sparatoria.

In quel momento giunsero due grosse auto blu. Dentro ci dovevano essere dei pezzi grossi della questura. Le macchine furono fatte passare e si fermarono poco oltre il blocco. Fra le persone che ne uscirono una aveva in mano un megafono.

Poco dopo le dodici il Consonni se ne stava tornando a casa, con Enrico. Erano stati nel negozio di giocattoli di riferimento, e l'Enrico non aveva mostrato dubbi nella scelta del regalo da chiedere a Babbo Natale. L'impressione di Amedeo era che, nonostante i pochi anni di età, Enrico avesse capito benissimo che non aveva senso che andassero a scegliere il regalo, per poi chiederlo a Babbo Natale. Ma la prassi era quella, e i bambini non si possono disilludere su questi sogni. Il regalo, della scelta del quale il Consonni avrebbe dovuto comunicare direttamente a Babbo Natale, era stato individuato, si trattava dell'agognato galeone dei pirati della Playmobil. Consonni l'aveva pagato, Caterina sarebbe passata nel pomeriggio a prenderlo, e nel corso della notte di Natale avrebbe organizzato la solita manfrina, sotto l'albero.

Consonni rimase un po' stupito del fatto che la casa di ringhiera fosse deserta. Aveva provato a bussare ad Angela, ma quella non c'era. All'orizzonte non comparivano né il De Angelis né il Giorgi, e stranamente neanche la Mattei-Ferri pareva affacciarsi alla sua finestra di osservazione. Così, nonostante tutto il quartiere fosse in ebollizione per il fatto della rapina, di questa Consonni non venne a sapere niente. Non accese la televisione, cioè, a dir la verità l'accese, ma per sintonizzarsi sui canali che piacevano a Enrico, e non ebbe occasione di interagire con alcuno che potesse comunicargli la notizia.

Era inquieto perché nel pomeriggio doveva uscire di nuovo per comprare il regalo ad Angela.

La signora nuda davanti alla vetrata blindata disse che aveva freddo, non ce la faceva più, e poi si vergognava, che la guardavano tutti quei poliziotti.

«Quali poliziotti?» chiese inquieta la rossa, che da dietro il banco poteva vedere poco.

«Qua fuori ci sono dei poliziotti vestiti di nero, adesso non li vedo più...».

«Stai zitta, troia!».

La signorina Mattei-Ferri, della quale nessuno si prendeva particolarmente cura, godeva in qualche modo di un punto di osservazione privilegiato. Gli altri erano ancora sdraiati a terra e lamentavano dolori da tutte le parti. Lei si guardava in giro e non capiva dove potesse trovarsi una via d'uscita.

Come un boato si sentì la voce amplificata di qualcuno che diceva: «Sono il viceprefetto Tal de' Tali. Ascoltatemi bene. Sono qui per parlare e per trovare una soluzione. Non sono qui per minacciare qualcuno, sono qui per proporre un accordo. Ho un cellulare, adesso vi chiamo, voglio solo parlare per vedere quale può essere la via d'uscita. Per favore, lasciate che la signora Caminati si rivesta, non vedo a che cosa possa servire che lei resti lì».

«Ah, il marito si è fatto sentire... benissimo signora Caminati... se ne stia lì dov'è, se no sparo».

Il telefono suonò subito: era il viceprefetto.

La donnona sembrava esausta ma comunque risoluta: «Lei non è nelle condizioni di imporre delle condizioni a me, sono io che impongo delle condizioni a voi, io non ho nessuna intenzione di far uscire ordinatamente gli ostaggi, e non cerchi di fregarmi, sono io che ho il coltello dalla parte del manico».

La Mattei-Ferri rifletteva. Ormai erano passate più

di due ore dal momento in cui la rapinatrice aveva pronunciato la fatidica frase: «Questa è una rapina» e aveva esploso qualche colpo. Ma che cosa sperava di ottenere? Era più che chiaro che le forze dell'ordine tentavano di temporeggiare, cercando di capire chi fosse quella donna, chiuderla in un vicolo cieco, portarla alla disperazione e ad arrendersi. Il tempo giocava a favore di una soluzione negoziata e il fatto che la rapinatrice non avesse ancora ammazzato nessuno lasciava credere che non avesse intenzione di farlo, ma se quella perdeva la testa? Non si può tirare la corda più di tanto e tutto faceva pensare che non fosse una professionista, il che può anche dimostrarsi molto pericoloso.

Tuttavia, a quanto pareva, si stava arrivando a una negoziazione: la rapinatrice avrebbe fatto uscire due ostaggi, i più anziani, per far vedere che stava ai patti. A quel punto sarebbe stata lasciata una macchina fuori e si sarebbero liberati gli altri tre ostaggi civili; la criminale sarebbe salita invece sull'auto con gli impiegati, portandoli con sé.

«Se qualcosa va storto comincerò a uccidervi uno dopo l'altro» disse la rossa agli impiegati.

Questi ultimi non parevano minimamente convinti che si fosse fatta la scelta corretta. «Non è giusto: si dovrebbe tirare a sorte su chi sono gli ultimi ostaggi, e non liberare per primi i clienti». Ci fu una discussione fra gli impiegati e i clienti sui criteri da seguire. I primi sostenevano che i bancari, sempre esposti a grossi rischi, non era opportuno che fossero sacrificati, per le poche lire che guadagnavano di stipendio. I secondi invece sostenevano che i bancari non fanno niente, prova ne era la coda che si era creata. «Ah, io appena sarò fuori di qui cambierò subito istituto di credito», «Questa banca fa schifo e il personale non è assolutamente addestrato a fronteggiare una situazione del genere», «Già, e poi chi è stato l'imbecille che ha fatto partire l'allarme? Perché mettere a rischio la vita dei clienti?», «Che la banca si prenda le sue responsabilità».

La rapinatrice stava diventando pazza. «Fate silenzio, o vi ammazzo tutti sul momento, impiegati o clienti! Non fiatate più!». Puntò ancora una volta la pistola contro la tempia di qualcuno, questa volta l'impiegata più giovane. «Sono sul punto di scoppiare e c'è un solo modo di mettervi a tacere». Alzò il percussore e...

«Si fermi, si fermi!» ebbe la malaugurata idea di dire Angela. «Non spari a lei, spari a me, lei è giovane, ha tutta una vita davanti!». Angela si alzò in piedi e quasi mise il petto in fuori, come un condannato a morte che rifiuta la benda davanti al plotone di esecuzione. La rapinatrice la guardò come si guarda una deficiente, scuoteva la testa come a dire, ma vedi te con che idioti mi tocca avere a che fare. «Si rimetta giù lei! E non faccia cazzate».

Angela, fremente, si riaccucciò per terra, indifferente ai commenti degli altri ostaggi che le bofonchiavano di smettere di fare il fenomeno, che così si aggravava soltanto la situazione.

«Scusi, posso mettermi a pancia in su che ho dolori di schiena?».

Consonni preparò a Enrico la solita cotoletta alla milanese con patatine fritte, menu peraltro severamente proibito dalla madre Caterina. Il problema che si poneva era come fare ad uscire nel pomeriggio per cercare alla disperata il regalo per Angela. Ed Enrico a chi lo avrebbe affidato? Be', Caterina sarebbe tornata a prendere il bambino verso le cinque e mezzo, forse gli restava un po' di tempo per fare l'acquisto.

Riassettò velocemente la cucina, ma era sopraffatto da una irresistibile sonnolenza. Era stanchissimo. Aveva bisogno di riposarsi dieci minuti, e si adagiò su una delle sue comode poltrone lussuosamente rivestite. Si fornì anche di un libro e di una coperta di lana Merinos. Enrico era al sicuro, stava guardando la sua cassetta preferita per la centesima volta, *Nightmare before Christmas*. Ma come fanno i bambini a guardare lo stesso film a ripetizione, anche tre volte al giorno? Non ebbe modo di darsi risposta, perché, senza neanche bisogno di prendere in mano il libro, cadde addormentato nel sonno del giusto.

I primi due clienti a essere liberati sarebbero stati l'anziano ipovedente – ma lo era veramente? si chiedeva la Mattei-Ferri, ci vuole così poco a usurpare una pensione di invalidità, lo sanno tutti – e la Mattei-Ferri stessa, che quindi lasciò perdere ogni polemica.

La donna nuda fu fatta rivestire e si ricollocò al suo posto, sdraiata per terra.

La rapinatrice era troppo nervosa, le colava il sudore dalle tempie. Anche il pesante trucco sugli occhi si stava sciogliendo.

Venne il momento della prima liberazione. Fu chiamato l'anziano ipovedente, che avrebbe dovuto spingere la sedia a rotelle della Mattei-Ferri. La tensione era ai livelli massimi. La rapinatrice si fece indicare quale fosse il bottone per sbloccare la doppia porta scorrevole di ingresso. Disse a un impiegato di alzarsi e mettersi di fronte a tale porta, controllare che si aprisse e dare un'occhiata fuori.

«E se mi sparano?».

«È proprio quello che voglio sapere, ma se non lo fai ti sparo io, seduta stante».

L'impiegato, terrorizzato, si avvicinò alla prima porta, che si aprì. Qualche altro passo, la porta si chiuse e dopo poco si aprì la seconda. L'impiegato mise il naso fuori, vide lo schieramento dei cecchini a destra e a sinistra dell'ingresso. Ebbe paura. Per un istante pensò di mettersi a correre e togliersi dal tiro della folle rapinatrice, poi tornò sui suoi passi, non tanto perché pensasse che se fosse fuggito avrebbe destinato gli altri ostaggi a morte sicura, quanto perché temeva che gli agenti avrebbero sparato a lui, sicuri che si trattasse della rapinatrice travestita da uomo, nel disperato tentativo di passare per un impiegato o un altro ostaggio e dileguarsi in mezzo alla folla.

Purtroppo o per fortuna una simile brillante idea non era venuta in mente alla rapinatrice, forse perché il suo fisico non glielo avrebbe permesso.

L'impiegato tornò al suo posto. La rossa uscì da dietro il banco, camminando rasente al muro, e si riparò in una nicchia, proprio davanti alla Mattei-Ferri. Nella filiale la tensione si tagliava a fette, la paura si toccava con mano, mi si scusi per questi due luoghi comuni, ma non mi vengono altre espressioni altrettanto efficaci.

Il nonno russava profondamente ed Enrico si era stufato di guardare il suo film. Lo sapeva a memoria, e le due o tre scene che amava particolarmente erano già passate. Si annoiava. Il nonno gli aveva proibito di uscire dall'appartamento, ma lui ne aveva il desiderio, tanto quello dormiva duro, non si sarebbe mai accorto. Così, con la prudenza di un gatto, si avvicinò lentamente al portoncino, poi si allontanò, poi si riavvicinò e lo aprì. Rimase qualche istante sul limitare, infine si decise e uscì. Voleva fare solo una breve esplorazione, sarebbe tornato subito indietro, e il nonno non avrebbe saputo niente.

Non c'era molto di interessante da esplorare nel ballatoio della casa di ringhiera. Sembrava che fossero tutti via.

Enrico in realtà aveva un obiettivo preciso. Salire al secondo piano per vedere se c'erano quei bambini peruviani che facevano sempre dei giochi fantastici. Ne sapevano di tutte, e possedevano anche

dei veri bastoni di legno, che a Enrico interessavano moltissimo. Avrebbe ceduto volentieri uno dei
suoi sofisticati e pallosissimi giochi pedagogici della Città del Sole in cambio di uno di quei bastoni,
chissà come se li erano procurati. Ma i peruviani non
c'erano, almeno non li trovò sul ballatoio del secondo piano.

Nel clima di terribile agitazione che regnava nella filiale la signorina Mattei-Ferri cominciò ad ansimare, con
un filo di fiato riuscì a dire che si sentiva male, che si
sentiva mancare. La donna dai capelli rossi si agitò: «Eh
no, eh? Proprio adesso che la libero, non deve sentirsi male, poi dicono che l'ho maltrattata... che le ho fatto venire l'infarto... ma che cosa si sente?». «Si avvicini, per favore, si avvicini...» esalò la Mattei-Ferri, e
quella si avvicinò, chinandosi un po' per sincerarsi delle condizioni della paralitica.

Enrico, deluso per non aver trovato i bambini peruviani, fece il giro completo del ballatoio del piano 2. Le porte degli appartamenti erano tutte chiuse, tranne una. Enrico dette una sbirciata ed entrò
dentro. Quella casa era brutta e vuota. Dentro non
c'erano i mobili, non c'era la televisione, ed era tutta sporca. Da una parte c'erano mattoni e sacchi di
cemento, dall'altra attrezzi, pale, tubi, ed altri oggetti, e un macchinario grosso e rotondo, con un buco dentro, somigliava a quei camion che girano e portano la calcina. L'oggetto lo interessò moltissimo. Su

un lato c'era una scatola con dei pulsanti, e chissà
cosa succedeva a premerli.

La Mattei-Ferri sembrava morta, ma quando la rossa fu a tiro le mollò un incredibile calcione fra le gambe. Questa lanciò un grido acutissimo e cadde a terra,
perdendo la pistola e la parrucca, accartocciandosi,
con le mani sull'inguine.
La Mattei-Ferri si alzò lestamente dalla sedia a rotelle e in un decimo di secondo recuperò la pistola e la
puntò alla tempia della donna, che a questo punto non
era più una donna ma un giovane maschio, coi capelli
tagliati a zero. Si contorceva ancora a terra, ma si
bloccò quando si trovò la pistola puntata contro. Senza perdere tempo la Mattei-Ferri prese la mira in mezzo agli occhi e premette il grilletto. La detonazione fu
micidiale. Gli altri ostaggi non sapevano se alzarsi o meno, se avvicinarsi, per vedere la testa del rapinatore spap-
polata. La prima a mettersi in piedi fu Angela, che alla vista della scena rimase impietrita.

Enrico azionò il pulsante della betoniera elettrica
e quella si mise in moto immediatamente. Girava che
era una meraviglia, ma chissà a che cosa serviva.
C'era una fune appoggiata sopra, che quando quella
cominciò a girare si arrotolò su un pernio. Enrico mica se ne accorse, e poi non sarebbe stato in grado di
prevedere che quella fune, una volta in tensione, gli
si sarebbe avvolta intorno al collo, formando una specie di cappio, e lo avrebbe issato verso l'alto, dove

era fissato un capo della corda, ad una trave. Così la betoniera continuava a girare ed Enrico si sentì tirato su dalla fune, che lo strozzava. Gli mancava il respiro e non toccava più la terra con i piedi. Ma ormai era troppo lontano dalla betoniera e non sarebbe certo riuscito a spegnerla, perché era a un metro e mezzo di altezza dal pavimento, e gli sembrava che gli girasse la testa. Cercò di attaccarsi alla trave, con le mani.

La Mattei-Ferri ghignava con una smorfia satanica. Non contenta puntò la pistola su Angela e le sparò addosso. Angela cadde a terra.

Il brasato di Angela continuava a cuocere nel forno. Solo che a questo punto la bolla di vapore dentro la cocotte non c'era più. Il liquido di cottura era estinto. Per cui la carne cominciò a carbonizzarsi, e la temperatura all'interno del forno cominciò a salire, fino ad arrivare a livelli critici. Il brasato era sicuramente da buttare via, ma a questo punto il problema, dal punto di vista del forno, non era la possibilità che prendesse fuoco, ma la temperatura. Dello stesso avviso furono i circuiti elettrici del forno, che non ressero alla prova, un cavetto si infiammò, il tutto andò in corto circuito. Scattò l'impianto salvavita, e la levetta del contatore dell'appartamento di Angela si portò verso l'alto.

Quando mancò improvvisamente la corrente elettrica la betoniera si spense. Smise di tenere in tensione la fune ed Enrico, che ormai non respirava, cadde giù come un sacco.

Il fatto singolare è che né il volto del rapinatore né la testa di Angela erano spappolati.

«È una scacciacani, non ve ne eravate accorti? Presto, bloccatelo» ordinò la Mattei-Ferri. Gli impiegati, gli ostaggi tutti, accorsero rapidamente al cospetto del rapinatore, che ancora si contorceva per terra. Come donna sembrava robusta, ma come uomo era abbastanza mingherlino, soprattutto facendo la tara delle grosse imbottiture che portava ai seni e sulle chiappe. Fu messo nelle condizioni di non nuocere, anche se il soggetto sembrava a questo punto aver rinunciato ad una condotta aggressiva e violenta. Forse aveva paura che i suoi ostaggi lo linciassero, in particolar modo la signora Caminati, quella che aveva fatto spogliare nuda.

Squillò ancora una volta il telefono: era il viceprefetto, che avendo udito i due colpi di pistola aveva temuto il peggio. Rispose il facente funzioni del direttore.

«Commissario, tutto sotto controllo, sono il direttore Manzucchini, ho messo il rapinatore nelle condizioni di non nuocere. Usciamo».

Enrico cadendo si era fatto male alle ginocchia, ma aveva ricominciato a respirare. Appena raggiunse il suolo era già pronto per scattare via, uscire da quella casa maledetta e piena di spiriti, e raggiungere l'appartamento dell'Amedeo.

Per far questo impiegò pochi istanti, rientrò dal nonno che proprio in quel momento si stava svegliando. Enrico si piazzò in tempo sul divano, davanti alla televisione, che non trasmetteva niente.

Enrico aveva male al collo, ma non pianse, come avrebbe invece desiderato. Il Consonni, completamente rimbambito, chiamò il nipotino, e quello, a fatica, dette un cenno di presenza.

Da fuori si videro uscire due degli ostaggi, che facevano segnali rassicuranti. Erano l'anziano e la signora Caminati. Poi uscì la Mattei-Ferri, spinta da Angela, e a seguire tutti gli altri. Il direttore controllava il rapinatore torcendogli un braccio dietro la schiena, questo non opponeva la minima resistenza e teneva il capo chino. Alcuni agenti, una quindicina, gli saltarono addosso e lo gettarono a terra, immobilizzandolo.

Presto fu infilato in una pantera e portato via a sirene spiegate. Per gli ostaggi invece erano pronte due ambulanze, ma nessuno dei clienti dichiarò di averne bisogno. Soltanto gli impiegati sostenevano di non sentirsi bene, probabilmente già intravedevano un breve ricovero per lo shock subito, e i relativi vantaggi in termini assicurativi e di un periodo di astensione dal lavoro.

La signorina Mattei-Ferri non vedeva l'ora di tornare a casa e ordinò a un poliziotto di riaccompagnarla immediatamente con l'auto. Angela guardò fra la gente, sperando di intravedere il Consonni, ma quello stronzo non c'era. Ma che uomo! Che canaglia! Perché non era lì? Anche lei non vedeva l'ora di essere riportata a casa. Purtroppo non fu così, tutti gli ostaggi, chi sulle macchine della PS, chi sull'ambulanza, furono condotti in questura, per ricostruire gli avvenimenti, tramite le dovute deposizioni.

In questura ovviamente la versione ufficiale dei fatti, che vedeva il direttore protagonista di un atto di eroismo, non funzionò, alcuni dissero che non avevano visto niente, altri smentirono gli impiegati, altri si confusero. La Mattei-Ferri dichiarò che l'unica ad aver visto tutto non poteva essere altri che lei, perché era la sola che non era col ventre a terra. Confermò che il direttore aveva disarmato la rapinatrice, tirandogli un calcio nelle balle, visto che era un rapinatore. Il direttore naturalmente si mantenne su questa linea e lo stesso fece la professoressa Angela Mattioli.

Malauguratamente tale versione non poté essere creduta, in quanto la filiale era coperta da telecamere a circuito chiuso, quindi fu facile determinare che era stata la signora sulla sedia a rotelle a disarmare il rapinatore. Gli inquirenti ufficialmente non si presero la briga di smentire la versione del direttore. Tuttavia la Mattei venne a sapere della presenza delle telecamere, e si inquietò parecchio. Tutto è finito per me, pensava, verrà fuori sui giornali che non sono invalida per niente, secondo loro, quando invece io invalida lo sono eccome, solo ogni tanto, in situazioni estreme, trovo la forza di alzarmi, ma solo in situazioni estreme. Chissà se lo stesso avrebbe pensato la ASL.

Finalmente, intorno alle cinque del pomeriggio, i testimoni furono lasciati liberi. Angela e la Mattei-Ferri furono accompagnate a casa da una pantera della polizia.

Consonni, vedendo uscire dall'Alfa posteggiata nella corte della casa di ringhiera le due donne, ebbe un sussulto: che era mai successo? Si precipitò giù per le scale, cercando di capire quale fosse stato il corso degli avvenimenti. Angela gli lanciò uno sguardo di rimprovero e di commiserazione, e rientrò nell'appartamento, dove era saltata la luce. Ah, il forno, il forno! Il brasato, il brasato! Si rese conto del disastro. Staccò la spina del forno e riattivò l'impianto elettrico. Il brasato era carbonizzato, e la cocotte di ghisa da buttare via. Ma che senso aveva darsi tanto da fare in cucina per un uomo che neanche si era curato di venirla a prendere in questura? Angela fu attraversata dallo sconforto, e da uno sfinimento tale che le veniva voglia di tagliare tutti i ponti con quel demente e con il resto del mondo.

Non le fu facile, perché di lì a poco ricevette decine di telefonate di conoscenti, parenti e altre persone, persone con cui non parlava da anni ma che ritennero necessario farsi sentire in quel momento così difficile e che aveva goduto di una tale copertura da parte dei media televisivi. «Ti ho riconosciuto per televisione, lo sai?». A un certo punto Angela staccò il telefono, esausta di ripetere sempre le stesse cose a gente cui il suo stato di salute non interessava per niente, volevano solo avere ragguagli dettagliati sul rapinatore travestito da donna, sul clima di terrore, su quale era stato il momento più duro.

Nel frattempo Consonni fu informato dal De Angelis sulla sostanza degli avvenimenti. Oh, Signur, ma che storia, e io che dormivo... questa Angela non me la perdonerà mai! E non le ho nemmeno comprato il regalo! Consonni tentò più volte di bussare alla porta di Angela, ma lei non gli aprì, né rispose alle sue chiamate.

Alle cinque e mezzo arrivò Caterina, che dopo esser passata al negozio a ritirare il regalo per Enrico e averlo nascosto nella bauliera della sua Clio, adesso veniva a recuperare il bambino. Lo trovò stranamente calmo, per non dire mogio e turbato.

«Ma Enrico, cos'è che è successo, cos'è che hai fatto col nonno?».

«Niente mamma, abbiamo guardato un film alla televisione».

In serata Angela telefonò al Consonni, col quale polemicamente si rammaricò per il fatto che purtroppo il brasato era rovinato, che la «doveva scusare» ma era molto stanca e voleva andare a letto. Oltretutto aveva da preparare i regali, e la giornata se ne era andata in quel modo... meglio tornare alle solite cose, alla tranquillizzante quotidianità. Che consistette nel tentare di ripulire il forno, che pareva da buttar via anche lui.

È Natale, è Natale, si forzava di pensare Angela, cerchiamo di rimuovere i pensieri negativi. Domani, cascasse il mondo, era la vigilia, e tutto sarebbe andato come al solito.

La signorina Mattei-Ferri da parte sua non riusciva a imporsi una simile dimensione rassicurante. Ripensava al corso delle cose, e quasi si pentiva di quello che aveva fatto. E se gli ispettori della ASL avessero visto il filmato? Se qualcuno fosse andato a raccontare che lei si era alzata come una molla, che cosa sarebbe successo alla sua pensione di invalidità? Eppure lei stava tanto male e adesso si sentiva più paralizzata di sempre. Alle dieci e mezzo di sera comunque non le sfuggì che il giovane e selvaggio Antonio bussava alla porta di Angela. Eccoci, lo fanno di nuovo.

In realtà Antonio aveva suonato solo per chiedere di recuperare la prolunga che era attaccata all'impianto elettrico di Angela e che serviva ad alimentare la betoniera nell'appartamento di sopra dove stava eseguendo dei lavori. Aveva trovato Angela seminuda, stava facendo la doccia. Si rese conto che in cucina era successo un macello ed ebbe a dire: «Signora, se vuole il forno glielo rimetto a posto io». Lei, discinta, sembrava fuori di sé e disse: «Grazie Antonio… grazie».

III

La mattina successiva, vigilia di Natale, Amedeo Consonni era in ambasce e si alzò presto. La giornata dal punto di vista atmosferico era più brutta, se possibile, della precedente, pioveva a dirotto, ma la temperatura si manteneva altissima, per essere a dicembre, tanto che Amedeo indossò l'impermeabile della mezza stagione, e non è detto che anche con quello non avrebbe sofferto il caldo.

Doveva uscire per comprare il regalo ad Angela. Ridotto alle strette, si infilò nell'unico bel negozio vicino a casa di articoli da regalo, ma nel marasma dell'offerta non riusciva a individuare qualcosa di carino. Alla fine si fece consigliare ed acquistò per Angela una cornice argentata per fotografie, un oggetto di dubbio gusto che il proprietario del negozio assicurò essere di gran classe. Spese un capitale, ma almeno il regalo aveva il suo peso.

Acquistò anche tutti i giornali. Poi passò al bar-pasticceria, comprò tre croissant.

Amedeo bussò timidamente alla porta di Angela, che gli aprì e senza curarsi troppo di lui arraffò i croissant e i quotidiani, disponendoli sul tavolo del soggiorno-sala da pranzo. In vestaglia, impose ad Amedeo di farle un caffè, addentò un croissant e si gettò sulla stampa quotidiana.

Le cronache nazionali e locali dedicavano paginate intere alla rapina di viale Lombardia a Milano. Il colpo fallito, l'allarme, il rapido intervento delle forze dell'ordine, le ore di tensione, l'eroico intervento del direttore che aveva messo fuori combattimento il rapinatore, vestito da donna.

Una quota notevole delle cronache si soffermava sulla vicenda della signora Caminati, che era stata costretta a spogliarsi nuda di fronte alla vetrata principale. In proporzione il fatto che la pistola fosse soltanto una scacciacani non ebbe l'attenzione che si meritava. Molto rilievo ebbe invece la figura del rapinatore, che si era travestito da vistosa ragazza dai capelli rossi. In realtà si trattava di un ex impiegato postale a tempo determinato, tal Bertini Alessandro, incensurato di anni trentadue, originario di Borgo a Buggiano, Lucca, e residente a Cusano Milanino. Il Bertini era disoccupato da circa due anni e stava vivendo un grave momento di ristrettezze economiche. Il vestito e la parrucca li aveva presi in prestito da sua sorella, Bertini Annalisa, che a quanto pareva non ne sapeva niente. Fra l'altro la Bertini era in possesso di una parrucca per motivi poco allegri: se l'era comprata nel corso di un trattamento di chemioterapia, resosi necessario per un prematuro tumore al seno.

I giornali ravanarono un bel po' sul rapinatore incensurato, costretto al gesto insano da un'emergenza di povertà, mista alle tristi condizioni della sorella colpita da tumore.

In qualche pagina locale i servizi erano un po' più approfonditi, presentavano anche delle schedine ragionate sugli ostaggi. Angela non fu molto soddisfatta della scheda che la riguardava, soprattutto perché di lei si dichiarava esplicitamente l'età, approssimata per eccesso, e a lei venivano dedicate poche righe. Molte invece ne aveva meritate la signorina Mattei-Ferri, una povera invalida paraplegica, che si era trovata proprio al centro della colluttazione finale fra il direttore e il rapinatore.

Le ricostruzioni sugli accadimenti non erano omogenee: certi giornali sostenevano che il rapinatore aveva anche schiaffeggiato e sottoposto a violenze alcuni degli impiegati, che infatti erano ricoverati in ospedale. Altri dicevano che i malori degli impiegati erano dovuti al continuo stress ai quali sono sottoposti di routine: era già la terza rapina in un anno.

Angela dopo un'oretta aveva terminato di consultare la rassegna stampa: in quel momento, esaurita l'adrenalina dovuta all'emozione del rammemorare la terribile esperienza, la stava cogliendo un po' di depressione, nel vedere come una notizia di un fatto terribile poteva essere ridotta a una serie di pettegolezzi. Consonni, che delle notizie di cronaca nera si considerava un esperto, cercò di convincerla che finiva sempre in questa maniera, perché i lettori sono interessati ai pettegolezzi e ai fatti di sangue, e magari se non ci era neanche scappato un morto potevano rimanerne delusi, quindi bisognava calcare la mano sugli aspetti più struggenti e pettegoli, non c'era da stupirsene. Così Consonni cercava di riavvicinarsi ad Angela, ma quella, nei suoi confronti, manteneva una certa freddezza.

Il tempo stringeva, Angela doveva riprendere il lavoro che aveva lasciato a mezzo il giorno prima, cioè quello di preparare i regali, scrivere i bigliettini per tutti. Con atteggiamento anglosassone si disse che bisognava mantenere le forme, e mostrare che certe tradizioni non subiscono tracolli, nemmeno in caso di fatti così sconvolgenti, e che il Natale era sempre Natale. Ciò le richiedeva concentrazione, cosa difficile dato che era ancora un po' turbata e confusa, o almeno si prevedeva che lo fosse: in qualche modo riuscì a scrivere qualche riga per tutti e accluse i biglietti ai relativi libri in carta da regalo.

Ora c'era da preparare il piccolo rinfresco: tartine con salsa cardinale, burro e salmone, pâté de fois e altre specialità che Angela aveva comprato nel reparto gastronomia del supermercato. Aveva previsto di cucinare anche dei vol-au-vent, ma quelli no, non si potevano fare, il forno era andato. Le bevande le avrebbe dovute procurare il Consonni, che infatti aveva acquistato due bottiglie di prosecco, due di Coca-Cola e una di passito. Al disperato tentativo di Consonni di parlare con Angela di quello che era accaduto, di come si sentisse, ecc. Angela aveva risposto freddamente: «Oggi facciamo che tutto è come prima, non ho voglia di parlare, poi vedremo».

L'appuntamento per lo scambio dei regali era fissato per la sera alle sei, proprio in casa del Consonni. Angela aveva disposto con eleganza i vassoi con le tartine sul tavolo da pranzo e i regali sotto il caminetto. Doveva essere una cerimonia breve, un aperitivo, poi ciascuno si sarebbe dedicato ai festeggiamenti natalizi con la propria famiglia, cosa che in realtà per molti dei presenti, da Antonio al De Angelis, dalla Mattei-Ferri a Claudio Giorgi, compresi Caterina ed Enrico, cioè tutti al di fuori di Consonni e di Angela, non si sarebbe verificata.

«Benvenuti, benvenuti…» diceva olimpico il Consonni man mano che gli ospiti affluivano. Nel suo appartamento c'era un caldo impossibile: il proprietario, oltre a tenere il riscaldamento al massimo, come in un dicembre qualsiasi, aveva anche acceso il caminetto, in onore alla tradizione e alle istruzioni di Angela, che gli aveva detto: «Fai in modo che in casa ci sia una temperatura gradevole», in quanto aveva intenzione di mettersi un bel vestito leggero e scollato. Il tema della serata era che anche dopo quello che era successo, anche dopo tale situazione drammatica, ci sarebbe comunque stato spazio per gli auguri di Natale fra gli inquilini della casa di ringhiera. L'ultima ad arrivare fu la signorina Mattei-Ferri, gentilmente accompagnata dal signor Giorgi, che la spingeva sulla sua sedia a rotelle all'apparenza già alquanto brillo.

Ci fu subito un brindisi e il Consonni non seppe esimersi dalla solita dichiarazione: «Tutto è bene ciò che finisce bene»; la diceva senza valutarne la reale portata, a lui ignota. In fondo erano tutti d'accordo con questo pensiero, tranne forse una persona, la quale temeva che il suo comportamento durante la rapina la avrebbe potuta condurre alla rovina. La calura era insopportabile, e l'atmosfera un po' imbalsamata. Claudio Giorgi nel giro di pochi minuti di bicchieri di prosecco ne bevve tre o quattro.

E dunque l'incontro andava secondo copione, Angela faceva la padrona di casa, situazione che Caterina viveva con un po' di sofferenza ma ormai ci era abituata, tanto nel giro di mezz'ora la faccenda sarebbe terminata. Poi era un po' preoccupata per Enrico, che era strano, dalla sera prima. Se ne stava zitto, e aveva dei lividi sulle ginocchia. Pareva apatico e troppo consenziente, il che nel suo caso era anomalo. Enrico mangiava svogliatamente qualche tartina con la maionese e i capperi. Era venuto il momento dello scambio dei regali predisposti da Angela.

Il primo a scartare il suo regalo fu l'anziano De Angelis, che quasi in estasi trovò il suo *Le BMW di fascino: dalla 3/15 alle ultime cabrio (1928-2006)*. Non poteva crederci, era felice come una Pasqua. Come aveva fatto la signora Angela a prenderci così in pieno? Era talmente contento che si mise a sfogliare il volume, senza più badare ai regali degli altri.

Il clima, al di là del caldo asfissiante, si stava sciogliendo un po'. Continuavano i brindisi. Angela ebbe un piccolo sussulto di soddisfazione, le piaceva azzeccare i regali, si sentiva al centro della situazione e snobbava il Consonni.

165

Fu dunque il turno di Antonio, che aprì il pacco e ci trovò Roland Barthes, *Frammenti di un discorso amoroso*. Non si stupì più di tanto, per lui qualsiasi libro era un oggetto alieno, l'avesse scritto Barthes o Raffaella Carrà. Ringraziò con tutta l'educazione di cui disponeva, stava per alzarsi e andarsene via, Angela lo fulminò con lo sguardo e lo invitò a restare e a leggere il biglietto. E qui Antonio ebbe modo di stupirsi, perché il biglietto diceva così: «Al mio grande amore, che mai potrà sapere quanto gli voglio bene. Babbo Natale».

Cazzo, pensò Antonio, ma questa qui che minchia vuole? Ci rimase di sale, ma non proferì verbo nemmeno quando Angela, con un filo di narcisismo, lo invitò a leggere pubblicamente il messaggio. «Preferisco... be'... preferisco tenermelo per me». Pensava: non è che questa si è fatta delle idee per quello che le ho detto ieri sera del forno?

Angela, in attesa di ringraziamenti, non si era minimamente accorta che il libro era finito al destinatario sbagliato.

Adesso era Consonni a scartare il volume, trovò un libro che si intitolava *I no che aiutano a crescere*. Lì per lì rimase un po' stupito, comunque ringraziò molto, anche se non ci capiva granché, non sapeva se questi no che aiutavano a crescere si riferivano a lui oppure ad altre persone. Anche in questo caso Angela lo invitò a leggere il biglietto, che diceva: «Certe volte un no è un atto d'amore, molto più che un sì». Consonni pensò che questo messaggio si riferisse a certi esiti un po' burrascosi della loro relazione, nei mesi precedenti. Così si rasserenò e andò a baciare Angela. Caterina si girò dall'altra parte.

Claudio ricevette il volume *La casa di ringhiera*. Essendosi dedicato al passito, del quale trangugiò un altro paio di bicchieri, ringraziò molto, senza intuire le conseguenze importanti che questo libro avrebbe potuto avere su di lui. Non ne possiamo trattare qui, ma tali conseguenze forse non ci sarebbero state mai, semplicemente perché era assai difficile che il Giorgi tale libro lo leggesse.

Era venuto il momento della Mattei-Ferri, che quando vide che il libro a lei destinato era un libro per bambini che parlava di un ratto che faceva finta di non essere in grado di camminare si innervosì non poco: cos'era, un messaggio cifrato? Disse che non si sentiva tanto bene, che voleva tornare a casa. Consonni la invitò a mettersi tranquilla, era evidente che fosse ancora un po' sotto shock, dopo quello che era successo in banca. Ma la Mattei-Ferri non era affatto scioccata per quello che era successo in banca, aveva il timore che il regalo di Angela non fosse altro che un messaggio ricattatorio, conseguenza dei fatti del giorno precedente.

Nel frattempo il piccolo Enrico aveva distrutto la confezione del suo regalo, guardò velocemente di che cosa si trattava, poi tornò a mangiare le tartine. Sua madre, non senza ricordare a Enrico che non doveva abbuffarsi troppo, dette un'occhiata di sfuggita al regalo per suo figlio. Sbalordì nel leggerne il titolo: *Come liberarsi delle dipendenze a qualsiasi età*. Difficile qui spiegare perché Caterina si arrabbiò così tanto, ma forse ciò avvenne perché lei ripensò a fatti non tanto lontani, quando quel disgraziato di suo padre, Amedeo, aveva somministrato ad Enrico, reiteratamente e incoscientemente, uno sciroppo per la tosse contenente oppiacei.

Ma il bello venne subito dopo, quando Caterina aprì il suo regalo: questo consisteva ne *Il Galateo, o libro delle buone maniere*, e il solo vederlo la fece indisporre ancora di più. E per completare il quadro lesse il biglietto: «Perché tu non ti scordi mai che le buone maniere sono sempre una cosa molto importante, anche se non sono tutto».

Caterina avrebbe voluto rivoltare il tavolo e metter su una scenata. Ma preferì mantenere un atteggiamento freddo, offeso e distaccato. «Vieni Enrico, ce ne andiamo».

Consonni, che era avvolto in certi pensieri sui no che aiutano a crescere, intervenne in ritardo. Sua figlia e suo nipote, già incappottati, se ne stavano andando repentinamente. Ma che era successo?

«Domani penso che io ed Enrico il Natale lo passeremo a casa nostra...», gli disse gelidamente sua figlia, che salutò sbrigativamente la combriccola e se ne andò. Enrico aveva lordato la sua giacchina a vento con uno spesso strato di maionese.

I presenti non fecero molto caso alla scenata familiare. De Angelis continuava a leggere estasiato le notizie sui modelli meno noti delle cabrio BMW. Antonio non sapeva cosa pensare rispetto alla profferta amorosa di quella signora di mezza età, Claudio non smetteva di scolarsi bicchieri di passito, indifferente alle dinamiche interpersonali che si rappresentavano in quella stanza, la Mattei-Ferri proseguiva, fra sospetto e vittimismo, nella sua strategia, cioè quella di sostenere di sentirsi male.

Angela, che non aveva assolutamente capito cosa fosse accaduto, non si capacitava e decise di offendersi anche lei, perché nessuno l'aveva debitamente ringraziata. Si era creato un silenzio imbarazzante, il Consonni era andato dietro a sua figlia cercando di capire che cos'era che le aveva rovinato la festa.

Il silenzio fu rotto dalla Mattei-Ferri, che invitò il Giorgi a riaccompagnarla al suo appartamento, perché non ce la faceva più. Il Giorgi però si era addormentato sul bel divano, con il bicchiere in mano, che per fortuna era vuoto e quindi non erano messi a repentaglio i pregiati rivestimenti di seta a strisce. Antonio si offrì di accompagnare la Mattei, almeno aveva una scusa per togliersi di torno. De Angelis se ne andò anche lui, tenendo stretto il suo libro automobilistico.

Quando Amedeo tornò in casa c'erano solo Angela e il Giorgi che dormiva sul divano. Angela era una furia: «Ma che maleducati! Che incredibili cafoni! Che gratitudine! Almeno un filino di educazione! E poi, dopo tutto quello che è successo! Ci fosse stato uno che mi ha chiesto come sto…».

Era affranta.

«E infine, c'era un regalo per tutti, fuori che per una persona, cioè me! E tu non hai niente da dire?». Aveva le lacrime agli occhi.

Consonni intervenne: «Be', vedi Angela, non me ne hai dato il tempo, ma un regalo per te c'è, eccolo qua». Consegnò il bel pacchetto con il bollino «Macchettoni. Articoli da regalo». Le lacrime di Angela in parte rifluirono.

Ma quando aprì il regalo e si accorse che era una squallida cornice argentata di quelle che si regalano ai matrimoni quando non si sa cosa regalare passò da uno stato di malinconia a quello di vera incazzatura.

«E tu mi regali una anonima, insulsa, schifosa cornice! A me! E non ti vergogni! Ci manca solo che sia un regalo riciclato, infatti questa porcheria sembra anche vecchia, dove l'hai trovata, nell'armadio?».

Angela se ne andò, infuriata. La cenetta in programma, pur ridotta visto che il brasato era bruciato, saltò. L'intero Natale era rovinato. Fra l'altro, come liberarsi del Giorgi profondamente assopito sul divano? Una vera tragedia.

Nella cella della questura il signor Bertini Alessandro rimuginava sulla sua misera esistenza. Che ne sarebbe stato di lui? Ma come aveva mai potuto pensare di farcela, quando nella vita gli era sempre andato tutto storto? Una rapina in banca? Con la sfortuna che aveva! E adesso? Non c'erano pensieri che lo potessero consolare. Non poteva sapere che se non fosse stato per lui e per una relativa concatenazione di eventi si sarebbe consumata una vera tragedia, quella sì, di proporzioni enormi, che avrebbe rovinato per sempre l'esistenza di tutti i miei personaggi e che pertanto avrebbe costretto anche me a interrompere queste narrazioni.

Antonio Manzini
Buon Natale, Rocco!

Ad ogni colpo di straccio che passava sulle scale Adele sentiva tutti i suoi 66 anni. S'era fatta mentalmente il conto: sei piani, due rampe a piano, dieci scalini per rampa facevano centoventi scalini di marmo da pulire. Questo per la palazzina del civico 14. Poi mancavano ancora quelle del 12 e del 10 che aveva pure due piani in più. Più di 400 scalini, più di 400 colpi alla schiena. E tutto da finire entro la mattinata. Una a 66 anni se ne dovrebbe stare a casa a coccolare i nipoti, pensava Adele. Magari farsi una passeggiata e preparare il pranzo al marito. Ma Adele il marito non ce l'aveva più. Non che fosse morto. Era semplicemente sparito da 16 anni lasciandola a vedersela da sola con tre figli maschi. E oggi, a 66 anni, continuava a vedersela da sola con i tre figli maschi. Due a casa e il terzo che s'arrangiava. A fare cosa Adele non l'aveva mai capito. Nipotini neanche l'ombra. «Vuoi i nipotini ma'?» le diceva sempre Maurizio, il secondogenito. «E come li campo?».

«Come li campi?» gli rispondeva Adele. «Li campi facendoti il mazzo come me, che a quasi 70 anni ancora pulisco le scale condominiali!».

Strasch zac altro scalino, sciacqua lo straccio, strizza lo straccio, getta lo straccio sul marmo. Avanti, regolare lenta e continua verso il piano terra. Aveva finito la seconda rampa del sesto piano. Si stirò la schiena. Doveva passare al quinto. «E uno è fatto!» disse a bassa voce. Poi appoggiò le mani alla ringhiera e guardò in giù. Al piano terra a lavare i vetri del portone, le cassette delle poste e l'androne c'era Nabilah, una nigeriana di 44 anni alta un metro e ottanta con le spalle grosse come un giocatore di pallanuoto. Era l'unica della cooperativa a metterla di buon umore. Quando pensava a lei e ai suoi 7 figli laggiù in Africa, Adele si sentiva una privilegiata. «Nabilah» la chiamò dal quinto piano. Quindici metri più giù apparve la donna con il suo viso tondo e lucido. «Che c'è?».

Adele sorrise. «Finito qui ci facciamo un caffè?».

«Anche due! Però paghi tu!» e ridendo tornò a lavorare.

Strash zac altro gradino. Strizza lo straccio. Ributta lo straccio.

Un odore forte e penetrante. Improvviso. Qualcosa che Adele aveva sentito solo d'estate nelle strade di campagna le ultime volte che era andata a trovare i suoi a Subiaco. Annusò il secchio. Non era il secchio. Continuò a passare lo straccio. Man mano che scendeva verso il pianerottolo del quarto piano, l'odore si faceva più intenso. Ora c'era anche un sentore di uova marce misto a gas e all'olezzo di un bidone della spazzatura lasciato sotto il sole d'agosto. E poi quella inconfondibile punta acida e dolce che la prendeva allo stomaco, quella stessa della campagna d'estate, quella che hanno addosso i cani quando vanno a strusciarsi contro la carcassa di qualche animale. Lasciò la ramazza appoggiata al muro. Scese qualche gradino e arrivò al pianerottolo del quarto piano. C'erano tre interni. Senza dubbio la puzza proveniva dal 13. Adele si avvicinò alla porta blindata. Dovette ritirarsi mettendosi una mano davanti alla bocca. «Santa pace…». Barcollò all'indietro. «Nabilah!» chiamò ad alta voce. La donna si affacciò ancora. «Ora che c'è, Adele?».

«Nabilah, vieni su!» urlò. E doveva essere stato un urlo piuttosto forte, perché da qualche parte qualcuno aprì la porta di casa gridando: «Che succede qui?».

«Mi viene… da vomitare» fece Adele e si allontanò di corsa dall'interno 13 mentre i passi di Nabirah pestavano i gradini facendo rimbombare la tromba delle scale.

Il termometro elettronico mandò un fievole «beep». Il vicequestore Rocco Schiavone se lo tolse da sotto l'ascella e osservò con attenzioni i cristalli liquidi. 37 e 6. A questo punto aveva due alternative: chiamare la portiera Ines per farsi fare la spesa, un brodo caldo e poi mettersi sotto le coperte, oppure prendersi la tachipirina e andare a lavorare. Valutò i pro e i contro. Alle nove e mezzo di mattina per arrivare al commissariato dell'EUR da casa sua, a Monteverde Vecchio, impiegava una mezz'oretta. Ma il Natale era imminente. E allora la mezz'oretta si poteva trasformare in un'ora abbondante. Il motivo era semplice e Rocco lo conosceva: i ritardatari del regalo. Quelli a cui manca ancora la suocera, il figlio tredicenne e la cugina. Quelli che prendono l'auto solo in quei giorni pre-natalizi e girano come trottole impazzite per la città privi delle più elementari nozioni del codice stradale. Creano ingorghi inestricabili, per poi piantarsi davanti alle vetrine con gli occhi rossi e la bava alla bocca, trasformando la capitale in un immenso quadro di Hieronymus Bosch.

E Dio non voglia che venga giù un po' d'acqua. In quel caso le migliaia di motorini che scorrazzano come libellule felici in mezzo alle automobili ferme, slittano sui sampietrini trasformati in lastre di sapone dalla pioggia e volano clavicole tibie e peroni come storni migratori. Cani sguinzagliati finiscono arrotati sotto le ruote di autobus, stecche di ombrelli orbano decine di passanti mentre i marciapiedi umidi fanno strage dei femori dei pensionati. In quei giorni i reparti traumatologici si riempiono come spiagge d'estate.

Rocco Schiavone stava valutando la prima alternativa, quella cioè di chiamare Ines la portiera cilentana e mettersi sotto le coperte, quando il cellulare squillò. Era il commissariato.

«Chi è che scassa?».

«Dottore, sono Parrillo». Era l'agente scelto Parrillo, il poveraccio preso dai colleghi per le telefonate peggiori da fare al vicequestore. Quando Rocco sentiva la sua voce, sapeva perfettamente che era in arrivo una rottura di coglioni tossica.

«Che vuoi?».

«Abbiamo un guaio. A via delle Montagne Rocciose».

Rocco sbuffò. «Parrillo, io ho 38 di febbre!» esagerò.

«Lo so dottore, ma la cosa è brutta assai».

«Si tratta?».

«In un appartamento. Hanno ritrovato i corpi di due anziani coniugi».

«E fammi indovinare. Non si tratta della perdita di una caldaia, vero?».

«A meno che la caldaia non si sia staccata dal muro e abbia fracassato il cranio a quei poveretti, direi di no».

«Fai dell'ironia, Parrillo?».

«Non mi permetterei mai, dottore».

«Però l'hai fatta. Mandami una macchina che a guidare non me la sento».

«Sta già venendo l'agente Dobbrilla».

«Che palle!». E chiuse la telefonata. Si alzò e la testa gli girò un poco. Prese un bel respiro, andò in bagno e buttò giù la tachipirina senza neanche bere un goccio d'acqua. Si guardò allo specchio. Occhiaie nere e profonde, capelli spettinati e barba lunga. Dieci minuti per darsi un aspetto più umano li aveva ancora.

L'agente Elena Dobbrilla frenò l'auto davanti al civico 14. Una bella palazzina fine anni Cinquanta, non molto distante dal grattacielo di vetro dell'ENI, nella parte più signorile del quartiere EUR, quell'enorme area di Roma Sud che si sviluppa intorno alla grande arteria Cristoforo Colombo. Quartiere monumentale e rappresentativo voluto da Mussolini, con le sue architetture marmoree finto imperiali del Ventennio e le piazze metafisiche, soffocato poi dagli anni Cinquanta dai palazzi residenziali della media e alta borghesia. Da bambino Rocco, trasteverino puro, pensava all'EUR come all'ultimo avamposto della civiltà. Fra i suoi amichetti di Santa Maria in Trastevere e vicolo del Cinque correva voce che laggiù, all'EUR, ci fosse un luna park con una ruota gigantesca, un palazzo dello sport e anche due fermate della metropolitana, che era un treno che viaggiava sotto terra. C'era perfino un lago sul quale si riflettevano i grattacieli di vetro e un ristorante chiamato il fungo... «Alto un botto, ci puoi vedere tutta Roma!».

Ma puzzava di leggenda. Un lago dentro Roma? Impossibile. Poi Rocco scoprì che era tutto vero. Il lago c'era, e pure la metro e i grattacieli. Ma per uno nato a Trastevere l'EUR rimaneva un posto di passaggio da attraversare per andare al mare, a Ostia Lido.

Il vicequestore non aveva detto una parola. Sudava sotto il loden e il maglione di cashmere a girocollo. Effetto della tachipirina. Quando aprì lo sportello per scendere dall'auto, l'istinto materno di Elena ebbe il sopravvento. «Ora stia attento a non prendere spifferi, sudato com'è».

Era una cosa che Rocco non aveva mai sopportato. Le donne che autarchicamente assumevano l'autorità materna.

«Elena cara, cos'abbiamo in comune io e te?».

Elena ci pensò su. «Lei è il mio capo».

«Poi?».

«Poi... Capodanno dell'anno scorso lei ci ha provato con me ma io le risposi che ero fidanzata».

«Esatto. Altro?».

«Sono quella che la fa ridere di più in centrale».

«Bene. Ma non sei mia madre».

«Direi di no. Ho capito, mi scusi. È vero, non sono sua madre. Sono più...».

«Occhio che se dici sua figlia, ti faccio trasferire a Sacile del Friuli!» la minacciò il vicequestore sorridendo.

«A proposito», fece Elena mentre scendevano dall'auto, «ha saputo niente?».

Si riferiva al trasferimento imminente di Rocco Schiavone. Ormai era questione di giorni. E finalmente avrebbe scoperto dove le autorità lo avrebbero mandato a svolgere il suo lavoro nei prossimi anni.

«No, ancora niente».

Elena scosse la testa. «Che poi un giorno me lo dice perché la trasferiscono?».

Rocco si avvicinò a Elena e sottovoce le disse: «Tu lo sai mantenere un segreto?».

«Certo!» rispose Elena entusiasta.

«Anche io». E s'incamminò verso il portone del civico 14.

C'erano gli agenti, quattro donne in grembiule, un omone dai capelli bianchi e il solito capannello di curiosi. «Parrillo! De Santis!» Rocco richiamò gli agenti, «fate sgombrare. Mica siamo al cinema, eccheccazzo!».

Subito gli agenti si mossero per dare seguito all'ordine del loro superiore.

«Lei è?» fece Rocco.

L'omone coi capelli bianchi si presentò. «Pietro Andreotti».

«Parente?».

«Magari. Sono l'amministratore del condominio».

Rocco gli strinse la mano. «Schiavone. Però andiamo dentro che ho un po' di febbre e a stare fuori mi becco la polmonite». Ed entrò seguito dal dottor Andreotti. «Lei è quello che ha aperto l'appartamento?».

«Già. Sono io».

L'androne era elegante. Stoffa sui muri e una bella xilografia di Sant'Andrea della Valle.

«La porta era chiusa a chiave?».

«No, semplicemente chiusa. Ho dato una mandata e si è aperta».

«Come si chiamavano?» fece Rocco avvicinandosi all'ascensore.

«Sono... pardon, erano i coniugi Moresi. Dio mio commissario, che scena che c'è lassù».

«Non sono commissario. Vicequestore. Che piano?».

«Quarto! Chi sarà stato?».

Rocco lo guardò. «Come mi chiamo io, dottor Andreotti?».

L'amministratore lo osservava senza capire. «Schiavone?».

«Appunto, Rocco Schiavone. Non Gesù di Nazareth».

L'ascensore arrivò al piano terra. Solo allora Rocco si ricordò delle quattro donne in grembiule. «Quelle chi sono?».

«Sono le donne della cooperativa che fanno le pulizie. Una di loro ha sentito la puzza e…».

Rocco annuì.

«Ci vuole parlare?» fece Elena che se ne stava sempre al suo fianco.

«No. Semmai dopo. Elena, tu resti qui».

«Perché?».

«Perché presumibilmente i corpi sono in avanzato stato di putrefazione e non è un bello spettacolo, e perché mi servi qui per fermare i giornalisti».

Elena ringraziò con un sorriso il suo capo.

«Devo venire?» fece Andreotti.

«Lasci stare. Lei ha già fatto tanto. Questa merda la lasci a noi». Gli strinse ancora la mano e salì in ascensore.

Fuori dall'interno 13 stazionava un giovane agente con un fazzoletto sulla bocca. Appena vide sbucare il vicequestore dall'ascensore scattò quasi sull'attenti.

«Chi c'è dentro?» gli chiese Rocco.

«Gnfr dttr».

«Levarsi il fazzoletto dalla bocca no?».

L'agente eseguì. «Nessuno, dottore» e poi se lo rimise prontamente sul viso.

La puzza sul pianerottolo era insopportabile. «Hai del profumo?» chiese al giovane. Quello fece no con la testa. Rocco mise la mano in tasca, sbriciolò una Camel e si strusciò le dita energicamente proprio sotto il naso. Andava un po' meglio. Ma la puzza era troppo potente perché un po' di tabacco potesse coprirla. Il vicequestore poggiò la spalla sulla porta dell'appartamento, spinse un poco e quella si aprì. Se possibile la puzza nauseabonda all'interno raddoppiava. Senza guardarsi intorno, Rocco puntò dritto verso il corridoio attraversando il salone e individuò immediatamente la porta del bagno. Appena dentro accese la luce e sulla mensola trovò un bel flacone di acqua di colonia. Se la spruzzò sotto le narici. Poi si infilò due pezzi di carta igienica nel naso e finalmente la puzza si affievolì.

«Bene. Vediamo un po' che abbiamo…» fece tornando in corridoio e infilandosi i guanti di pelle.

Era passato troppo in fretta in salone per vedere i coniugi Moresi. Se ne stavano seduti in poltrona come fossero davanti al telegiornale. Sembravano addormentati. Solo che i capelli bianchi della moglie erano macchiati di un rosso ruggine, e la calotta pelata del marito aveva uno sbrego spaventoso dal quale il cervello era schizzato fuori. I visi erano gonfi come le mani. Il colore della pelle era melanzana livido tendente al nero. Tutti e due avevano la bocca aperta. La dentiera della moglie si era staccata e penzolava lateralmente. La spalliera delle poltrone di pelle verde era attraversata da una striscia di sangue ormai rappreso colato dalle ferite. Arrivava fino al pavimento e aveva macchiato anche il tappeto. I coniugi Moresi se ne stavano seduti uno accanto all'altro, come forse ogni sera per cinquant'anni, davanti alla televisione, i braccioli delle loro poltrone quasi si toccavano, le mani in grembo. Cosa stavano guardando? Di cosa stavano parlando prima che la morte li congelasse in quella posizione? Almeno se n'erano andati insieme. Nessuno dei due avrebbe pianto l'altro. Nessuno avrebbe vissuto coi ricordi dell'altro, pensava Rocco.

Dalla strada si sentivano i clacson, poi una sirena. Poi ancora clacson.

Staccò gli occhi dalle vittime e cominciò a guardarsi intorno. La libreria di legno e vetro alle loro spalle era in perfetto ordine. Invece i cassetti del comò erano tutti aperti. Come erano spalancati quelli del tavolino basso e del settimino. In camera da letto lo stesso spettacolo. Non c'era un cassetto chiuso. La cucina era stata risparmiata. La stanza che invece sembrava essere stata visitata da un ciclone era lo studio. Carte e libri per terra, due quadri spaccati, cassetti divelti. Sulla scrivania antica s'era salvato solo il computer, ancora acceso. Rocco toccò appena il mouse e la schermata s'illuminò. Apparve l'ultima cosa che Moresi aveva guardato prima di morire. La posta. L'indirizzo in alto, Gioacchino Moresi chiocciola yahoo punto it.

«Chi c'è?» berciò una voce dalle altre stanze. Rocco la riconobbe subito. Era quella di Spartaco Pichi detto Uccio. L'anatomopatologo.

«Ci sono io, Uccio!» urlò Rocco, e lasciò lo studio.

Il medico era un uomo robusto, senza capelli e con un pizzetto sale e pepe. Gli occhi intelligenti e sorridenti. Guardò Rocco: «Hai avuto un'epistassi?» gli disse indicando le narici occluse dalla carta igienica.

«Macché, è per la puzza».

Uccio invece non portava la mascherina e sembrava

non avvertire il tanfo mefitico che appesantiva l'aria dell'appartamento. «Rocco, ti davo già trasferito».

«Questione di ore».

«Hai scoperto dove ti mandano?».

«No».

«In bocca al lupo. Ti auguro Trieste».

«Perché?».

«Pieno di figa! Vabbè, diamo un'occhiata» disse Uccio avvicinandosi alle poltrone. «Bel lavoro» fece annuendo, e scrutando le ferite sul cranio dei coniugi Moresi si avvicinò quasi a odorarle. Rocco sentì la bocca dello stomaco chiudersi a sacchetto. «Bel lavoro proprio...» ripeté Uccio.

«Di primo acchito?» chiese il vicequestore.

«Questi sono morti da almeno una decina di giorni».

«Dieci?».

«Di primo acchito, come dici te, Rocco».

«E sempre di primo acchito che mi dici delle ferite?».

Uccio indossò i guanti di plastica. Poi sbuffando infilò un dito nella ferita dell'uomo provocando un rumore viscido, come quando si mastica una pera lapposa. «Ferita a croce. Colpo secco con un corpo appuntito». E si guardò in giro come a cercare l'arma del delitto.

«Una roba così?» disse Rocco sollevando da terra un trofeo con la base di marmo. Rappresentava una specie di Nike su due ruote. E sulla targhetta c'era scritto: «a Gioacchino Moresi – 3° classificato trofeo ciclistico Sora 1978».

«Sì, una cosa così».

Rocco osservò il trofeo. Era macchiato di sangue. Lo poggiò delicatamente sul tavolo della camera da pranzo.

«La vedi complicata?» gli chiese Spartaco Pichi.

«Conoscevano l'omicida. Questo è sicuro, niente effrazione sulla porta né sulle finestre. E questo restringe il campo, no? In più non è un professionista. Perché uno non lascia l'arma del delitto a portata di mano, o no? Stanno arrivando quelli della Scientifica. Non far spegnere il pc che c'è di là. Lo lasciassero così».

«Ricevuto» rispose Uccio e si chinò sulla sua borsa di pelle marrone.

De Silvestri, il migliore agente del commissariato, da anni in odore di pensione, pensione che gli continuavano ad allontanare tanto che ormai si sentiva una pedina del gioco dell'oca, entrò nella stanza del vicequestore con una cartellina in mano. «Ecco qua, dottore». La mollò sul tavolo. Rocco la respinse al mittente facendola scivolare sulla scrivania. «Dai, raccontami che non mi va di leggere i pezzi di carta».

«Subito». De Silvestri si sedette, prese l'incarto e l'aprì. «Allora, i coniugi Moresi avevano rispettivamente... Gioacchino 85 e Carmela 83 anni... due figli. Uno vive a Torino da dodici anni e si chiama... si chiama... ecco qua, Gabriele Moresi, 53 anni».

«L'avete già avvertito?».

«Ha preso il primo aereo. Lo portiamo direttamente dal dottor Pichi. A vedere i genitori...».

«L'altro?».

«Antonio Moresi, 48 anni. E questo lo conosciamo da un po'».

Allungò la fotografia di Antonio Moresi a Rocco. Un uomo riccio con gli occhi chiari che sorrideva alla macchina fotografica.

«Precedenti?».

«Cazzate, ma insomma è uno che dentro c'è stato tre volte. Prima per spaccio, poi nel 2006 detenzione di stupefacenti. Un po' di furti...».

«Tossico?».

«All'ultimo stadio, dotto'».

De Silvestri guardò il vicequestore.

«Embè? Che mi vuoi dire? Hai già trovato il colpevole?».

«Be', certo le cose non depongono a suo favore».

«Vai avanti. Che altro sappiamo?».

«Niente. Gioacchino Moresi era un dirigente dell'Inps, in pensione dal '93, sua moglie insegnava applicazioni tecniche in una scuola media».

«Denunce? Problemi passati? Debiti? Che altro mi sai dire?».

«Ha presente calma piatta? Niente di che. Brave persone, gente tranquilla, casa di proprietà, avevano pure una seconda casa al paese di lei, nelle Marche, per la precisione Porto Potenza Picena. C'è il mare lì».

«E che me ne frega?».

De Silvestri rise. «Era per dire».

«Bravo. Come sempre ottimo lavoro, lascia pure qui le carte».

De Silvestri si alzò e sorridendo fece due passi verso la porta. Poi, afferrata la maniglia, si bloccò: «A proposito, dottore».

«A proposito di che?».

«No, di niente, è un modo di dire quando ti viene in mente una cosa».

«E dimmi, De Silvestri».

«Ha saputo dove va?».

«Ancora niente. E tu della pensione?».

«Mi toccano ancora un paio d'anni».

«Come farai senza di me?».

«Lei ci scherza, ma per me sarà dura veramente. Chissà chi manderanno al posto suo».

«Magari uno bravo e preciso».

«Che è un modo carino di dire: un rompicoglioni di prima! La saluto, dottore».

«Stammi bene, De Silvestri». E osservò l'anziano agente uscire dalla sua stanza. Pensò che oltre a Roma, alla casa, ai suoi amici e ai suoi ricordi, Rocco doveva aggiungere De Silvestri come altro pezzo importante della sua vita che avrebbe perduto con il trasferimento.

Gegè Mosciarelli, la sua spia alla questura centrale, l'agente che Rocco stesso aveva fatto trasferire dall'entroterra molisano regalandogli una vita nella capitale, gli aveva scritto un ennesimo biglietto anonimo in cui gli diceva che la raccomandata del trasferimento era partita, ma che non era riuscito a intercettarla e a capire la meta finale scelta dai capi per il vicequestore Schiavone. A Rocco tanto non interessava più. Saperlo con

48 ore di anticipo non valeva più niente. Perché più niente si poteva fare.

L'agente Elena Dobbrilla, la preferita del vicequestore, aveva preso il permesso per una visita ginecologica, e a Rocco toccava andare in giro con l'agente scelto Parrillo. Che era un bravo ragazzo, ma guidava a scatti e faceva troppe domande. E se le due cose per Rocco erano appena sopportabili quando stava in salute, con la febbre che gli correva nelle ossa e gli percuoteva le tempie erano assolutamente inaffrontabili. «Parrillo, ho l'influenza quindi le domande le faccio solo io e guida piano» furono le prime parole dette dal vicequestore salendo in macchina. Quello aveva annuito ed era rimasto fermo ad aspettare, mani sul volante. «Embè?».

Parrillo aveva sorriso. «Dotto' sono d'accordo, ma se non mi dice dov'è che dobbiamo andare io che ne so?». Rocco aveva annuito e aperto la cartellina di De Silvestri. «Allora... fammi capire. L'ultima residenza conosciuta di Antonio Moresi è via Ignazio Silone...».

«La conosco, mica è lontano. È al Laurentino 38».

«Allegria».

Via Ignazio Silone era una delle due grosse arterie che disegnavano il Laurentino 38, fra i romani conosciuto come «I ponti», felice progetto di urbanistica popolare che nelle intenzioni voleva scimmiottare i grandi quartieri residenziali di Berlino e Amburgo, e che invece era diventato solo un ennesimo quartiere dormitorio periferico degradato e ignorato dal resto della città. Vari sforzi negli ultimi anni avevano cercato di migliorarne la sorte, ma erano stati sforzi vani. Il quartiere restava come un brutto fortino isolato, circondato da discariche abusive e da strade a tre corsie a scorrimento veloce. Una specie di sacco cieco che intrappolava i suoi abitanti in un'esistenza senza speranze. E se ti avessero messo lì davanti senza dirti niente a osservare quei palazzi grigi, i ponti che lo attraversavano e il cemento che lo circondava, potevi pensare di essere a Novograd in pieno socialismo sovietico. Se ci entravi dentro invece si trasformava magicamente in un quartiere suburbano di Bangkok. Differenze sostanziali non ce n'erano.

La residenza di Antonio Moresi era al civico 21. In un sottoscala. Quando Rocco e l'agente Parrillo scesero dall'auto, buttarono un occhio a quello che doveva essere il balcone di Moresi sotto il livello stradale. C'erano ricresciute le erbacce e a parte un cumulo di mondezza e un vecchio tavolino di plastica, altro non c'era.

«Chi state a cerca'?» urlò una vecchia che se ne stava a chiacchierare davanti al portone insieme a due donne sui 40 anni tempestate di Swarovski.

«Antonio Moresi» rispose Rocco. «Non risponde al citofono».

«Nun po' risponde» disse una delle due donne, che aveva i capelli biondi con la ricrescita legati in una coda di cavallo, «perché il citofono lo devono veni' ad aggiustare da agosto».

«Ma chi è? Quello dell'interno 1b?» intervenne l'altra donna che s'era truccata gli occhi con un ombretto viola pesante che risaltava sul pallore del viso.

«Esatto» intervenne Parrillo. «Lo conoscete?».

Le donne si guardarono. «Sì. Lo conosciamo. Ma da mo' che nun se vede in giro» fece quella bisognosa di tinta.

«Da mo' quanto?» domandò Rocco.

«E che ne so? Mica so' su madre! Che ha fatto stavolta?».

«Niente. Lo volevamo avvertire».

«Di che?» chiese la vecchia.

«Cazzi nostri» rispose Rocco gelando la curiosità delle tre parche. «Parrillo, tu resta qua». Poi si affacciò di nuovo al balcone sotto il livello stradale. Bastava poggiare un piede sul gradino di marmo, neanche un metro di salto e ci sarebbe atterrato facilmente. Nonostante la febbre, Rocco si lasciò andare.

«Ma che fa?» chiese la donna pallida.

«Il mestiere suo» rispose tranquillo Parrillo.

Una porta-finestra senza inferriate dava sul balcone. Rocco appoggiò le mani sul vetro lurido per vedere l'interno dell'appartamento. Con sorpresa l'anta si spalancò e il vicequestore entrò in casa di Antonio Moresi.

Chiamarla casa era un azzardo. Un rifugio, un covo di un'unità di al Qaeda, piuttosto. Buia come un bunker, i muri mangiati dall'umidità, scatolette di tonno a terra, un paio di siringhe e decine di foglietti di carta stagnola e pipette trasparenti, segno che il Moresi l'eroina la alternava fumandola e iniettandosela in vena. In un angolo, un materasso senza lenzuola lercio e macchiato da anni di umori corporali. La cucina era un tavolaccio di legno con sopra un bollitore e due fuochi elettrici neri di sporcizia. Bottiglie di Ceres vuote, carte di cioccolata appallottolate. Il bagno aveva i sanitari anneriti dalla ruggine, la vasca era scrostata e piena di vecchi vestiti, un asciugamano intasava il cesso. Il tutto guarnito da una puzza di muffa, funghi e merda. Sul muro dove si apriva la porta d'ingresso c'erano centinaia di piccole scritte fatte a matita, con una grafia minuta. Senza luce leggerle era un'impresa. Rocco le sfiorò. Si avvicinò alla parete per decifrarle. Sembravano poesie, versi. C'erano anche numeri, disegni di volti, animali. Rocco prese l'accendino e illuminò un pezzo di muro. «Volavi fendendo le stelle». «Portare in Pindo l'immondizia del trivio». «Hold infinity in the palm of your hand». Non avevano senso logico. Le scritte erano oblique, circolari, formavano poliedri e quadrati, ma il nesso non c'era. Rocco fece tre passi all'indietro, provò, senza nutrire molte speranze, ad accendere la luce. Infatti l'interruttore scattò a vuoto. Allora andò alla serranda dell'altra finestra, quella laterale. La tirò su. E finalmente una bava di luce illuminò il muro. E quelle scritte piccole, quasi miniature, quei numeri, quei piccoli ritratti di animali fantasiosi, assunsero tutto un altro significato: formavano un grande disegno, grande quanto la parete. Un minotauro. Un corpo gigantesco fatto di scritte e segni neri. A guardare bene le uniche cose colorate erano le corna. Enormi e ricurve erano di un rosso scuro, quasi marrone. Non ci voleva un chimico per capire che quella vernice fosse sangue.

La porta di casa era di legno, sottile. Rocco la aprì e si ritrovò nel sottoscala del palazzo. A destra c'era un varco che immetteva nello scantinato. Una luce tenue spuntava dalla porta spalancata della prima cantina. Un rumore leggero di ferraglia attirò il vicequestore. Si affacciò nella piccola stanzetta buia illuminata da una lampadina nuda da pochi watt. C'erano degli scaffali pieni di bottiglie vuote e scatole di cartone. Al centro, seduto su una vecchia sedia, un uomo sulla quarantina faceva girare la ruota di una biciclettina da bambino. Percepì la presenza di Rocco e alzò lo sguardo. «Lei chi è?» chiese.

«Vicequestore Rocco Schiavone».

L'uomo si grattò la barba: «Ah... polizia. Cercate quello dell'1b, vero?».

«Già» disse Rocco.

L'uomo fece girare la ruota della bicicletta e rimase lì ad osservarla. «Lasci stare. Qui non lo trova più. Se n'è andato da parecchio».

«Secondo lei dove lo posso trovare?».

«L'ultima volta che ci ho parlato diceva di avere una fidanzata. Rossella mi pare si chiamasse. E abitava a Ostia».

«Rossella a Ostia». Rocco scosse la testa. «Niente di più preciso?».

«Sì. So dove compra la roba. Una volta stava in crisi e mi ha chiesto di accompagnarlo. Io ho una figlia e una moglie, e gli dissi di lasciarmi perdere. Lui mi fece: Andiamo al bar dell'EUR Fermi, alla metro. Che ci metti?».

«E lei?».

«Non ci sono andato. Però lui la roba la comprava lì».

«È già qualcosa. La ringrazio, signor...?».

«Cataldo. Mi chiamo Giuseppe Cataldo». E tornò ad osservare la bicicletta. «Una volta volevo fare il poliziotto pure io. Ma poi sa com'è? Ho una figlia e una moglie».

Rocco gli sorrise. «Non s'è perso niente, mi creda».

Il viso di Giuseppe Cataldo si incupì improvvisamente. «La vuole?» disse indicando la bicicletta a Rocco. «La vendo».

«No, la ringrazio. Non saprei che farci, non ho figli».

«Neanche io» fece l'uomo.

«Ma se m'ha detto...».

«Sì, ho una moglie e una figlia. Ma è come se non ce l'avessi più. Se ne sono tornate a Perugia. E m'hanno lasciato qui. La saluto».

Rocco si allontanò lasciandolo seduto a guardare la bicicletta. Riprese le scale e risalì verso le stelle.

Le tre donne stavano ancora intorno all'agente Parrillo. Lo osservavano come fosse una creatura di un altro pianeta. Quando Rocco sbucò dal portone subito la vecchia gli chiese: «Ha trovato qualcosa?».

«Sì» rispose Rocco facendo un gesto a Parrillo che lo seguì verso l'auto.

«E cosa ha trovato?» chiese quella con la ricrescita. Rocco non rispose e salì in macchina con Parrillo. Le tre donne rimasero lì con gli occhi spenti e le braccia conserte a guardarli partire, ferme e composte come una statua di carne.

Sì, l'avevano visto spesso al bar dell'EUR Fermi, no, era da tempo che Antonio Moresi non si faceva vivo. Con quelle poche informazioni racimolate, Rocco Schiavone raggiunse l'Istituto di medicina legale all'università per incontrare l'altro figlio delle vittime, Gabriele Moresi.

Che era uno straccio. Sembrava gli avessero tolto d'improvviso tutta l'aria dal corpo e si fosse rinsecchito come un materassino alla fine della stagione. Bianco in viso, occhiaie nere e sclera degli occhi rossa. La barba di un giorno bruniva le guance. Capelli non ne aveva, se ne stava seduto su un divanetto di finta pelle nella sala d'aspetto e guardava il bicchierino del caffè vuoto che teneva fra le mani tremanti. La palpebra dell'occhio destro gli batteva istericamente. Ci passò sopra l'indice per placare quello spasmo nervoso.

«Dottor Moresi, vicequestore Schiavone...» si presentò Rocco allungandogli una Camel direttamente dal pacchetto. Gabriele fece no con la testa. «Io non ci posso credere...».

Era appena arrivato da Torino dove viveva ormai da dodici anni. Il trolley lo aveva appoggiato al muro. Sopra ci aveva lasciato il giubbotto e il cappello di lana. «Io non ci posso credere... che cazzo di Natale».

«Quant'è che non sentiva i suoi?».

Finalmente alzò lo sguardo. «Come?».

Rocco ripeté: «Da quanto non sentiva i suoi?».

«Da un po'. Sono stato molto indaffarato per il lavoro. Non ho mai avuto tempo di scendere a Roma. E ora me ne pento».

Un brivido freddo passò lungo la colonna vertebrale di Rocco. La febbre stava salendo, su questo non c'erano dubbi. «Le posso chiedere che lavoro fa?».

«Ho un'impresa. Ristrutturo appartamenti, sono architetto».

Schiavone finalmente si girò verso la doppia porta a vetri che dava sul corridoio. Uccio Pichi si avvicinò con il camice addosso. «Sono il dottor Pichi» disse a Gabriele Moresi. «Se mi vuole seguire per il riconoscimento».

Quello si girò lentamente verso l'anatomopatologo: «E mio fratello? L'avete rintracciato?».

«No. Antonio ancora non l'abbiamo trovato».

Gabriele sorrise amaro. «E quando lo trovate quel tossico di merda. Io non lo sento da tre anni». E poi chiese: «Hanno rubato?».

«Stiamo facendo i rilevamenti. La casa era un po' sottosopra. Se poi lei ci vuole dare una mano».

Gabriele annuì. «Facciamolo subito. Prima vado via da 'sta città di merda e meglio è». E insieme al dottore si incamminò verso la morgue. Rocco invece tornò indietro. Gli era venuto in mente di chiedere una tachipirina all'infermiere che aveva incrociato, ma poi pensò che in un obitorio difficilmente si trovano farmaci. In un capolinea la benzina non serve più.

Alle otto di sera Furio trovò Rocco a letto sotto le coperte che tremava per il freddo. La portiera gli aveva dato un brodo da riscaldare e un po' di patate lesse. Rocco non aveva fame ma Furio non sentì ragioni. «Mo' ti bevi il brodo caldo e passa la paura. Fa bene, è di gallina, l'ha fatto la portiera» urlò dalla cucina mentre apriva gli sportelli alla ricerca di una pentola.

Rocco guardava la finestra. La vetrata che dava su Roma era buia e rifletteva la luce dell'abat-jour.

Furio entrò nella stanza con una tazza colma e fumante. «Ma non ti cucini proprio mai? Per trovare una pentola c'è voluta un'ora».

«Io mangio fuori».

«E butti il fegato». Furio si sedette sul letto. «È tiepido. Butta giù d'un fiato».

«Che roba è?».

«È il brodo della portiera con la mia modifica antivirale».

«Sarebbe?».

«Bevi e non rompere i coglioni».

Rocco si tirò su, prese la tazza e bevve il liquido giallognolo. Posò la tazza e guardò l'amico. «Che ci hai me...» non finì la frase. Una molotov di benzina gli esplose nello stomaco. «Ma porca...» il fuoco rapidamente risalì l'esofago trasformando la bocca in un forno a legna. «Ma che cazzo...». Rocco tossì, sentiva gli occhi schizzargli fuori dalle orbite. «Acqua...» implorò, ma attraverso le lacrime riusciva solo a vedere Furio che faceva «no» con la testa. «Brutta merda... ma che ci hai...».

Furio sorrideva. Gli allungò una patata lessa: «Tieni, mangia!».

Rocco, che in quel momento avrebbe ingoiato pure un serpente vivo se gli avessero detto che era utile, afferrò la patata e cominciò a masticarla.

«Manda giù».

Anche se non sentiva più la gola e i muscoli gli sembravano paralizzati dalle fiamme, Rocco eseguì. Prese la seconda patata che Furio gli allungava e masticò pure quella. Lentamente il bruciore si affievolì. Piangeva come un bambino e si sentiva labbra e lingua gonfie da non stare più in bocca.

«Mi dici che cazzo...?».

Furio tirò fuori una bustina di plastica. Dentro c'era una polvere rossa e verde. «Trinidad moruga scorpion. Solo un pizzico. È il peperoncino più potente del mondo».

«Mi brucia tutto».

«Ti dico solo che 'sta bestia ha una gradazione Scoville di un milione e mezzo. Quello calabrese arriva sì e no a 15 mila».

«Mi brucia!».

«Lo so. Ora ti bevi un litro d'acqua e tu domani febbre non ne hai più. Te lo dice Furio tuo».

Rocco non sentiva più la bocca. Anche il naso e gli occhi bruciavano mentre laggiù nello stomaco stava succedendo qualcosa di irreparabile.

«Suderai peggio della fontana di Trevi, stanotte. È l'unica per mandare via la febbre».

Se ne avesse avuto la forza Rocco gli avrebbe fatto ingoiare tutta la bustina di Trinidad moruga scorpion. «È la tua medicina omeopatica questa?».

«Me l'ha insegnata un mio amico quando stavo a Città del Messico. Avevo la febbre a 40. Il Trinidad me l'ha stroncata».

«Potevamo prima provare con l'echinacea, no?».

Furio rise. Rocco provò a rimettersi steso. Ora il bruciore dalla bocca era passato a tutto il corpo. Sentiva caldo, molto caldo.

«Bravo, stai sotto le pezze. Natale lo passiamo insieme?».

«Mi sa che Natale me lo faccio a letto, Furio».

«Cazzate. Il Trinidad stronca pure la lebbra. Ora dormi e vedrai come stai domattina».

«E tu, dove vai?».

«Appuntamento...».

«Con?».

Furio sorrise e rispose semplicemente: «Lavoro... ti saluto Seba?».

«Che avete in ballo stavolta?».

«Una cazzata. Camion di stereo giapponesi senza bolla».

«Mica farete il colpo dei finti finanzieri, no?».

«No, no. Una cosa semplice. Ce lo pigliamo e basta. Buonanotte Rocco».

Non fu una notte. Fu un buco nero. Senza sogni e senza dolori. Quando la mattina si svegliò c'era addirittura il sole e un piccione che tubava sul davanzale della finestra. Le lenzuola erano fradice. Rocco però si sentiva discretamente. Per prima cosa si misurò la febbre. Neanche 36. Si alzò e non barcollò, neanche gli girava la testa. Fu solo dopo la doccia che capì che il peperoncino gli aveva veramente stroncato l'influenza. Per sicurezza però si prese lo stesso una tachipirina.

Seduto alla sua scrivania nella stanza del commissariato Cristoforo Colombo, Rocco si era appena acceso la canna mattutina. L'erba arrivò subito ai centri nervosi e tutto si chiarì in un istante, come un cielo che la tramontana avesse liberato con uno schiaffo dalle nuvole che lo coprivano. Suonò il telefono. «Chi scassa?».

«Dottore, sono Dobbrilla. C'è qui per lei Gabriele Moresi… il figlio di…».

«D'accordo».

«Lo faccio entrare?».

Rocco guardò la stanza piena di fumo. «Sei matta? Fa' una cosa, mandalo in sala denunce che arrivo».

«Ricevuto».

Sembrava che la notte appena passata non avesse fatto bene solo al vicequestore. Anche Gabriele aveva tutt'altro aspetto. Fresco e riposato, sbarbato, gli occhi vivi e le occhiaie sparite. Quando Rocco entrò nella stanza, si apprestava a bere il caffè della macchinetta. «Fossi in lei non lo farei» lo avvertì.

«Perché?».

«Ancora non l'abbiamo fatto analizzare».

Gabriele annusò il caffè e lo poggiò sul tavolo.

«Vorrei andare con lei a casa dei suoi genitori».

«Certo. A disposizione».

«Avevano una cameriera, che lei sappia?».

«C'era una signora che veniva ogni tanto».

«Cosa strana. I suoi sono stati uccisi più di dieci giorni fa, poi l'anatomopatologo ci dirà con precisione. E a questa cameriera, non è venuto il sospetto?».

«Effettivamente...».

«La sa una cosa? L'assassino era una persona di cui si fidavano. Niente effrazione sulla porta di casa, né sulle finestre. E loro due erano seduti davanti alla televisione, tranquilli. Insomma, se in casa ci fosse uno sconosciuto, uno non se ne starebbe lì in poltrona a guardare un film, no?».

«Questo è vero».

«Ora però io vorrei sapere cos'è che hanno rubato. C'era qualcosa di prezioso che suo padre teneva in casa?».

Gabriele rispose immediatamente. «Sì. Una cosa c'era. La collezione di orologi».

Rocco si sedette davanti a Gabriele: «Mi dica».

«Papà li ha sempre collezionati. Orologi di valore, roba costosa. Era una sua passione. Chissà se...».

«Ora andiamo a casa e vediamo. Sa anche dove li teneva?».

«Di solito in un doppio fondo di un cassettone nello studio. Difficili da trovare».

Gli orologi erano lì nel doppio fondo di un cassetto. Ancora conservati nelle scatole e negli astucci. Gabriele li mise sul tavolino mentre Rocco li osservava. Tondi, quadrati, da polso e da panciotto. Una bella collezione.

«Che lei sappia suo padre aveva un inventario?».

«Sicuro lo aveva ma non ce n'è bisogno, dottore. Io la conosco a memoria questa collezione».

«E ne manca qualcuno?».

Gabriele si passò la mano davanti alla bocca. «Certo che manca. Il più prezioso!». Prese in mano due orologi. «Vede? C'è il Cartier Tank in argento e il Cartier Vermeil del '93. Begli orologi, ma siamo sui mille euro l'uno. Quello che manca è il Ballon Bleu della collezione Cartier in oro giallo!».

«È… importante?».

«Direi… vale 40.000 euro!».

Rocco guardò gli altri orologi. «E manca solo quello?».

Gabriele li prese uno ad uno. Erano 17. Li soppesò. Poi annuì. «Sì, manca solo quello. Papà aveva 18 orologi. Chi l'ha preso sapeva del suo valore, sicuramente».

«È un pezzo unico? Voglio dire, si potrà rintracciare?».

«Non credo. Non è un pezzo unico. Chissà ora a chi è stato venduto. Purtroppo, vede? I documenti si tengono con la scatola originale. E neanche quella c'è più». Poi sibilò una parola fra i denti. Piano, quasi un soffio, ma Rocco la distinse perfettamente: «Tossico di merda…».

«Si riferisce a suo fratello?».

Gabriele guardò il vicequestore, si morse le labbra. «Lasci perdere. Non lo so. Non voglio accusare nessuno».

«Una cosa però è certa. È andato a colpo sicuro» disse Rocco guardando gli orologi.

«Non la seguo».

«Sapeva quello che voleva, l'ha trovato e l'ha preso. Altrimenti perché non portarsi via tutti gli altri orologi?».

«Vero. Questo è strano. Puntava solo a quello di valore?».

«Esatto. E puzza di gesto disperato, mi creda».

Rocco guardò Gabriele. «E suo fratello disperato lo è, non è così? L'accompagno fuori».

Attraversarono l'appartamento e salutarono i due uomini della Scientifica concentrati sul lavoro. Gabriele lanciò un'occhiata all'appartamento, alle poltrone, e gli occhi gli si inumidirono. Poi tirò dritto. Fuori, sul pianerottolo, si tolsero le soprascarpe di plastica.

«Dobbiamo trovare suo fratello» fece Rocco. Gabriele alzò le spalle. «E dopo che lo avete trovato? Ormai le cose sono andate. Dovrò occuparmi del funerale. E pure sotto Natale».

«Faccia scendere sua moglie da Torino».

«Mi sa di sì. Anche perché Carlotta, mia figlia, i nonni li vorrà salutare. Dovevano salire loro su da me...» e scoppiò a piangere. Rocco gli mise una mano intorno alla spalla e insieme andarono verso l'ascensore.

«Che je devo di', signor commissario?».

«Vicequestore».

Era la terza volta che Rocco correggeva Clotilde De Dominicis, una donna a forma di cubo che andava tre volte a settimana a casa dei Moresi.

«Io ci andavo lunedì, mercoledì e venerdì. Mo' venerdì so' ita pe l'urtima volta, ho bussato, non m'ha risposto nisuno».

«Aspetti, aspetti. Quale venerdì, l'ultimo?».

«No je l'ho detto. Due venerdì fa. Insomma era venerdì 12 de dicembre. Proprio... nun m'hanno risposto e io me ne so' ita a casa».

«E poi il lunedì dopo?».

«Ce so' tornata. Ma niente, niente di niente. Ho bussato e non m'hanno risposto».

«E lei?».

«Me ne so' ita a casa n'antra vorta».

«Ma non le è venuto in mente di telefonare?».

«No».

«Perché?».

«Perché ogni tanto se ne annaveno e non mi dicevano niente. Poi mi telefonavano e mi dicevano: Ines poi torna' da noi? E io tornavo. Pensavo che se n'erano annati su, a Torino dar fijo e dalla nipotina. A pensacce che invece erano morti in casa... 'na cosa che fa veni' i brividi a secco».

«Che cazzo sono i brividi a secco, signora?».

«Boh, ar paese mio così se dice. Brividi a secco. Che insomma... ecco, sarebbe come di' all'improvviso, sarebbe. 'Na cosa così».

«Che palle! Nanà! Nanà» urlava Giovanni Cosma inseguendo il suo bracco italiano che aveva preso il fugone verso la macchia più folta di Villa Ada. Sempre così faceva quel cane. Lo lasciavi libero e alla prima occasio-

ne scappava. Istinto dei cani da caccia. Giovanni cercava di inseguirlo, ma due zampe contro quattro è una partita impari. Era incazzato nero, Giovanni. Quel pomeriggio toccava a sua sorella portare giù la cagna, ma quella era innamorata, la stronza. L'aveva pregato. «Dai
Giova, ho un appuntamento al bar a piazza Crati… dai,
vai tu, dai, vai tu». Alla fine gli aveva pure mollato 5 euro, e Giovanni aveva dovuto lasciare la PlayStation,
sbuffare, prendere il guinzaglio e far scendere Nanà a Villa Ada perché ormai la bestia non teneva più cacca e pipì.
«Nanà! Nanà, porca puttana, vieni qui!». La intravide
correre tra le fratte. Una freccia bianca e marrone. Correva con il naso all'insù, aveva fiutato qualcosa. Un topo, una lucertola. O forse una volpe. Pare che a Villa Ada
ce ne fossero. «Un coniglio, sicuro un cazzo di coniglio!»
disse Giovanni. Lui i conigli li odiava.

«È andata di là!» gli disse la signora Maria, che aveva due setter buoni e obbedienti che Giovanni le invi-
diava tantissimo. «Grazie Maria» e con il guinzaglio in
mano continuò a correre verso la macchia. Poi sentì l'ab-
baio inconfondibile di Nanà, quello acuto, quello del cane da caccia che ha stanato la preda. Giovanni già si aspettava di trovarla ai piedi di un albero, muso all'insù ad
abbaiare a un povero gattino impaurito. Invece vide solo il sedere della cagna con il mozzicone di coda che andava a tremila e il resto del corpo infilato in un cespuglio. Aveva trovato qualcosa e quel qualcosa era nascosto in mezzo all'alloro. Subito Giovanni la afferrò per
il collare. «E mo' ti metto il guinzaglio, Nanà!». Poi buttò
un occhio nella fratta. C'erano un paio di jeans e un ma-

glione. Anche le scarpe. E c'era qualcuno. Il corpo di un uomo. Pensò a un barbone, a Villa Ada di solito ce ne sono che ci passano la notte. Ma non si muoveva. Non dormiva perché aveva gli occhi aperti. «Signore? Signore?». Non rispondeva. Occhi gelati, bava rafferma alla bocca spalancata. «O porca puttana...» disse Giovanni a bassa voce. Poi urlò: «Aiuto! Aiutooo!».

Rocco Schiavone era tornato nell'appartamento dei coniugi Moresi. La Scientifica se n'era andata lasciando un puzzle di cartellini e evidenziatori che avevano trasformato la casa in una installazione da biennale di Venezia. Entrò nello studio del fu Gioacchino Moresi e si sedette davanti al computer. Con un colpetto di mouse richiamò la schermata. E apparve la pagina della posta della vittima. La prima e-mail che controllò fu l'ultima ricevuta, datata 13 dicembre, presumibilmente il giorno dell'omicidio. Da tale Alfio Pedretti.

«Tutto a posto per lo scambio il 18 dicembre dal notaio Inchingolo. Le farò avere quanto dovuto sul suo conto. Un saluto. Alfio Pedretti».

Per capire di cosa diavolo stessero parlando, Rocco rilesse tutte le e-mail precedenti.

Ed ecco la nota stonata. La stecca che fece saltare Rocco sulla sedia.

Una vendita. Importante. Un orologio da collezione. Vacheron Constantin Patrimony Traditionnelle Calibre 2253 in platino. Quando Rocco lesse il prezzo per poco non gli tornò la febbre. 290.000 euro. Mai avrebbe pensato che un orologio potesse costare una cifra simile. Ecco giustificata la presenza di un notaio. Cercò il Vacheron Constantin direttamente su Internet. Un orologio come tanti. Aveva il movimento a tourbillon, calendario a 48 mesi, era di platino eccetera eccetera. Cose che lo lasciavano del tutto insensibile. Ma la realtà era che costava veramente quella cifra. L'ingresso di Elena Dobbrilla che l'aveva accompagnato all'appartamento lo distolse dai suoi pensieri. «Dottore?».

«Che c'è? Che succede?».

«Hanno trovato Antonio Moresi».

«Spengo il computer e andiamo».

Elena lo fermò. «Nessuna fretta. Sta all'obitorio. Overdose. L'ha trovato un ragazzo in un cespuglio a Villa Ada».

Rocco rimase seduto a guardare il monitor.

«Le dico come la vedo?» fece Elena.

«E dimmelo».

«Il tipo ha rubato l'orologio costoso, se l'è venduto, ha comprato un sacco di eroina ed è andato in overdose. Succede».

Ma Rocco non ascoltava più. Un pensiero fisso s'era conficcato proprio in mezzo alla fronte: perché un collezionista decide di sana pianta di vendersi il suo orologio più prezioso? E trovare la risposta non era cosa semplice, dal momento che il collezionista in questione era andato fra i più già da due settimane. Doveva riaprire la e-mail di Gioacchino. Forse lì c'era la risposta.

«Mi raccomando, il puntale lo deve mettere Andrea!» urlò sua moglie dalla cucina. Alfio Pedretti era sulla scala con due palle ancora da attaccare. «Tranquilla Eliana, non lo sto mettendo» le rispose. L'albero toccava quasi il soffitto e il primario di gastroenterologia del Policlinico già immaginava la scena. Andrea, l'ultimo dei sette nipoti di tre anni portato di peso a mettere il puntale, mentre lui si andava a travestire da Babbo Natale per sistemare i regali sotto l'albero. Quest'anno ce ne sarebbero stati ancora di più perché Federico, l'ultimo figlio, con una promettente carriera ospedaliera davanti, portava finalmente a casa la nuova fidanzata. E questa volta sembrava intenzionato a fare sul serio. Quattro figli, quattro nuore, sette nipoti, lui, sua moglie e la zia Rosina che mai s'era sposata e che la notte di Natale mica la si poteva lasciare a casa da sola. Diciotto persone. Calcolando una media di quattro regali a testa, quasi un'ottantina di pacchi. Che Alfio non vedeva l'ora di mettere nel sacco di iuta e depositare ai piedi dell'albero sotto gli occhi luccicanti ed eccitati dei nipoti. L'unica nota stonata era il regalo che Alfio avrebbe voluto farsi per questo Natale. Il Vacheron Constantin, quello splendido orologio per la sua collezione cui dava la caccia da un anno. E proprio mentre attaccava la seconda palla all'ultimo ramo dell'abete, il cellulare squillò. Sul display apparve il nome Moresi-Casa. «Ah!» esclamò felice, e rispose.

«Dottor Moresi! E che fine ha fatto? Io il 18 ero dal notaio Inchingolo!». La voce all'altro capo del telefono non era quella di Gioacchino Moresi.

«Dottor Pedretti?».

«Sì, sono io...».

«Mi spiace, non sono il dottor Moresi. Sono il vice-questore Rocco Schiavone».

Il primario, sempre in piedi sulla scala, spennazzò gli occhi: «Vicequestore? Che... che succede?».

«Ho trovato il suo numero nelle e-mail di Gioacchino Moresi. Purtroppo non ho una buona notizia».

Pedretti scese lentamente dallo scaleo mentre sua moglie entrava nel salone asciugandosi le mani con un canovaccio. «Che succede Alfio?», ma lui le fece cenno di fare silenzio. «Mi... mi dica...».

Dall'altra parte la voce del poliziotto riprese. «Purtroppo il signor Moresi e sua moglie sono rimasti vittime di un brutto incidente».

«Un incidente? Ma neanche aveva la patente!» disse Alfio.

«Oddio, chi ha avuto un incidente!» sbottò Eliana mollando lo straccio per terra. Ancora una volta Alfio la invitò a calmarsi e la rassicurò facendo di no con la testa e con gli angoli della bocca piegata all'ingiù. Traduzione nel lessico famigliare – non è roba nostra.

«Non è stato un incidente d'auto. I coniugi Moresi sono stati assassinati».

A questo punto Alfio sbiancò e si sedette sul divano di pelle. La moglie accanto a lui. «Mi dici che succede?» sussurrò. Alfio, che non sopportava più la curiosità pressante della moglie, mise il vivavoce.

«Come, assassinati?».

A quella parola Eliana divenne più pallida di suo marito.

«Ha presente quando uno viene ucciso? Così» rispose Schiavone.

«Oh mio Dio... oh mio Dio...».

«So che avevate un affare in ballo».

«Sì. L'acquisto di un orologio. Un Vacheron Constantin». Alfio sudava. La moglie lo guardava perplessa. «Ma io non vorrei avere problemi, sa, sono un...».

«Lasci stare. Mi dia invece una mano. Lei è un collezionista?».

«Sì» rispose Pedretti. «E anche di una certa importanza».

«E secondo lei perché un collezionista si libera di un pezzo così prezioso?».

Pedretti sbuffò. Guardò la moglie che lo incitava a parlare: «So solo che Gioacchino voleva concludere prima di Natale. Voleva fare una sorpresa».

«Lei sa a chi?».

«No. Guardi, mi ha detto che aveva bisogno di quei soldi. Non erano per lui, Gioacchino stava bene economicamente, sa?».

«Lo immagino».

Poi al medico venne spontanea una domanda: «Dottor Schiavone, hanno sofferto?», e appena l'ebbe terminata si sentì uno scemo. Il poliziotto doveva essere persona sensibile, perché non gli rispose. Lo salutò garbatamente e chiuse la telefonata. Alfio spense il telefonino. Guardò sua moglie. «Non ci posso credere. Hanno ammazzato il signor Moresi. E pure la moglie». Elena fu percorsa da un brivido. Poi guardò suo marito. Lo baciò sulla guancia. «Dai, finisci l'albero. E stasera ce ne andiamo a cena io e te».

«Non ho fame».

Rocco, seduto alla scrivania di Gioacchino Moresi, guardò Elena Dobbrilla. «Elena, ora devo fare un'altra telefonata. Ma tu non dovresti ascoltare».

Elena annuì e silenziosa uscì dalla stanza. Rocco prese il cellulare e compose un numero. «Furio?».

«Ciao. Passata la febbre?».

«Sparita. Senti un po', chi abbiamo a Torino?».

«Famme pensa'... sì. C'è Dado. Ormai da tre anni sta lì».

«Chiamalo e chiedigli un favore».

«Ti ascolto».

Era la vigilia di Natale. Per le strade la gente dava fondo agli ultimi spicci prima di fermarsi dai parenti a mangiarsi la tredicesima in una mezz'ora. Seduto sul letto matrimoniale nella stanza 16 dell'albergo Navona, a pochi passi dall'omonima piazza, Gabriele Moresi guardava attonito la moquette azzurra, in mano una mignon di Glen Grant. Sua moglie Paola uscì in accappatoio dal bagno fumante di vapori. Vedendo il marito così prostrato si sedette accanto a lui e lo baciò. Gabriele accennò un sorriso. Poi insieme guardarono Carlotta, che se ne stava nella stanza comunicante seduta davanti alla televisione. La bambina pareva avesse sentito gli sguardi dei suoi genitori sul collo, si girò e sorrise. «Quando andiamo dai nonni?».

«Adesso andiamo» disse la madre. «Metti a posto la valigia e preparati». Paola mollò un altro bacio al marito e lo accarezzò: «Dai, amore mio…».

«Li sogno la notte. Papà, mamma. E Antonio…» fece Gabriele con la voce impastata. «Nel giro di pochi giorni ho perso tutta la famiglia. Sono rimasto solo io».

«La tua famiglia siamo noi, amore mio» disse Paola. «Io, te e Carlotta, non dimenticarlo mai».

Gabriele sorrise. Baciò sua moglie. Poi con un sorso scolò la bottiglietta.

Rocco Schiavone era in procura davanti al gip Mezzasoma. Che lo ascoltava attentamente. Il procedimento di custodia cautelare sul tavolo in mezzo a loro.

«Antonio Moresi morto di overdose non c'entra niente».

«E cosa glielo fa credere, Schiavone?».

«Un paio di cose che sono venuto a sapere. Direttamente da Torino».

«A quale questura si è rivolto?».

«Nessuna. Ho degli amici».

«Che palle» fece Mezzasoma, «mai una volta che lei faccia una cosa regolare. Perché s'è rivolto a Torino?».

«Perché l'assassino ha fatto un errore madornale».

«Cioè?».

«Non mi ha fatto il nome della cosa più preziosa che c'era in casa e che è sparita. Della quale invece lui era a conoscenza».

«Non la capisco».

«Parto dall'inizio, mi ascolti. L'impresa di Gabriele Moresi, lì c'è la soluzione. Si chiama Co.gi.me. come vede dalle carte, dodici dipendenti e un fatturato di 3 milioni di euro».

Il giudice cominciò a spulciare i documenti che Rocco aveva preparato. Meglio, che De Silvestri aveva preparato, Rocco a mala pena li aveva letti.

«Ma il nostro stava in pessime acque. Come può osservare era andato a chiedere una linea di credito a ben tre banche. E tutt'e tre gli hanno detto: bella!».

«Manteniamo questa conversazione nella nostra madre lingua?».

«Vabbè, gli hanno detto no. Ma lui aveva i creditori alle porte. E cosa ha fatto il nostro?».

«Si è rivolto a qualche cravattaro?».

«Strozzino, per amor di precisione».

Il giudice fece una smorfia.

«E lei, Schiavone, questa cosa come è venuto a saperla?».

«Amici, gliel'ho detto. Lo strozzino in questione è Gaetano Carlei. Nato a Palmi nel '67».

Il giudice annuiva.

«Ecco, magari lei quella gente non la conosce, ma se ritardi un pagamento...».

«Sì, diciamo che tendono a diventare piuttosto antipatici».

«Piuttosto. Si fuma qui?».

«Faccia pure».

Rocco si accese una sigaretta. «Ecco allora che il nostro sta inguaiato. Ha bisogno di 300.000 euro».

«Da quanto leggo è il valore dell'orologio trafugato».

«Esatto. L'assassino conosceva la presenza di quell'orologio, sapeva che Gioacchino Moresi lo teneva lì, e l'ha preso a colpo sicuro».

«Ma da quanto leggo ne manca anche un altro di orologio, un Cartier..».

«Ballon Bleu in oro giallo, valore 40.000 euro» precisò Rocco. «Ma a noi interessa quello da 300.000 euro. Gabriele non solo conosceva la collezione di suo padre, non solo ne conosceva il nascondiglio, ma ci ha fuorviato mettendo la casa sottosopra, per farci credere che ad agire fosse un disperato, piuttosto che una mente che ha già pianificato tutto. Insomma, finge un atto sconsiderato e disordinato per gettare la colpa su un disgraziato all'ultima spiaggia. E lui il disperato alla caccia di soldi ce l'ha sotto mano. Suo fratello».

«Antonio Moresi, tossicodipendente, in galera per furtarelli e detenzione di sostanze stupefacenti» disse il gip leggendo altri fogli della documentazione di Rocco.

«Nulla ci vieta di pensare che il Cartier sia finito nelle mani di Antonio, proprio da parte di Gabriele, come fosse un regalo del padre. Quello se l'è andato a vendere ai gioiellieri di Campo de' Fiori e s'è sparato tutto in vena. E questo, per il nostro, sarebbe bastato per firmare la condanna al poveraccio. La cosa che Gabriele però non ha calcolato è che il padre stava vendendo quell'orologio costosissimo, perché, a quanto ho appurato, aveva bisogno di soldi. Non certo per sé, probabilmente sapeva delle cattive acque in cui s'era cacciato il figlio».

«Fin qui può essere. Cosa le dà la sicurezza che sia stato Gabriele Moresi?».

«Per prima cosa, come le ho detto prima, lui dell'assenza di quell'orologio dalla collezione, collezione che conosce benissimo, non mi ha fatto parola. E suo padre quell'orologio lo possedeva da almeno sei anni. Secondo, la risposta che ho avuto proprio oggi, e che se lei guarda è nell'ultimo documento della cartella. Si tratta del cellulare di Gabriele».

Il giudice girò velocemente le pagine e arrivò all'ultima. «Allora, qui risulta che il cellulare del Moresi il giorno 13 di dicembre, che è il giorno dell'omicidio, si fosse attaccato alla cellula Roma Laurentino».

«E lui sosteneva di non vedere i genitori da un pezzo. Il cellulare ha fatto una sola telefonata, proprio a casa dei genitori del Moresi, e una ne ha ricevuta, anche questa dall'appartamento dei Moresi. Segno che i due erano vivi e che hanno chiamato il figlio che era a Roma. Poi guarda caso il telefonino di Gabriele il giorno dopo è di nuovo a Torino».

Il giudice annuì lentamente. «Potrebbe anche essere che fosse a Roma per affari».

«Sì, ma io allora voglio sapere con chi s'è incontrato, a che ora e perché. Se uno è a Roma per affari, non le sembra strano che in quel giorno abbia fatto una sola telefonata e ricevuto una sola telefonata? Soprattutto uno che ha un traffico medio giornaliero di una trentina di chiamate? Poi, cosa più importante, lui stesso ha affermato di non essere più venuto a Roma da un sacco di tempo».

Il giudice guardò Rocco spegnere la sigaretta nel portacenere di cristallo. Si grattò la barba, poi disse: «Mi convince. Come vuole agire?».

«Ora è a Roma, all'Hotel Navona. Con moglie e figlia».

«E allora roviniamogli il Natale» fece il giudice firmando l'atto che teneva davanti.

Gabriele Moresi guardava il suo viso nella vetrina di un bar, a una decina di metri dall'entrata dell'albergo. Era a pezzi. Il whisky che aveva bevuto in stanza gli stava rosicchiando lo stomaco. Voleva entrare e comprarsi un tramezzino, quando nella vetrina del caffè, accanto al suo viso, vide riflessa una macchina della polizia fermarsi proprio davanti all'Hotel Navona. Dall'auto scesero il vicequestore accompagnato dall'agente, la donna, quella carina col sorriso a 32 denti. Correndo entrarono in albergo. Lo stomaco di Gabriele si strizzò come uno straccio per pavimenti. Ebbe un giramento di testa e gli venne da vomitare.

Era evidente: cercavano lui.

Era finita.

Si appoggiò al muro. Il cavallo bianco di una botticella che ruminava tranquillo agitò la criniera, poi girò il testone proprio verso di lui, masticando placidamente la sua biada. Gabriele scivolò di lato. Pochi passi e si ritrovò in corso Rinascimento. Aveva un fischio nelle orecchie, penetrante come uno spillo, e sembrava che tutto intorno a lui fosse avvolto da una pellicola di plastica. I contorni delle persone e delle macchine erano sbiaditi, la strada ondulava, i palazzi avevano perso solidità.

Una gelatina in movimento. Senza accorgersene stava attraversando la strada. Il clacson di un autobus lo fece sobbalzare, mentre una voce che lo mandava a quel paese gli rintronò le orecchie. Si appoggiò al muro a prendere aria. Qualcuno aveva tolto l'ossigeno dalla città. Davanti a lui il viso di un vecchio che gli stava parlando. Non ne percepiva la voce, vedeva solo la bocca muoversi. Sembrava dicesse: «Si sente male signore?». Gabriele lo scansò e proseguì, sempre tenendo una mano sul muro, che almeno era solido ed esisteva, quello sì. Evitò una folla di gente. Ma quanta gente c'era su quel marciapiede? pensò. Un cane gli abbaiò contro, ma lo sentì a mala pena, ormai il fischio era talmente forte da coprire tutti i rumori che lo circondavano. Poi li vide: gli angeli! Sul ponte! Alti, enormi, con le loro ali di aquila che si stagliavano nel cielo. Doveva raggiungerli, doveva arrivare fino a loro. Angeli di pietra, fermi e inamovibili. Imponenti se ne stavano lì, ma non lo guardavano. Gabriele abbracciava la base di marmo con lo sguardo verso l'alto, ma quelli continuavano sprezzanti a scrutare lontano, senza abbassare la testa, senza sorridere. Gli angeli non erano lì per lui. C'era piazza San Pietro dall'altra parte, lontana. Sotto di lui invece il fiume. Sporco. Freddo. Fu allora che sentì la voce di suo padre che lo chiamava: «Gabriele... Gabriele!».

Eccolo suo padre, a pochi metri da lui. È lì a braccia aperte ad aspettarlo. In mezzo a un prato, dietro c'è la madre. Suo fratello, seduto su un plaid scozzese all'ombra di un abete, gioca con Big Jim. È il prato della casa in montagna? Sì, è quello. Le estati più belle della sua vita. «Gabriele, vieni? Vieni da papà?» dice suo padre.

Vengo papà... vengo!

Fu un attimo. I turisti raccontarono di aver visto un uomo salire sul parapetto del ponte Sant'Angelo, allargare le braccia e lasciarsi andare giù senza un urlo, con gli occhi chiusi e un sorriso sulle labbra.

Fu un attimo, ma abbastanza lungo per Toshiro Kanazaki in vacanza con la moglie a Roma da fargli immortalare con la sua Canon l'ultimo volo di quell'angelo sconosciuto.

La foto fu comprata da tre agenzie stampa e Toshiro si ripagò ampiamente le vacanze e la sua luna di miele.

Rocco aprì la porta di casa alle sette e mezzo con un peso devastante sulla schiena e la voglia di farsi una doccia. Da tempo non ricordava una giornata di merda peggiore di quella. La polizia fluviale ci aveva impiegato tre ore a recuperare il corpo di Gabriele Moresi. Invece per recuperare la moglie Paola e la figlia non sarebbero bastati dieci anni. Gettò le chiavi nel cestino d'argento dell'ingresso. E subito l'occhio gli cadde sulla lettera. Ce l'aveva messa Ines prima di chiudere la portineria, era evidente. Veniva dalla questura centrale. Eccola lì. Bella, timbrata in tutta la sua ufficialità. Dentro c'era il destino di Rocco Schiavone. Gli trema-

vano le mani, come in una partita a poker dove hai bluf-
fato all'apertura con una coppia e ora se non ti esce il
punto perdi tutto. Perché quello Rocco stava rischiando, e lo sapeva: perdere tutto. Non la aprì. Se la riservò
per dopo cena. Guardò il suo attico che si affacciava
su Roma, guardò i mobili, le poltrone e i divani, la cucina nuova e intonsa che Marina aveva avuto il tempo
di usare solo un paio di volte.

*«Eccola Marina, è arrivata» le dico. Lei se ne sta da-
vanti alla finestra a guardare il cielo buio e le luci lonta-
ne dei castelli. «La apri?» mi chiede. No. Non la apro.
Aspetto. Dopo cena. «Vengono gli amici?». «No, non vengono. Io questo Natale lo passo solo con te». Sorride, Marina. Si tocca i capelli come fa sempre. Ora mi vado a fare una doccia. Poi apparecchio e ci mangiamo un po' di
salmone. «Ti va il salmone, Marì?». Sì, le va. Le è sempre piaciuto.*

*E siamo solo io e lei. Al tavolo. Che è grande, per do-
dici persone. Almeno quello è il numero delle sedie. Ho
messo il candelabro, ho messo i piatti. Per me e per Marina. E ho stappato pure una ribolla gialla mica male. Il
salmone è fresco e col burro salato è la morte sua. Ho preso pure un'insalata russa. Quand'ero piccolo mamma a Natale faceva i fritti. Carciofi. E pure mozzarelline. Per primo la pasta con le vongole e per secondo il baccalà con
la polenta. Che era una cosa del nord, gliel'aveva insegna-
to un'amica ad Abano Terme. «Quando eri piccola che
mangiavi la vigilia?» chiedo a Marina. Lei ancora non ha*

toccato cibo. «Pesce. Spigola» mi dice. Pesce del suo quartiere. Flaminio. Gente su, mica come noi a Trastevere col baccalà. Mi verso un po' di vino. La guardo negli occhi. «Perché non hai passato il Natale coi tuoi amici?» mi chiede. «Perché voglio stare con te». Lei scuote la testa. Io guardo il suo piatto vuoto e intonso. E il suo bicchiere riempito a metà che poi mi toccherà svuotare nel lavello.

«Dai, amore, scartiamo il regalo» mi dice. E io mi alzo. Prendo la busta che avevo lasciato sul comò dell'ingresso. Torno a tavola. Sento freddo. Forse dovrei aumentare un po' il riscaldamento. Forse è tornata un po' di febbre. Tanto vado a letto prima di mezzanotte. Mi siedo. Per aprire la busta mi aiuto con il coltello. Piano, non la voglio rovinare. Metti che faccio uno strappo proprio lì, dove c'è scritta la destinazione. Fatto. Dentro ci sono un sacco di fogli. Marina mi guarda. «Dai, leggi» mi dice.

E io leggo. Vicequestore Rocco Schiavone… eccetera… questa questura centrale visti i recenti… eccetera… eccola qui. La destinazione dove mi trasferiscono. Ci metto il pollice sopra. Aspetto. «Allora?» fa lei impaziente.

«Allora… leggo». Tolgo il pollice lentamente. C'è una sola parola, corta: Aosta.

«Aosta» le dico.

«Però…» fa Marina.

«Cazzo, è bello al nord».

«Poteva andare peggio. Ti devi comprare un po' di roba pesante».

«Non la voglio la roba pesante».

«Il loden lassù è inutile».

«*Il loden lo fanno in Val Pusteria*».

«*Pure le Clarks sono inutili*».

«*Le Clarks vanno bene, sono di pelle*».

Poi ci ripenso. Aosta. E chi c'è mai stato? È quasi Francia, no?

Mando giù tutta la ribolla gialla.

«*Però ogni tanto torna a trovarmi*» *mi dice Marina.*

«*Amore mio, tanto lo sai che ti porto con me*».

Mi guarda e non dice niente.

«*M'hanno fatto proprio un bel regalo, eh, Marina?*».

«*Vero, proprio un bel regalo*». *Poi sorride, alza il bicchiere e mi dice:* «*Buon Natale, Rocco!*».

Bill James
Arriva Natale eccetera eccetera

A Ralph Ember il Natale non piaceva. Pensava fosse il periodo dell'anno in cui c'erano le maggiori probabilità di finire sparato, magari a casa propria. Era pronto a riconoscere che tali sentimenti nei confronti delle feste potessero sembrare strani, paradossali. Dopotutto, dovrebbe trattarsi di un periodo di gioia, buoni propositi e doni, a commemorazione di una nascita illustre. Eppure il Natale suggeriva a Ralph pensieri di morte violenta. La propria. Doni? Temeva che tra questi ce ne fosse uno che veniva fuori da una pistola, con il suo nome scritto sopra.

Di nemici Ralph ne aveva. E non inaspettatamente, dato il ramo d'affari di sua competenza (con entrate annue di oltre 600.000 sterline: non dichiarate, beninteso, e perciò esentasse). La ditta di cui era presidente nonché amministratore delegato aveva in catalogo tutte le sostanze commercializzate sul territorio, dalle anfetamine all'Ero. Prevedibilmente, gli altri grossisti del settore guardavano con invidia all'impero di Ralph e bramavano di spazzare via lui e tenersi l'impero: d'altra parte la rivalità è l'anima del commercio. Ralph era anche il proprietario di un club, il Monty, a Shield

Terrace: e immaginava continuamente di poter essere ammazzato proprio al Monty, specie sotto Natale, di sera, col locale pieno di gente e le misure di sicurezza meno efficaci del solito. La sua speranza era quella di riuscire a trasformare il Monty in un posto di classe, con clientela selezionata, un giorno o l'altro. Un giorno o l'altro.

E a dirla tutta, al Sovrintendente Capo Colin Harpur, responsabile del dipartimento investigativo in città, giunse effettivamente voce che questo Natale Ralph fosse in pericolo sul serio. La soffiata proveniva dall'informatore più talentuoso con il quale avesse mai avuto a che fare; forse l'informatore più talentuoso con il quale qualsiasi detective avesse *mai* avuto a che fare. Harpur, come spesso succedeva, ricevette una telefonata a casa. Sua figlia Jill, di tredici anni, sollevò il ricevitore per prima. «Papà, per te...» strillò.

«Sì...» disse Harpur.

«Mi sa che è il tuo usignolo» disse Jill, senza né coprire il microfono con la mano né schiacciare il pulsante che stava lì apposta. «Una voce losca, che si piglia confidenza, una voce da delatore, proprio».

Harpur prese il telefono. «Era la piccola, Col?» domandò quella voce losca, che si pigliava confidenza: una voce da delatore.

«Scusa. Mia figlia guarda un sacco di televisione».

«Puoi raggiungermi al Numero 3, il più presto possibile?».

«Arrivo» disse Harpur. Depose il ricevitore.

«Avevo ragione, papà?» domandò Jill.

«Debbo uscire...» replicò Harpur.

«È tardi...» fece Jill.

«Ormai è cresciutello» disse Hazel. «Non ha più paura del buio». Hazel aveva quasi sedici anni, abbastanza grande da poter vegliare su Jill, che però tendeva a maltrattare. Erano nel grande soggiorno della casa di Arthur Street: le ragazze stavano giocando al computer. Harpur era un genitore single, in seguito alla morte della madre delle ragazze. Situazione complicata.

«Ti porti dietro il ferro?» fece Jill. «Deve farti delle rivelazioni? Perché è questo che fanno i delatori, dico bene... fanno *rivelazioni*?». Calcava la mano su quella parola.

«È una cosa di routine» disse Harpur.

«Non può aver detto chissà cosa» sentenziò Hazel. «Troppo breve».

«Parlavano in codice» disse Jill. «Vero, papà?».

«Oh, Dio...» fece Hazel, «abbiamo i Servizi Segreti in casa, adesso?».

Eppure un po' di linguaggio in codice c'era scappato davvero. Il Numero 3 era una casamatta in cemento sul lungomare, rimasta lì dai tempi della guerra. Dopo tutti quegli anni, all'interno non faceva buon odore, però vi trovavano riparo i pescatori se il tempo era inclemente, gli innamorati non abbienti in cerca di privacy, nonché Harpur e il possessore della voce losca, che si pigliava confidenza, la voce da delatore: ovvero Jack Lamb. Anche loro due cercavano la privacy. C'erano altri luoghi d'incontro, utilizzati a rotazione. I telefoni servivano soltanto per fissare quei faccia-a-faccia.

Jack adorava l'atmosfera militare di quella piccola e pleonastica roccaforte, e per essere in tono arrivava al Numero 3 indossando della roba d'annata, comperata in un negozio specializzato in surplus militare. Stasera sfoggiava uno di quei soprabiti corti color kaki – altresì noti come «congela-sedere» – un tempo parte dell'uniforme degli ufficiali della cavalleria britannica; e portava sulla testa un chepì da soldato francese: forse regali di Natale che s'era fatto da solo. Nonostante Jack amasse camuffamenti e codici segreti, il suo abbigliamento tendeva al vistoso e al belligerante. D'altro canto andava per i centoventi chili ed era alto un metro e novantasei, perciò forse dava per scontato che lo si notasse comunque. Harpur era ben piazzato, ma accanto a Jack pareva un nano. La gente immagina gli informatori sinuosi e furtivi, come Charlie Stecchino di *A qualcuno piace caldo*. Jack non era né sinuoso né furtivo.

E avrebbe trovato spregevole prender soldi per le sue *rivelazioni*: ma era tacitamente inteso che Harpur non dovesse interessarsi troppo alla fiorente ancorché sospetta galleria d'arte di Jack, dalla quale passavano grandi opere di rinomati pittori, alcune delle quali autentiche. Lamb diceva che sarebbe risultato fastidioso ed antipatico – *per Harpur*, beninteso – mettersi in testa di andare a verificare come certi capolavori che non avevano prezzo fossero capitati tra le mani di Jack, e come mai lui ci avesse messo sopra un gran bel prezzo d'acquisto, dato che non avevano prezzo. Nel periodo di Natale Jack era sempre molto indaffarato: c'è chi regala opere d'arte. Doveva avere qualcosa di urgente da comunicare a Harpur, se si era concesso un po' di tempo per quell'incontro.

Massiccio ed intrepido, Jack era lì in piedi, presso una feritoia, che scrutava nella notte, pronto a – se non proprio impaziente di – respingere qualsivoglia invasore. «Ralph Ember, Col» disse senza voltarsi. «Detto pure "Panico Ralph"».

«Non glielo dicono in faccia».

«Magari in faccia no, però è così che lo chiama la concorrenza, e la delinquenza in genere. È in pericolo, Col. Le solite gelosie territoriali, ma mi giunge pure voce che nel suo passato c'è qualche cosa di imperdonabile, e che non è stato perdonato... qualcosa di non ben definito, fino adesso. Forse un momento di vigliaccheria, durante uno scontro tra bande rivali... magari il soprannome gli è rimasto appiccicato da quella volta lì. Per colpa sua c'è gente che è morta, o è finita all'ospedale e/o in gattabuia. Possibile che qualcheduno sia appena uscito di galera, e ce l'abbia ancora con lui. Forse un parente o un amico di quelli morti ammazzati, o che si ritrovano sulla sedia a rotelle, ha lasciato crescere la malerba del risentimento: e adesso vuole saldare i conti».

«Lo sai per certo?» chiese Harpur. «Come fai a saperlo?». Il genere di domanda che ciascun detective rivolge all'informatore: e nessun informatore risponde. Le fonti vanno protette, altrimenti all'informatore non giungerebbero più informazioni con le quali informare; per non dire che a parlar troppo si può finire ammazzati, oppure sulla sedia a rotelle.

Jack disse: «Potrebbero verificarsi dei disordini, dalle parti di Ralph, sotto Natale. Le opportunità non mancano».

«Opportunità di che genere?».

«Del genere anti-Ralph» replicò Jack. «Ti saluto, Col». Lamb evidentemente pensava che gli ufficiali col congela-sedere, e pure i soldati col chepì, dovessero essere concisi, avendo ben altro a cui pensare. E lui non doveva uscire dal personaggio. Finito il turno di sentinella, si staccò dalla feritoia e si avviò prima verso la porta e poi verso la macchina con passo furtivo, come se camminasse di traverso. Solo che era difficile camminare di traverso, per uno delle dimensioni di Jack. Harpur aspettò qualche minuto, prima di andar via anche lui: non era saggio farsi vedere con la sua malalingua personale in quel posto e a quell'ora.

L'indomani mattina, al momento di uscire per andare a scuola, Jill disse: «Ha fatto rivelazioni, papà... s'è fatto una bella cantata?».

«Ti piace avere a che fare con gli infami, papà?» disse Hazel. «Non ti fanno senso?».

«*Deve* averci a che fare» disse Jill. «I detective esistono per questo». Difendeva sempre Harpur dalle stoccate di Hazel. E lui gliene era grato.

Ovviamente Harpur non avrebbe mai raccontato al proprio superiore, l'A.C.C. Desmond Iles (Assistente Capo della Polizia, Reparto Operativo), dei suggerimenti che gli venivano da Jack Lamb. D'altro canto Iles era convinto di sapere già tutto, e si sarebbe irritato profondamente se Harpur avesse insinuato che non fosse proprio così. E poi – cosa ancor più importante – agli investigatori era fatto divieto di intrattenere rapporti esclusivi con gli informatori. Onde prevenire varie forme di corruzione, c'era una regola severa, assoluta perfino, in base alla quale un informatore apparteneva non al singolo funzionario bensì all'intero dipartimento investigativo. Gli informatori dovevano essere ufficialmente registrati. Ma Jack non si sarebbe mai fatto registrare ufficialmente da chicchessia, perciò Harpur ignorava quella regola severa, assoluta perfino, e l'avrebbe ignorata anche se fosse stata ancora più severa e ancora più assoluta.

In centrale, appena prima di mezzogiorno l'A.C.C. bussò alla porta dell'ufficio di Harpur, per poi entrare lasciandola socchiusa. Indossava la sua magnifica uniforme celestina, e dunque doveva essere stato invitato dalle locali autorità civiche, in occasione delle feste, a un qualche pranzo ufficiale, dove avrebbe avuto ampia occasione di recare offesa a un po' di gente. «Sono in pensiero, Col...» disse.

«A che proposito, signore?».

«'Sto cazzo di Natale» disse Iles. «La gente pensa che noialtri si abbassi la guardia. Tra canti, pasta frolla e regali sbagliati».

«Quale gente, scusi?».

«Quelli lì fanno le loro mosse...» replicò Iles.

«Quali mosse, signore?».

Iles si mise a sedere. Abbassò lo sguardo per meglio ammirare la magrezza delle proprie gambe, opportunamente fasciate dalla stoffa di ottima qualità. Adesso portava di nuovo i capelli piuttosto lunghi, dopo un periodo in cui se li era fatti tagliare corti a imitazione di Jean Gabin, visto su qualche canale tematico. «Quelli stanno sempre all'erta, Harpur».

«Quelli *chi*, signore?».

«Mi prenda in parola. Io sono un intuitivo, sa? Anche se non mi ci pavoneggio».

«Ben pochi oserebbero accusarla di pavoneggiarcisi, signore».

«Ah, sì? E chi cazzo sono questi pochi?».

«A tantissime persone ho sentito esclamare, dopo aver fatto la sua conoscenza: "Quel signor Iles lì... non è mica tipo da pavoneggiarsi"».

«Parliamo di impressioni, di barlumi, Col. Io intravedo il futuro».

Questo era vero. Già da tempo Harpur aveva dovuto constatare come la testa di Iles potesse a volte far mordere la polvere alla propria. «Che barlumi, signore?».

«Eh, sì. Parliamo di bagliori, Col».

«Ma da dove arrivano?».

«Arrivano e basta».

«Meraviglioso. E pure misterioso, signore».

La voce di Iles si fece acuta, approssimandosi all'urlo, e un po' di schiuma gli ricoprì le labbra. Harpur scattò in piedi e si affrettò a chiudere la porta. «E pertanto, lei mi chiederà – non è vero, Harpur – come mai, date queste occulte suggestioni, come mai una di queste occulte suggestioni non mi ha avverti-

to che lei vergognosamente si fotteva mia moglie negli alberghetti, e pure all'aperto, sotto i cespugli di
ortensie nei giardini pubblici, e persino sul sedile po-
steriore di autovetture della polizia destinate al pattugliamento: nonostante il suo grado gerarchico innegabilmente inferiore?».

Tutta questa storia con Sarah Iles era stata un bel
po' di tempo prima, ma l'Assistente Capo aveva ancora di questi lancinanti, rumorosi e risaputi attacchi di
gelosia. Harpur doveva esser lesto a chiudere la porta,
quando passava a trovarlo Iles, che a volte diventava
chiassoso ed isterico. La gente allora si attardava in corridoio nella speranza di cogliere un eventuale bis del-
l'Assistente Capo. Harpur si rimise a sedere. «Di che
intuizioni si tratta, precisamente?» fece.

Iles compì una seconda ammirata ispezione delle
proprie gambe, che parve consolarlo. Il furore passò.
«Qualche cosa, da qualche parte, nel nostro territorio,
Col...» disse.

«Terrò gli occhi aperti» disse Harpur.

«So di potermi quasi fidare di lei, Col. Su certe cose». La voce pareva sul punto di impennarsi e farsi acuta un'altra volta.

Harpur disse: «Raccomanderò a tutto il Dipartimento di stare in guardia, signore. Grazie per avermi messo sull'avviso».

Iles, a quella sua sgradevole maniera, guardò fisso Harpur. «Ah, ma lei lo sapeva già dai suoi contatti segreti del cavolo, che Babbo Natale quest'anno ci porta in
dono una bella catastrofe, non è vero, subdolo stron-

zetto che non è altro?» fece. «Si tratta di Ember? O forse un'altra volta di Mansel Shale?».

«A proposito di canti di Natale, signore, m'interesserebbe sapere qual è il suo preferito» replicò Harpur.

Il senso d'agitazione di Iles andava ad aggiungersi agli avvertimenti di Lamb in merito a Ralph e alle «opportunità» natalizie, per cui Harpur decise fosse cosa saggia mettere Ember sul chi va là. Partì in macchina alla volta del Monty. A quell'ora Ralph doveva essere lì, a fare i preparativi per la serata. Ma poi, proprio mentre rallentava accingendosi a svoltare nel parcheggio del Monty, decise che quella visita sarebbe stata un errore. Schiacciò l'acceleratore e ritornò alla centrale. Il fatto era che gli altri avrebbero potuto pensare che tra lui ed Ember ci fosse una certa amicizia, che fossero in società. Il personale del club, osservando questa conversazione in gran segreto, ne avrebbe tratto le proprie conclusioni. E di queste conclusioni avrebbero magari parlato con amici e parenti. Ma guarda un po' questo sbirro di alto rango, parrebbe proprio in combutta con un magnate della droga. Ad Harpur la cosa non andava.

In ogni caso, le informazioni in possesso di Harpur... be', non si potevano nemmeno chiamare informazioni. Si capisce, Lamb era pur sempre una fonte meravigliosa di attendibili «rivelazioni», però al Numero 3 non era andato molto oltre la frasetta tutt'altro che specifica sul «pericolo» corso da Ralph; né i «barlumi» di Iles valevano a rischiarare le sue ombrose vaghezze. Harpur avrebbe dato l'impressione di quello in preda al panico, recandosi da Ralph sulla base di questi esigui bagliori. Ed era Ember – non Harpur – quello che s'era guadagnato il soprannome di «Panico».

Nonostante l'eminenza di Ember nell'ambito dell'industria degli stupefacenti, Harpur provava per lui una specie di affetto. Vedeva un'assurda nobiltà di spirito, in Ralph: nei suoi balordi, testardi, totalmente inutili sforzi di conferire uno status di raffinatezza, di cultura, di distinzione intellettuale a quella topaia, a quella scuola di ladri che era il suo locale. Ralph faceva un po' di tenerezza perfino ad Iles, anche se poi l'Assistente Capo lo sfotteva, lo ridicolizzava ogni volta che i due si incontravano. Ma Ember con ogni probabilità si rendeva conto che Iles sfotteva e ridicolizzava praticamente chiunque, perciò non era il caso di farne una questione personale. E continuava il suo eterno viaggio della speranza, vanamente alla ricerca di una nuova, ripulita, scintillante identità per il Monty, sospinto da quella folle, prepotente ambizione. C'era senz'altro qualcosa di epico, in tutto quell'inutile perseverare. Che Harpur poteva comprendere, ma al quale non intendeva avvicinarsi troppo. E perciò aveva deciso di non recarsi al Monty.

Ralph stava facendo la sua solita ispezione dell'esterno del locale, alla ricerca di eventuali ordigni incendiari, piazzati in segreto da altri commercianti dello stesso ramo, allorché intravide Harpur a bordo della sua Peugeot, apparentemente sul punto di immettersi nel parcheggio del Monty. Non sembrava che il poliziotto avesse avvistato Ralph, che era parzialmente nascosto da un furgone. Poi la Peugeot si allontanò, come se Harpur ci avesse ripensato all'improvviso. Ralph si domandava quale fosse di preciso il pensiero in merito al quale ci aveva ripensato: ma non ne aveva idea. Il che gli dava fastidio, rinfocolando il sospetto che dietro la festosità di superficie delle settimane natalizie fosse in agguato un che di minaccioso, che lo riguardava in prima persona. Era possibile che lo stesso Harpur avesse percepito qualcosa del genere e fosse venuto a controllare lo stato di salute di Ember. La vista dell'auto di Ralph, al suo posto nell'area riservata del parcheggio, poteva aver rassicurato Harpur a tal punto da decidere che non valesse la pena di fermarsi al Monty.

Ciononondimeno Ralph continuava a sentirsi vulnerabile, all'interno del proprio locale: e forse adesso più che mai. Il club gli era estremamente caro, tuttavia. Un tempo era stato una sorta di oasi di pace per professionisti e commercianti del luogo. Ma poi era cambiato parecchio, e adesso ci trovavi un ambiente misto, nel senso che balordi e disgraziati vi abbondavano. Lui sperava di riuscire a liberarsi della gran parte di costoro, un bel giorno, per trasformare il Monty in qualcosa di simile ad uno dei rinomati club londinesi, quali l'Athenaeum oppure il Carlton. Una prospettiva piuttosto lontana, se ne rendeva ben conto. Al Monty si ritrovava una serie di problemi che probabilmente all'Athenaeum o al Carlton non esistevano.

Per esempio: toccava decidere di che grandezza ordinare l'albero di Natale da mettere sul bancone del bar. Questa storia dell'albero gli faceva sempre venire il nervoso. Se ne sceglieva uno relativamente piccolo, maneggevole, facciamo un metro e venti un metro e mezzo, poteva capitare che un tesserato, o tesserata, ubriaco fradicio al culmine di una serata di baldoria, decidesse di tirarlo fuori dal vaso con tutte le luci e i fili per utilizzarlo come arma d'offesa contro qualcuno che l'aveva infastidito; o contro chicchessia, per sperimentare il brivido natalizio di andare sbocciando la gente in giro per il locale, tipo giostra cavalleresca. Quello di «giocoso» è un concetto molto ampio, e per qualcuno comprende il pigliare a bastonate il prossimo a colpi di conifere.

Viceversa, se Ralph avesse preso un albero più alto – troppo grosso per poterlo usare a mo' di lancia – qualcuno poteva recare danno a persone e/o cose limitandosi a spingerlo giù dal bancone, magari con l'accompagnamento del grido del boscaiolo. Ralph aveva meditato di rimuovere la gomma isolante dai fili delle lanternine colorate. Chi avesse deciso di manomettere l'albero avrebbe preso una scossa formidabile, momentaneamente paralizzante, magari fatale, come le vacche quando toccano una recinzione elettrificata. Ma fili scoperti significava rischio d'incendio. Se il Monty avesse preso fuoco, i banditi dell'assicurazione avrebbero sentenziato che il disastro era di natura fraudolenta, rifiutandosi di pagare. Perciò concluse che per quest'anno era meglio optare per l'albero più piccolo. Magari poteva cementarlo nel vaso: tuttavia, se il blocco di cemento fosse stato estratto unitamente all'albero, ne sarebbe risultata un'arma ancora più devastante. A volte sembrava a Ralph che il gioco di essere proprietario di un locale non valesse la candela del continuo stress. Ma queste erano preoccupazioni minori, a paragone del timore per la propria incolumità.

Non tanto tempo prima aveva deciso di far piazzare una pesante lastra di metallo sospesa tra due colonne all'ingresso del club. Questo per vanificare l'eventuale tentativo da parte di commercianti rivali, duramente colpiti dalla recessione, di prenderlo a revolverate direttamente dalla soglia del locale, pronti a scappottare verso l'auto della fuga, 'sti bastardi assassini. E poi c'era un'altra categoria di bastardi assassini: quelli che sembravano ritenere ci fosse del marcio nel comportamento di Ralph durante una passata situazione d'emergenza, e adesso intendevano punirlo...

Senza quella barriera difensiva sarebbe stato un comodo bersaglio, seduto al tavolino della contabilità dietro il bancone. Ma per controbilanciare la brutta impressione che poteva dare, aveva fatto ricoprire questo schermo rettangolare, spesso due centimetri e a prova di proiettili dum-dum, con degli ingrandimenti di stampe tratte dalle opere di William Blake, un poeta del quale aveva sentito parlare durante la lezione introduttiva del corso di laurea al quale si era iscritto (al momento aveva sospeso gli studi per via degli impegni di lavoro). Il libro di Blake in questione era *Il matrimonio del cielo e dell'inferno*. Quel montaggio di illustrazioni aveva una forza quasi vorticosa: inevitabile, se metti insieme due opposti come l'inferno e il paradiso. Non poteva certo essere un matrimonio sereno. Se qualcuno lo interrogava sul perché di questa lastra di metallo decorata, lui diceva che era per controllare le correnti dell'aria condizionata. «Non mi chiedere come funziona, però! Io obbedisco agli esperti».

Di tanto in tanto gli capitava di vedere nel Monty una sorta di simbolo dell'intera società. Lui cercava di portare ordine, benessere e un po' di cultura al club. Nonostante la clientela fosse cambiata in peggio, Ralph era attento a salvaguardare l'originale pannellatura in mogano, i gabinetti (o *toilettes*) coi marmi, le magnifiche finiture in ottone del bancone del bar, che spesso lucidava di persona. Bramava di riuscire a creare l'atmosfera perfetta: cosa fondamentale per un luogo d'incontro. Alcuni dei festeggiamenti che si svolgevano al club potevano considerarsi pienamente accettabili: ricevimenti matrimoniali, battesimi, raduni in occasione del compleanno di Sua Maestà la Regina... ma altri no. Prima o poi sarebbe riuscito ad eliminare il genere di cose che gli parevano decisamente *non* da Athenaeum, *non* da Carlton: per esempio quando si festeggiavano scarcerazioni, vittorie nella guerra per bande, assoluzioni e proscioglimenti. Le celebrazioni del Natale avrebbero dovuto essere del tutto ok., ma quest'anno aleggiava lo spettro del pericolo.

Era perfettamente in grado di identificare che cosa avesse dato la stura a questa fobia. Poco tempo prima un tesserato strafatto di rum, a mo' di scherzo, aveva tirato due colpi di Smith & Wesson calibro 38 contro il montaggio, bucando in malo modo la barba di una delle figure di Blake e rischiando di centrare di rimbalzo qualche altro avventore. Una bottiglia quasi piena di salsa Worcester, utilizzata per il Bloody Mary, s'era beccata una di queste pallottole deviate: c'era stato un volo di schegge di vetro ed il liquido marrone era schizzato sulla maglietta di un tesserato e sulla superficie di gioco di un tavolo da biliardo. Ralph era certo che fossero circolati vari pettegolezzi in merito a questo disgustoso incidente, richiamando l'attenzione sul particolarissimo baluardo protettivo del club. E aiutando così i suoi nemici a pianificare l'azione.

Il testa di cazzo responsabile della sparatoria era stato bandito all'istante dal Monty, nonostante le scuse quasi immediate e la profferta di mandare la maglietta in lavanderia. Nell'insieme, una di quelle serate che Ralph immaginava non potessero mai e poi mai trascorrere in maniera analoga all'Athenaeum, e neppure al Carlton, a Londra: il genere di situazioni che lui intendeva fermamente eliminare.

Ralph sapeva di non potersi aspettare simpatia alcuna, da parte della polizia, in merito alla vandalizzazione del club: o perlomeno non se per polizia intendiamo l'Assistente Capo Iles. Con Harpur il discorso poteva essere diverso: era più genuinamente rispettoso, lui. Ecco perché Ralph era turbato dal fatto che Harpur avesse cambiato idea sull'opportunità di fare una capatina al Monty. Quando quel teppista di Iles aveva saputo del foro di proiettile nel *Matrimonio del cielo e dell'inferno* – perché con ogni probabilità lui ed Harpur l'avevano saputo – doveva avere reagito con una risata fragorosa e/o un ululato di approvazione, a manifestare uno spasso del tutto insensibile e prolungato oltre ogni decenza. Prolungato per far vedere come l'A.C.C. considerasse il danno fatto a Blake tipico di quei contrattempi che avrebbero di certo tormentato la vita di Ralph, per sempre; e perciò quella sonora risata andava oltre l'episodio specifico e si riferiva a tutto un contesto di afflizioni ridicole, nel presente e nel futuro di Ember. E magari Iles si era fatto venire le convulsioni, per accompagnare la risata, come se la cosa fosse di un'enormità tale da procurargli fitte a legamenti, tendini, muscoli e vertebre, portandolo ad un passo dalla spossatezza se non dall'ernia.

Ralph lo considerava un cafone impertinente. Iles vedeva l'aspetto comico laddove per gli altri c'erano soltanto sofferenza, tristezza e sventura. E quasi certamente si sarebbe rifiutato di considerare i pericoli cui il diffondersi del racconto dei tumulti di cui sopra esponeva Ralph nel corso delle imminenti festività.

Portò a termine il pattugliamento dell'esterno del Monty senza imbattersi in alcunché di sinistro, rientrò nel locale e si rimise seduto dietro il bancone. La morsa delle preoccupazioni si allentò un poco. Dopotutto, eccolo innegabilmente lì, nel centro nevralgico – per così dire – del club: ragionevolmente protetto nell'espletamento della propria onerosa vocazione. Sentiva che un estraneo, osservando quella scena, vi avrebbe riconosciuto una venerabile appropriatezza: il locale in se stesso, ampio e generosamente arredato, e poi lui, il proprietario, piazzato in posizione strategica:

vigile, capace e, a quel punto della giornata, dissetato dalla sola acqua minerale naturale, per evitare la disidratazione.

Ember sapeva, beninteso, che c'era chi alle sue spalle lo chiamava «Panico Ralph», o persino «Panico Ralphy», che dava l'idea di quello goffo e ritardato. Credeva di sapere pure in che circostanza del proprio passato e perché quei nomignoli avessero avuto origine. E sapeva pure che alcune delle persone coinvolte nei fatti di quel giorno lontano nel tempo davano a lui la responsabilità della disgrazia che le aveva colpite, e potevano tuttora essere ingiustamente votate alla vendetta. E magari si sarebbero sentite incoraggiati all'offensiva, avendo appreso qualcosa in merito all'apparato difensivo del Monty. Questo Natale, oltre alle seccature di routine dovute ai concorrenti in affari, bisognava tener conto di un'ostilità più cupa, più profonda, più convinta persino.

Ralph, che adesso si era seduto al bancone, rivolse lo sguardo verso l'ingresso del locale e, con la spontanea, calorosa affabilità che lo contraddistingueva, fece un sorriso di benvenuto a una comitiva di tesserati che aveva appena varcato la soglia del Monty. Ecco, pensò, questi qui sono esattamente gli squallidi plebei, i falliti, il popolino che sarò ben lieto di buttare fuori a pedate nel momento in cui il Monty sarà salito di diversi gradini dal punto di vista culturale, sartoriale e delle buone maniere, a livello di un Athenaeum. Un gesto di autentica umanità, quello di assestare a questa marmaglia e agli altri come loro l'imperituro calcio nel sedere: perché altrimenti si sarebbero sentiti pateticamente estranei alla futura atmosfera di raffinatezza del club, come caccole di naso capitate in mezzo al caviale.

Due erano le supreme missioni che lo attendevano. Una era quella di trasformare il Monty; l'altra – forse ancora più cruciale – quella di dimostrare, quantomeno a se stesso, la profonda ingiustizia di quei fetentissimi soprannomi: «Panico Ralph» e «Panico Ralphy». Assorto in questi pensieri si allontanò dal bancone e raggiunse il proprio ufficio, al primo piano. Aprì la cassaforte e ne tirò fuori un album di ritagli. Sedette su una poltroncina ed esaminò un articolo di giornale che aveva incollato sull'album.

Il titolo era: CINQUE NUOVE VITTIME DELLA GUERRA PER BANDE. Sotto il titolo c'era il lungo resoconto di un conflitto a fuoco avvenuto nel sud-est di Londra, anni prima. Nonostante Londra distasse parecchio da dove lui viveva adesso, dal suo club, si sentiva tuttora intimorito dalle conseguenze di quella giornata lontana nel tempo. Saltò l'introduzione e passò al terzo capoverso:

La prima vittima rimane sul selciato alle 11 e 05, dieci metri in direzione sud oltre l'incrocio tra Mondial Street e Trave Square, nei pressi dell'ufficio postale del luogo. Le porte dell'edificio sono state chiuse e sbarrate immediatamente dopo l'inizio degli spari. Gli utenti, terrorizzati, si stringono in cerchio, ben lontani dalle finestre.

All'esterno, Clive Palgrave, appartenente all'organizza-
zione Fiore di Pasqua, viene raggiunto da tre proiettili: due
gli perforano il torace ed il capo, uno le spalle. Palgrave,
soprannominato «Guaime», impugna una pistola Beret-
ta 9 millimetri, carica, ma deve lasciarla cadere: ha biso-
gno di entrambe le mani per aggrapparsi alla colonnina del-
le lettere fuori dall'ufficio postale, cercandone il sostegno
in un disperato abbraccio. Ma la vita sta per abbandonar-
lo. È costretto a mollare la colonnina, vi si accartoccia con-
tro. Le sue dita ghermiscono l'aria, tentando vanamente
di far presa sul metallo per rimettersi in piedi. I cecchini
lo hanno centrato in pieno.
Nonostante la sparatoria continui a infuriare intorno a
loro, i due paramedici chiamati via 999 raggiungono Pal-
grave, ma lo trovano già morto. Più tardi i medici chia-
riranno che anche una sola delle due ferite al cuore lo avreb-
be ucciso all'istante. Guaime Palgrave, trentaquattro an-
ni, sposato, un figlio adottivo che frequenta la scuola ma-
terna, era sopravvissuto alle guerre per bande tanto a Man-
chester che a Liverpool: di qui il nomignolo, che sta a in-
dicare l'erba che rinasce all'indomani della falciatura. Ma
questa volta non c'è stato un domani, per Palgrave.

Ralph sospese la lettura. Doveva essere questo, l'e-
pisodio in seguito al quale era nato il suo nauseabon-
do soprannome, «Panico». All'epoca lui viveva a Londra ed era stato accettato all'interno della Fiore di Pasqua, un'azienda che si occupava di droga. Ma la Fiore di Pasqua doveva fare i conti con la concorrenza, come capita nel settore. In questo caso la concorrenza ve-

niva dal sindacato del crimine conosciuto come Il Rinzaffo d'Opale Scintillante.

Era come se lo scontro tra Fiore di Pasqua e Rinzaffo d'Opale fosse destinato a verificarsi, inevitabile. Niente poteva fermarlo. Le due organizzazioni avevano concordato la data e l'ora nonché, ovviamente, il luogo. Il luogo prescelto era proprio all'origine del conflitto. Ciascun gruppo voleva cacciar via l'altro dall'area compresa tra Mondial Street, Trave Square e i Dorothea Gardens. Il vincitore si sarebbe assicurato il controllo commerciale del territorio.

L'imminente disfida era diventata questione d'orgoglio ed autostima. Nessuno dei due capoccia intendeva fare un passo indietro. Nessuno dei due capoccia poteva fare un passo indietro. Il disonore avrebbe comportato conseguenze peggiori della disfatta sul campo. Entrambe le imprese con ogni probabilità contenevano al loro interno qualche aspirante boss, ansioso di liberarsi del grande capo per rimpiazzarlo, lesto a prendere buona nota di qualsiasi manifestazione di titubanza o di debolezza, pronto a farsi avanti ed assumere il comando in prima persona. Dale (Il Piacione) Hoskins, condottiero della Fiore di Pasqua, se ne rendeva perfettamente conto, e così pure Piers Elroy Staunton, suo contraltare in quanto leader del Rinzaffo d'Opale. Entrambi convivevano con il pericolo di venire scalzati: adesso la loro controversia si era fatta pericolosamente, stupidamente, autolesionisticamente gladiatoria. Entrambi i capi sarebbero finiti nel mondo dei più.

Ralph aborriva quel senso di fatalismo che la stampa aveva ravvisato nell'episodio. Già all'epoca gli era parsa una cosa insensata, con i due capi prigionieri ognuno della propria sciocca vanità. Ma lui era soltanto un giovanotto, un novellino all'interno della Fiore di Pasqua: non si reputava pronto a contestare il Piacione. E pertanto, voglioso di far bene nell'imminente scontro, nonostante lo ritenesse ingiustificato, Ralph si era recato a prender dimestichezza con quello che sarebbe stato il campo di battaglia: l'incrocio tra Mondial Street e Trave Square. E durante quella perlustrazione aveva improvvisamente avvistato una persona che tutti i componenti di entrambe le bande dovevano riconoscere per forza: la Soprintendente Esther Davidson, della Polizia Metropolitana, uno dei principali detective operanti nel distretto. Ralph si era nascosto nel portico di un salone di parrucchiere, ad osservare. La poliziotta sembrava venuta a fare esattamente la stessa cosa che era venuto a fare lui: una bella ricognizione geografica. A un certo punto gli era sembrato che la tipa salutasse con un rapido cenno della mano ed un sorriso qualcuno che si trovava ai piani alti di un condominio lì davanti. La cosa aveva lasciato perplesso Ralph: poi però aveva realizzato che la Davidson poteva aver fatto nascondere lassù dei teleoperatori, a integrazione delle riprese della TV a circuito chiuso.

Qualsiasi cosa significassero il cenno con la mano ed il sorriso, Ralph adesso era certo che, chissà come, la polizia fosse venuta a conoscenza degli stolti piani di battaglia delle due ditte concorrenti. E quando la battaglia in oggetto sarebbe cominciata, ci sarebbe stata un'unità operativa nascosta da qualche parte, armata fino ai denti e pronta a intervenire, onde spazzar via entrambe le parti in causa grazie alla superiorità numerica e di potenza di fuoco. Ralph decise che doveva raccontare al Piacione quanto aveva visto. Qualcuno evidentemente aveva fatto una soffiata alla Davidson.

E Ralph aveva raccontato. Il Piacione aveva ascoltato, per poi rigettare il monito di Ralph: «D'accordo, Ralph, forse la tipa ha fatto ciao con la manina ed ha sorriso. Embè?». Quella folle, sciagurata ossessione ormai non lo mollava più. Ma per Ralph non era così. Aveva deciso di sparire.

L'imboscata aveva avuto luogo poco dopo, con morti e feriti. Come volevasi dimostrare. Una specie di repulisti di entrambe le ditte rivali. Poiché Ralph non s'era fatto vedere sul luogo della carneficina, qualcuno lo aveva accusato di avere indebolito il campo della Fiore di Pasqua. Ed era possibile che altri avessero ipotizzato anche di peggio. Qualche parente o amico di chi era finito ammazzato o sulla sedia a rotelle, sentendo dire della contemporanea presenza all'incrocio tra Mondial e Trave di Ralph e della Davidson, poteva pure immaginare che Ralph avesse scambiato con la poliziotta parole traditrici per poi defilarsi, magari dopo avere intascato una ricompensa. Un'abominevole bugia. Ralph la sapeva tale, ma amici e parenti delle vittime forse no: e magari uno o più di loro adesso aveva un regalo di Natale in serbo per Ralph, ed era pronto a consegnarlo avendo oltretutto appreso dell'ostacolo penzoloni che bisognava aggirare.

Ralph ripose l'album dei ritagli nella cassaforte e la richiuse. Si rendeva ben conto che poteva esserci un che di ridicolo, nel tenere nascosto il reportage. Non si trattava certo di un segreto, tutt'altro. Era uscito sul giornale. E d'altro canto il suo nome non veniva menzionato nell'articolo. Ma Ralph provava una sorta di vergogna, quando si ricordava della mattanza di quel giorno. Avrebbe dovuto essere lì, a dar man forte al Piacione e al Fiore di Pasqua contro il Rinzaffo d'Opale e la polizia? La risposta logica era: no. Follia manifesta, quella del Piacione: ostinarsi nell'idea della sparatoria dopo quanto riferitogli da Ralph.

Ma la logica è... logica e basta, e non riusciva a controbattere in pieno la voce dei sentimenti. Lo smarrimento assaliva Ralph. Dove stava di casa la sua lealtà, gli veniva da domandarsi? Come aveva potuto abbandonare i compagni in quel modo? Che l'etichetta di «Panico» rispecchiasse qualche sordida verità, dopotutto? Era per questo che cercava di mettere sotto chiave i propri ricordi? Immaginava forse che, finché riusciva a tenere il resoconto del massacro lontano dagli occhi, la coscienza lo avrebbe lasciato in pace?

Pensò che se Harpur si fosse fermato al Monty, com'era sembrato sul punto di fare, lui avrebbe potuto tirar fuori l'album dei ritagli e spiegargli quelle paure natalizie che lo perseguitavano. Forse Harpur lo avrebbe confortato, dicendogli che aveva fatto bene: che aveva fatto, in sostanza, l'unica cosa possibile, e che non era il caso di provare vergogna, né di aspettarsi l'estrema punizione. In Harpur c'era una vena di buona creanza, di gentilezza persino: notevole, per uno sbirro. Lui e quel porco tra i porci di Iles erano usciti da bidoni della spazzatura del tutto differenti.

Dal canto suo, Harpur non aveva scacciato completamente il pensiero di Ralph, al momento di proseguire oltre il Monty senza fermarsi. Più tardi, in centrale, andò a trovare Iles negli uffici di questi, al piano di sopra: «Ho intenzione di mescolarmi alla folla, una di queste sere, al Monty, signore» disse.

«E perché, Col? Spera di trovarci della figa disponibile, dedita ai festeggiamenti e ai boccheggiamenti?».

«Ci andrò armato. Potrebbe succedere qualcosa» replicò Harpur.

«Che genere di qualcosa?».

«Di preciso non saprei».

«La sua fonte segreta è avara di particolari, eh? Ma quanto mi dispiace, Col».

«Giusto per far vedere la mia faccia».

«Ecco, quella sì che fa proprio cagare in mano la gente».

«Grazie, signore. Gran parte dei presenti mi riconoscerà. Vedranno che noialtri si resta vigili, vacanze o non vacanze. Una mossa di deterrenza».

La sera dell'indomani, al momento di fare la sua entrata al club, Harpur aveva addosso una pistola Glock 9 millimetri, chiusa dentro una fondina a spalla. Harpur arrivava direttamente dalla centrale. Perché ad uscir di casa con l'armamentario c'era il rischio che Jill notasse il rigonfiamento sotto la giacca e si mettesse a far domande. Più che il rischio, c'era la certezza.

Ovviamente, il locale era pieno. Dalle casse del sistema audio rimbombava quello che Harpur pensava potesse definirsi *trad jazz*. Sapeva che nelle serate come quella i normali controlli del tesseramento all'ingresso diventano inutili, perché i frequentatori abituali si portano dietro amici e parenti. Con i rischi che ne conseguono. Questa cosa doveva saperla pure Ralph. Il quale era tutto indaffarato dietro il bancone, a dare una mano al personale, in apparenza gioviale e disteso. Ma Ralph era un attore consumato. L'esperienza non gli mancava. Harpur era certo che Ralph considerasse pattume la gran parte dei tesserati del Monty. Ma al proprietario tocca fare gli onori di casa e Ralph li faceva a meraviglia. Era in maniche di camicia, perciò magari non aveva addosso un bel niente. Il che ad Harpur sembrava ottimistico e noncurante. Esistevano peraltro delle rivoltelle per difesa personale abbastanza piccole da entrare in una borsetta da donna. Possibile che Ralph ne tenesse una infilata nei calzini.

Ember gli rivolse quello che poteva essere scambiato per un sorriso di benvenuto e fece come per preparare il solito cicchetto di Harpur: doppio gin e sidro in un bicchiere da mezza pinta. Harpur lo fermò. «Non adesso, Ralph» disse. Era una maniera di comunicargli, senza fare espressamente cenno al pericolo, che Harpur intendeva tenere la mente lucida e i riflessi pronti. Qualcosa di più esplicito rischiava di mandare in frantumi la posa gioviale di Ralph.

Harpur fece l'inventario della folla. Vide facce che conosceva, e tante altre che non conosceva. Tra quelle che conosceva ce n'erano alcune che lui ed il suo dipartimento avevano mandato in galera, e probabilmente avrebbero ri-mandato in galera. E vide anche Mansel Shale: i capelli folti e scuri, la figura tracagnotta, in piedi, da solo, non lontano da Harpur. Era a capo dell'altra principale azienda cittadina nel ramo delle sostanze ricreative. Lui e Ralph erano giunti non si sapeva bene come ad un patto di coesistenza che funzionava, perciò Iles lo lasciava funzionare. «Manse!» disse Harpur. «Buon Natale».

Shale accennò col capo al rigonfiamento dovuto alla fondina. «Guai alle viste, signor Harpur?».

«Certo che Ralph coi festeggiamenti ci sa proprio fare» replicò Harpur.

«Vogliono lui?». Nonostante il frastuono delle voci e il frastuono della musica, Harpur sentì nelle parole di Shale una tristezza che confinava con la disperazione. Non tanto tempo prima, a Manse erano venuti dei dubbi riguardo alla moralità del traffico di droga: si era ritirato dal commercio per un po', dandosi alla religione. Ripresosi da questa sbandata, adesso era nuovamente in affari. «Chi?»

«Chi... cosa?» fece Harpur.

«Chi è che vuole Ralph morto?». Shale rimase in silenzio per dieci secondi e poi fornì lui stesso la risposta: «Be', immagino che siano in parecchi a volerlo morto. Non successe qualcosa di brutto, quando lui lavorava a Londra? E lei è venuto qui per salvarlo? Che cosa nobile: è un vero principe, lei». Fece un'altra pausa e chinò il capo. Come se avesse voluto doman-

251

dare perché non c'era stato a portata di mano nessun principe con il quale consultarsi durante la sua crisi di coscienza.

Di colpo, Shale sollevò lo sguardo. «Cristo, eccolo qui!» fece. Aveva lo sguardo fisso in direzione dell'ingresso principale. Un uomo con la parte inferiore del viso coperta da una sciarpa ed il braccio teso davanti a sé, con in pugno quella che ad Harpur sembrava una Browning, era entrato nel locale per poi spostarsi rapidamente sulla sinistra, alla ricerca di una linea di fuoco che scansasse l'ostacolo del *Matrimonio del cielo e dell'inferno*, onde scaricare una gran bella raffica addosso a Ember.

Harpur allungò la mano verso la pistola, ma si rese conto che tirarla fuori dalla custodia abbottonata non sarebbe stata un'operazione rapida, sobrio o non sobrio. Rivolse lo sguardo verso Ralph e ululò: «Buttati a terra!». Ma Ralph stava lì fermo, offriva il petto all'intruso come se pensasse di meritarsi qualsiasi castigo. Harpur, che aveva quasi finito di estrarre la Glock, si voltò verso il pistolero. Il jazz continuava a suonare, ma la folla si era zittita. Harpur sentì un grido, che pareva provenire da dietro l'uomo che, aggirato Blake, stava per prendere la mira contro Ralph.

Iles, in uno straordinario completo grigio con panciotto e cravatta a farfalla di un rosso acceso, si fece avanti a grandi passi. Abbaiò nuovamente le parole gridate prima, che erano: «Polizia! Siamo disarmati! Molla la pistola...», e lo sconosciuto si voltò a guardarlo, distratto per un momento dal suo proposito. Un momento fu abbastanza. Iles gli inflisse sul collo un colpo di karate di immacolata esecuzione, con la destra: e mentre quello, dopo aver vacillato un istante, crollava al suolo, gli diede un calcio in faccia, assestato con destrezza tale da spaccargli il naso e ove possibile uno zigomo. L'automatica cadde di mano al vendicatore, e Iles diede un calcio pure a quella, allontanandola. Il pistolero ora giaceva privo di sensi, e possibilmente con l'osso del collo spezzato. Iles, pensoso, gli mollò altri due calcetti alla testa. Per un paio di secondi ad Harpur sembrò che l'atmosfera fosse tutt'altro che natalizia.

La compilation di jazz era giunta alla fine. La folla restava silenziosa. Iles disse: «Un pochino lento a sbottonarsi, eh, Col? Me la figuro più lesto, a far svestire mia moglie in qualche motel pieno di pulci, o in qualche piazzuola lungo la strada». La bava cominciò prontamente a precipitare dalla bocca dell'Assistente Capo sulle sue magnifiche – e propense a scalciare – scarpe nere con i lacci, marca Charles Laity.

«Non la aspettavamo, signore» replicò Harpur.

«Immaginavo che lei potesse fare cazzate, Col, e avesse bisogno di aiuto».

«È arrivato esattamente al momento giusto, signor Iles…» fece Shale.

«È mia abitudine, Manse» disse Iles. La cravatta a farfalla gli si era messa un poco a sghimbescio, e adesso la raddrizzò. Si chinò, rimosse la sciarpa e scrutò attentamente quella faccia sfigurata. La saliva del cornuto furioso finì pure addosso al tizio. «Non lo conosco.

Qualcheduno dal tuo passato avventuroso, Ralph? O forse un parente, di quel qualcheduno».

«Può darsi» disse Ralph.

«Ho l'impressione che tu quasi quasi simpatizzassi con lui. Sei venuto meno ai tuoi doveri, in passato? Ma a noi tocca proteggerti, Ralph: tu sei un titano della comunità, sei...» disse Iles. Andò a recuperare la Browning e senza troppa originalità sparò un colpo contro il Blake. Tutti sapevano che qualcosa del genere era già successo, lì dentro. Il rimbalzo centrò una pallina del rachitico albero di Natale. Iles disse: «Non si divertono così tanto, in quei posti di Londra, tipo l'Athenaeum, caro Ralph: manco a Natale». Harpur, osservando la pallina in rovina, sul pavimento, pensò dicesse qualcosa in merito alla fragilità della pace in terra e della letizia degli uomini. Spesso Iles lo pigliava in giro perché si buttava sul filosofico...

Marco Malvaldi
La tombola dei troiai

«"... la parte denominata quota variabile è rapportata alle quantità di rifiuti, al servizio fornito e all'entità dei costi di gestione. A differenza della quota fissa, l'entità..."».

Sulla sua seggiola preferita, il basco ben calcato in testa, il Rimediotti stava leggendo a voce alta da un foglio piegato in tre, con tutto l'aspetto di una bolletta; intorno a lui, gli altri vecchietti lo seguivano con la distratta attenzione da ventotto dicembre, giorno tradizionalmente riempitivo e privo di significato. Dietro il banco, chino sul tagliere, Massimo stava operando un limone con calma concentrata.

Il Rimediotti si interruppe, dette due o tre colpi di tosse e li fece seguire da un rumore preoccupante, a metà fra una tela strappata e un frullatore. Non che fosse raffreddato, intendiamoci; il Rimediotti questi rumori li faceva anche d'agosto. Ma, se fosse stato costipato in qualche modo, avrebbe avuto le sue brave ragioni: il Natale, quell'anno, aveva deciso di presentarsi in adeguate condizioni climatiche, e da una settimana faceva un freddo assurdo, punteggiato qua e là da sporadici tentativi di nevicata. Fiocchi rari, che provavano di quando in quando a farsi vedere, inadeguati come turisti in infradito a dicembre e destinati a squagliarsi tra gli aghi dei pini senza nemmeno attecchire.

«"... l'entità di detta quota variabile"» continuò il Rimediotti, dopo essersi liberato l'ancia «"è in funzione del numero degli occupanti, e viene stabilita coi criteri seguenti: per la civile abitazione..."».

«Per la civile abitazione cimportaunasega» lo interruppe Massimo, senza alzare la testa. «Nonostante siano dieci anni che siete convinti che qui sia casa vostra, questo posto continuerebbe ad essere un bar, anche se solo per la legge».

«Ìmmei quanto sei impaccioso».

«Abbi pazienza, Gino, ma ha ragione ir bimbo. Vai a una parola a stagione» concesse Pilade. «Se ti metti anche a leggere le parti inutili addio».

«Io vorrei sape' che fretta ciai, anche te» rispose il Rimediotti cercando con il dito il punto per ripartire. «Si vede hai paura ti si freddi la lapide. Allora, eccoci. "Per le utenze non domestiche sono stati assunti i valori medi dei coefficienti definiti dalle tabelle 3ª e 4ª del dippierre numero centocinquantotto barra millenovecentonovantanove". E cosa vor di'?».

«Eh, che vuol dire» rispose Massimo, continuando a sbucciare. «Vuol dire che le tasse del duemilatredici, cioè i soldi che gli devi dare in un momento di crisi, te le calcolano in base al flusso di clienti che avevo nel novantanove, quando il bar era sempre pieno».

Finito di scuoiare l'incolpevole frutto, Massimo ne prese un lembo di pelle e lo annegò dentro una tazzina, tanto per essere sicuro. Quindi, presa la tazza, la mise sul bancone con delicatezza.

«Ecco qua, ponce a vela per Annacarla. Bello caldo».

Annacarla Boffici, portalettere ufficiale del paese, detta la Postona in virtù di un culo che faceva provincia e di un peso ufficiale di centosedici chili netti, rivolse a Massimo un sorriso da gatta soddisfatta.

«Basta tu 'un me l'abbia anche avvelenato» disse, prendendo in mano la tazzina con un sorriso bello pieno. «Io 'un c'entro nulla. Ambasciator non porta pena, lo sai vero?».

«Ci mancherebbe» disse il Rimediotti con autentico spirito di corpo. «E quindi come si càrcola, questa tassa?».

«Secondo statistica» spiegò Massimo. «Siccome nei bar transitano di media tot persone per metro quadro al giorno, e siccome una persona produce ics chili di mondezza al giorno, allora a te che hai un bar da cinquanta metri quadri più settantasette di resede esterno ti tocca pagare, che il Loro Signore li elettrifichi, millenovecentosettantaquattro euro di tassa sui rifiuti da dividersi in due comode rate semestrali».

«A me mi sembra parecchio un'ingiustizia, però» solidarizzò Gino. «Ma cosa ne sanno loro di cosa conzuma e butta via uno a casa sua? C'è gente che riutilizza anco la carta igienica, e deve paga' come uno che butta via le 'ose a mezzo? A me 'un mi sembra mìa punto regolare».

«Io, per esempio, 'un butto via nulla» approvò la Postona.

«E si vede, 'un ti preoccupa'» si inserì Ampelio indicando al di sopra dello sgabello su cui stava sofficemente adagiata la donna. «Capace a casa tua 'un c'è nemmeno la lavastoviglie».

«C'è, c'è» rimbeccò la Postona. «Ci lavo i cortelli. E tu vedessi come sono affilati, taglierebbero l'uccello a un vecchio. A proposito, Ardo, se stasera passo dal ristorante ti posso fa' vede' una cosa?».

«A proposito di cosa?» rispose Aldo, calcando la pausa prima del proposito.

«A proposito di cortelli, imbecille» replicò la Postona, senza riuscire ad evitare un lieve rossore sulle gote non imputabile al ponce.

«Vaivai Ardo, hai beccato» ridacchiò Pilade. «Stasera il ristorante apre tardi».

«Abbi pazienza, Annacarla» rintuzzò Aldo, sorridendo. «Sono dei grezzi. Io sono lì dalle sei».

«De', e gli ce ne vorrà parecchia, di pazienza, povera figliola» rimbeccò Pilade. «'Un ciai mica più vent'anni, sai».

«A lui invece ni ci vorrà l'esploratori» aggiunse Ampelio convinto di parlare a voce bassa, cosa di cui era fisiologicamente incapace «sennò prima di trovalla costaggiù...».

La Postona finì il ponce in un ultimo sorsetto, posando poi la tazzina sul piatto con distacco imperiale.

«Io posso sempre dimagri'» disse, scendendo dallo sgabello. «Te, caro ir mi' pipistrello, ottanta e fischia sono, e per bene che ti va peggiori». Annacarla si rimise il giubbone prima di inoltrarsi nel vento mattutino di dicembre. «Allora alle sei, Ardo?».

«Verso le sei andrebbe benissimo».

«Perfetto. A dopo».

E, uscita, montò sullo scooter, facendolo sparire sotto un viluppo di gonne per poi partire subito dopo alla guida di un motomezzo fantasma, apparentemente portata per magia dal solo parabrezza.

«Pipistrello?» chiese Ampelio. «O cosa ci 'ombina, pipistrello?».

«È un uccello» rispose Pilade, con tono calmo e rassegnato. «Un uccello che pende all'ingiù».

«"... nella serata, intorno alle nove e mezzo, la macabra scoperta da parte della moglie del Corinaldesi stesso, che non avendo visto il marito rientrare a casa dal lavoro si è recata in negozio per trovarne il corpo, riverso senza vita sul pavimento. Sotto di lui, la moquette intrisa di sangue fuoriuscito in seguito alla ferita sotto l'ascella: ovvero l'unica ferita rinvenuta sul corpo della vittima, ma più che sufficiente per causarne la morte per dissanguamento, come accertato dagli esami di medicina forense"».

«Morto per una ferita al braccio?».

Da dietro il giornale, il basco del Rimediotti oscillò con anziana lentezza.

«To', dice di sì». Il basco si protese in avanti. «C'è anche l'intervista ar patologo. "Il danno all'arteria causa della morte. Intervista col professor Saronni. La recisione di un'arteria principale, anche in zone apparentemente periferiche, è più che sufficiente per causare una perdita di sangue letale. Antonello Saronni, professore ordinario di fisiologia dell'Università di Pisa, è categorico. In questo caso, continua il cattedratico, il colpo ha reciso l'arteria profunda brachii, un ramo dell'arteria succlavia, che percorre il braccio lungo la superficie interna fino alla fossa cubitale". O cos'è la fossa cubitale?».

«Questa qui, guarda» tradusse Massimo, facendo emergere da sotto al bancone due braccia che si produssero in un vigoroso gesto dell'ombrello, con tanto di schiocco.

«Certo sei signorile».

«È lo stesso gesto che vi farà il nuovo commissario quando andrete da lui per tentare di intromettervi in questa storia». Massimo continuò a parlare da sotto al bancone. «Tanto l'ho capito dove volete andare a parare, care le mie anche al titanio».

«E te cosa ne sai?».

«Cosa ne so? Nulla». La voce di Massimo continuò ad arrivare dall'oltrebanco. «Primo, quel giornale che state leggendo è "La Nazione", mentre io compro sempre "Il Tirreno". Secondo, quel giornale è di ieri. Ora, per quale motivo state leggendo "La Nazione" vecchia di ieri, visto che io non sono Zio Paperone e "Il Tirreno" lo compro tutti i giorni? Sarà mica per vedere se sul fatto vi è sfuggito qualcosa?».

Sborniati.

I vecchietti tacquero per un attimo. Poi, con nobile indifferenza, Aldo si rivolse al Rimediotti:

«Vai vai, Gino, per favore».

«"La natura del trauma, inoltre, ha aiutato. La ferita ha un aspetto superficiale edematoso ed è di tipo lacero-contuso, come se il colpo fosse stato inferto con un oggetto non molto affilato, ma con grande violenza. Questo ha causato un danno esteso a livello dell'arteria, rendendo estremamente rapido il deflusso del sangue, il che ha presumibilmente determinato una veloce perdita di coscienza del soggetto ferito, e conseguente decesso per dissanguamento"».

«Ma senti lì» commentò Pilade. «Un taglio al braccio e tiri ir carzino. Certo è tigna».

«Eh òh, pare di sì. "Una ferita anche di lieve entità, conclude il professor Saronni, se recide arterie in zone dove il sangue transita in quantità ingente, come nella zona dell'arteria femorale, all'interno delle gambe, può facilmente rivelarsi fatale"».

«Ah, a me fra le gambe il sangue 'un mi ciarriva più da quel dì» ridacchiò Pilade. «Mica come Ardo, che qualche corpetto alle postine ogni tanto ne lo dà ancora».

«Guà, m'era passato di mente» rinvenne Ampelio. «Allora, com'è andata ieri colla Postona? Ce l'hai fatta a abbraccialla tutta?».

«Ma per cortesia. È che le è successa una cosa strana, improbabile, e visto che sa che di certe cose me ne intendo, voleva semplicemente il mio parere».

«O cosa n'è successo, di strano?» chiese Gino. «N'hanno chiesto di fa' un calendario?».

«Pol'esse'» ridacchiò Ampelio. «Sai, son tempi di crisi. Con la Annacarla fai tre mesi alla vòrta».

«Ha parlato Beckham» troncò Pilade. «Ora chetati e fai anda' avanti Ardo, per favore».

«Ma nulla. L'avete presente cos'è la tombola dei troiai?».

La tombola dei troiai era stata una delle pensate più efficaci di don Baldo Buccianti, il seminuovo parroco di Pineta, subentrato da un paio d'anni al mai troppo amato don Graziano Riccomini a seguito del pensionamento di quest'ultimo. Questo don Baldo era un gran brav'uomo, un prete coscienzioso e attivo e un lavoratore indefesso; tutte qualità che mancavano al suo predecessore, un ometto untuoso che dedicava all'amministrazione delle divine cose il minimo sindacale e trovava tempo per i fedeli al di fuori dell'orario d'ufficio solo quando, con innegabile zelo e puntiglio, confessava le adolescenti o le mogli fedifraghe.

Don Baldo, come uomo, aveva come unico e perdonabile vizio terreno il calcio: vizio che da prete si concretizzava, oltre che in una fervente e cromaticamente adeguata passione per la Fiorentina, nell'organizzazione continua di tornei, campionati e partitelle fra parrocchie. Ma, in realtà, don Baldo era un instancabile organizzatore di ogni genere di eventi atti ad attirare e far interagire le pecorelle della propria parrocchia.

La tombola dei troiai funzionava in questo modo: il ventisei dicembre, previa iscrizione in apposito foglio volante appeso al portone della chiesa, ci si presentava in parrocchia con in mano un pacco regalo incartato di fresco. Il pacco conteneva, per l'appunto, un troiaio; ovvero, il regalo più ingiovibile ricevuto per Natale. Bricchi di porcellana con uccellini al posto del beccuccio, cornici di silverplate, libri fotografici sui fossi di Livorno e simili altre concretizzazioni del Brutto venivano consegnati, uno per partecipante, al parroco, che vi appuntava sopra un numero; dopodiché si andava a cena, tanto per mantenere la ganascia in esercizio per Capodanno. Alla fine della cena, dopo aver distribuito ad ognuno un biglietto al modico ed obbligatorio prezzo di euro dieci, don Baldo procedeva all'estrazione; in questo modo, ogni partecipante poteva vincere un troiaio diverso da quello avuto in dono e portarlo a casa, per così scartarlo e ridere con i propri familiari del pessimo gusto degli amici di qualcun altro.

«E cos'avrebbe vinto la Postona, alla tombola dei troiai, che ti voleva fa' vede'? Un libro di cucina vegana?».

«No, anzi. Un tagliacarte. Un tagliacarte in argento ed avorio. A giudicare dalla finta guancetta e dall'invito della bisellatura, credo che si tratti di un pezzo inglese di fine '800».

Pur ignorando felicemente che cosa cacchio fosse una bisellatura, Pilade colse il punto:

«Ah. Una cosa di valore, via».

«Esattamente. Qualche migliaio di euro, come minimo».

«Alla grazia. E l'hanno portato alla tombola dei troiai?».

«Giustappunto. È quello che non torna nemmeno alla Postona. Chi si libera di un oggetto del genere?».

«Uno ricco?».

«Probabile» intervenne Massimo. «D'altronde è noto che la tombola parrocchiale di don Baldo è frequentata dai più bei nomi del jet-set. Credo che ci abbiano anche visto Briatore, l'anno scorso. Uscito di qui, è andato subito in parrocchia».

«Uno che non aveva idea di cosa fosse?».

«Già meglio» approvò Aldo, guardandosi intorno. «Il che comunque ci porta a qualcuno che regala tagliacarte in argento a un parrocchiano di don Baldo».

«Plausibile» intervenne Pilade. «L'avvocato Pasqualoni, per esempio, va a messa tutte le mattine».

«Piucchealtro l'avvocato Pasqualoni dovrebbe andassi a confessa' tutte le sere» commentò Ampelio. «Tanto è una merda per scherzo».

«Mi sembra poco probabile» disse Aldo, sporgendo il collo al di là del bancone. «Sai, fra persone che s'intendono di antiquariato più o meno ci si conosce tutti. Non ce li vedo, quelli di cui so, a fare certi regali, ora come ora. Massimo?».

«Presente».

«Ce l'avresti mica una sigaretta?».

Massimo aprì il panciotto e controllò il contenuto della tasca della camicia.

«Sì, ce l'ho».

E, mentre Aldo lo guardava, si riabbottonò il panciotto con indifferenza.

Dopo un ulteriore sguardo, Aldo ammiccò e riprese:

«Insomma, non mi torna tanto. E poi non mi sembra un oggetto in condizione di essere regalato. Ha qualche macchiolina, e ha un aspetto opaco. Si vede che non è stato preparato ammodino, prima. Se io volessi...».

«Aldo, scusa» lo interruppe Pilade. «Ma questo tagliacarte qui è parecchio affilato?».

«Ma cosa vuoi che sia affilato, Pilade». Aldo prese un cucchiaino dal bancone. «Taglierebbe di più questo oggetto qui. È un temperino per aprire le buste. L'avrai usati anche te, quand'eri in Comune, quella mezz'ora all'anno che lavoravi».

«Ah». Pilade, stranamente, sembrava soddisfatto. «Senti un po', Gino...».

«Dimmi» rispose il Rimediotti, mentre Massimo provava la strana sensazione di sentirsi mancare la pedana sotto i piedi. «Ma sur giornale lo dìano mica se l'arma del delitto è stata ritrovata?».

«Voi siete scemi».

«Ma perché, 'un ti sembra possibile?».

Prima di rispondere, Massimo passò lo strofinaccio sul tavolino davanti a Pilade.

«Ragazzi, visto che lo dite anche voi che il sangue in certe zone del corpo non vi ci passa più, sarebbe il caso di farne arrivare un pochino anche al cervello, ogni tanto. Per cui, ribadisco: secondo me, siete scemi».

«To', mi sembri» rispose Ampelio, indicando il nipote col bastone. «Vòi esse' te l'unico intelligente al mondo? A me mi sembra parecchio plausibile».

Massimo rimise a posto il portatovaglioli e si sedette davanti a Pilade.

«Fammi capire: secondo te qualcuno, dopo aver ucciso questo tizio, questo...».

«Corinaldesi».

«Questo Corinaldesi, riesce in qualche modo a nascondere l'arma del delitto al posto di uno dei regali della tombola dei troiai. Poi la Postona va alla tombola dei troiai e vince l'arma?».

«Esatto. Pole esse' andata solo così».

«Ho capito. E allora cosa vorreste fare?».

«De', ir nostro dovere. Si va dar commissario a dinni tutto».

«Ho capito. Datemi solo un attimo».

E, alzatosi dalla sedia, si diresse nel retrobottega.

Da qui, dopo qualche secondo, si sentì con chiarezza la voce di Massimo.

«Sì, pronto, sono Massimo Viviani del caffè BarLume. Vorrei parlare con il signor commissario».

Seguì qualche istante di intensità non recepibile.

«No, no, non importa» riprese Massimo. «Riferisca pure lei, non stia a disturbarlo. Tra qualche minuto, se nessuno li arrota sulle strisce, dovrebbero arrivare 'in commissariato quattro anziani signori per esporre al commissario una loro squinternata teoria su di un fatto criminoso avvenuto nei giorni scorsi. Vorrei fare presente che si presenteranno di loro spontanea volontà, che io ho fatto di tutto per dissuaderli, e che non sono in nessun modo responsabile di quanto vi diranno».

Silenzio più breve.

«Sì, solo questo» terminò Massimo. «Grazie. Sì, anche a lei».

Un'oretta e mezzo dopo, i vecchietti tornarono; in formazione ridotta, visto che Aldo era dovuto andare al ristorante, e con l'aria tranquilla e soddisfatta.

«Allora, bimbi? Vi hanno rilasciato anche stavolta?».

«E con tanti complimenti» rispose Pilade. «Perché vedi, Massimo, la gente 'un è tutta come te, che se le 'ose 'un vengono in mente a te allora devano esse' sbagliate per forza».

«Ne sono lieto. Allora, cosa vi ha detto?».

«Innanzitutto, prima di dicci quarcosa c'è stata a senti'. Poi s'è fatta spiega' ammodino come era fatto questo tagliacarte e ha telefonato alla Postona chiedendo di portagliello».

«E poi» disse il Rimediotti, annuendo sapiente «ci ha affidato un compito. Un compito delicato».

«Addirittura. E quale sarebbe?».

«Bisogna andare da don Baldo e dinni che quarcuno dev'essessi sbagliato e deve ave' messo nella tombola de' troiai un oggetto prezioso. Tutto questo, ovviamente, senza fa' cenno der fatto che con quest'oggetto cianno stempiato una perzona».

«Secondo voi» puntualizzò Massimo.

«Seòndo noi, vero» concesse Pilade. «Che comunque vì dentro siamo la maggioranza».

Mentre Massimo rimpiangeva i bei tempi in cui la maggioranza era silenziosa, Ampelio riprese la parola:

«Ad ogni modo, visto che domani è domenica, la cosa naturale è che don Baldo nella predica, o ner bollettino, dica a' parrocchiani che quarcuno s'è sbagliato e ha portato alla tombola quest'oggetto, e che chi ritiene di poter ave' fatto quest'errore si presenti da lui e ni descriva l'oggetto, in privato. A questo punto, se quarcuno si presenta da don Baldo e rionosce il tagliacarte, è ovvio che questo quarcuno c'entra quarcosa».

«E se non si presenta nessuno?».

«E se non si presenta nessuno è la prova definitiva» chiosò trionfalmente Ampelio. «Vor di' che l'assassino s'è reso conto che s'è scoperto l'arma der delitto, e che quindi ci s'aveva ragione noi. E allora a quer punto possano parti' le indagini sul serio».

«Capisco» approvò Massimo. «Un po' come facevano nel medioevo per scoprire le streghe. Si mette una strega a testa sott'acqua per cinque minuti: se sopravvive, è una strega e va condannata a morte. Comunque vada, sarà un successo. Anche questa seconda ipotesi è stata approvata dal commissario?».

«Via, giù, Massimo. È tarmente ovvio...».

Meno male. Comunque, gran pazienza e gran tattica, il nuovo commissario. Ascoltare, dargli importanza, calmarli, e così via. E intanto vedere di trovare una soluzione razionale. Senza rendersi conto che, nel caso in cui i vecchietti l'avessero trovato simpatico, se li ritrovava in commissariato anche il trenta di febbraio.

Erano circa le sei e venti di lunedì mattina; mentre fuori i festoni e le luci di Natale ondeggiavano al vento, e la condensa piano piano spariva dalla parte esterna della porta a vetri, Massimo si stava gustando il suo quarto d'ora quotidiano di pace e contemplazione della «Gazzetta», godendo del calduccio del suo bar in contrasto al freddo bestia che si intuiva fuori.

Completamente rilassato, l'ex dottor Viviani si stava aggiornando sulle fondamentali novità nel mercato di riparazione del Toro quando qualcuno bussò alla porta a vetri.

Massimo alzò la testa, e l'immagine che vide confermò la sua prima impressione auditiva che si trattasse di un rompicoglioni. O, meglio, di una rompicoglioni.

Gonna lunga da fricchettona sotto un giaccone abbottonato fino al mento, abbinata a stivali pseudomilitari di quelli alla prossima moda, mezzi guanti di lana in stile finto povero e berretto da Babbo Natale con tanto di pompòn che le sbatacchiava in faccia per via del vento; sicuramente, una fuoriuscita da un rave o da qualche altro passatempo inutile alla ricerca di un caffè triplo per mitigare, almeno temporaneamente, l'effetto coordinato di alcol e acidi vari e riuscire così a tornare a casa indenne.

Il bar è chiuso, disse Massimo con un gesto.

E allora aprilo, rispose la rintronata mimando il gesto della chiave.

Apre alle sei e mezzo, rispose Massimo indicando l'orologio.

Sono dieci minuti, via, rispose la fattona aprendo le mani con tutte le dita in evidenza, e poi allargandole, con mezzo viso nascosto dal pompòn.

A me me lo puppi, rispose Massimo col palmo della mano all'ingiù. E, mentre la ragazza restava interdetta, riprese la «Gazzetta» e si immerse nel rosa.

O, meglio, tentò di immergersi: perché dopo qualche secondo sentì nuovamente bussare, e alzando la testa vide che la tizia aveva avvicinato la faccia alla porta e appoggiato qualcosa sul vetro, scostandosi con decisione il pompòn dalla faccia. Un portafoglio aperto, con dentro una tessera.

Polizia, diceva la tessera.

«Un caffè?».

«Me lo fa lo stesso, anche se il bar è chiuso?».

«Be', oramai mi tocca aprire».

«Comunque no, grazie. Con la macchina appena accesa, il primo caffè della giornata verrà sicuramente uno schifo».

«Veramente, la macchina non si spegne mai».

«Ah no? E perché?».

«Perché se la spegnessi raffredderei l'acqua della caldaia, e questo favorirebbe la precipitazione del calcare. Già passo mezz'ora tutte le sere a pulirla, se poi dovessi mettermi lì a sminare ogni più piccolo anfratto, addio».

«Allora un cappuccino, grazie».

Massimo incominciò ad armeggiare da dietro la macchina del caffè, mentre la ragazza si sedette a un tavolino, evidentemente intenzionata a farsi servire.

«Credo di dovermi scusare» tentò Massimo, mentre montava la schiuma. «Mi avevano detto qualche tempo fa che il nuovo commissario era una donna, ma me lo ero scordato».

La tipa, con lo sguardo dentro la borsa, rispose acida:

«Perché, se non fossi stata un commissario sarebbe andato bene?».

«No, per carità» contrattaccò Massimo. «Però vede, signorina...».

«Commissario».

«Però vede, commissario, se uno che gestisce un bar non impara a gestire anche i rompiscatole non fa più vita. Credo che lei, col lavoro che fa, mi possa capire. In più, mi perdoni, non ho mai visto un commissario di polizia con il berretto di Babbo Natale».

La ragazza-commissario tolse lo sguardo da Massimo, portandolo sul pompòn, e giochicchiandoci per un momento. Dopo qualche secondo, sorrise.

«Sì, effettivamente sì. È che mi sono trasferita da poco, e sapendo che venivo in un posto sul mare la roba da montagna l'ho lasciata a casa. Questo è l'unico copricapo caldo che avevo per le mani». E, dopo aver messo il berretto nella borsa, si alzò dal tavolino, andando verso il bancone a mano tesa. «Alice Martelli».

«Massimo Viviani. Piacere».

Dopo la stretta, la commissaria tornò al tavolino, evidentemente intenzionata a farsi servire nonostante tutto. Proprio mentre la ragazza si accomodava, Massimo vide arrivare il garzone delle paste, che aprì la porta a vetri con la schiena e, dopo essere entrato, la chiuse con la massima fretta.

Massimo, appoggiando il cappuccino davanti alla commissaria, chiese:

«Qualcosa da mangiare, col cappuccino?».

«Perché no?».

«Allora, ieri sera sono stata da don Baldo, a chiedere se qualcuno si era presentato come possibile proprietario del tagliacarte».

La commissaria soffiò via lo zucchero a velo dalla sfoglia, prima di addentarla con attenta convinzione.

«E qualcuno si è presentato?».

«Nessuno» rispose, dopo aver ingollato. «Come era da immaginarsi, del resto».

«Ah. Per non essere accusato di qualcosa?».

«Diciamo di sì».

«Di furto, per esempio?».

La commissaria lo guardò, addentando la sfoglia con occhi divertiti.

«Mi avevano detto... scusi, eh...» glom, «mi avevano detto che lei non voleva interessarsi al caso. Anzi, è stato lei stesso a telefonare in commissariato, per specificarlo».

«Sì. È che ero convinto che mio nonno e quegli altri tre fossili ambulanti si fossero costruiti tutto nella loro testa. A questo punto, detesto ammetterlo, ma è evidente che mi sbagliavo».

«E come fa a dirlo?».

«Sennò lei non sarebbe qui a quest'ora».

Giusto, confermò la commissaria dando alla sfoglia il morso definitivo.

«Quindi, la polizia sa qualcosa che noi non sappiamo, e vuole muoversi in modo discreto ma tempestivo» continuò Massimo, dando un sorso al proprio caffè «e per questo motivo lei è venuta qui stamani mattina, per parlare con mio nonno e con quegli altri il prima possibile».

La commissaria, mentre annuiva, si pulì la bocca col tovagliolino.

«Esatto. A che ora arrivano, di solito, suo nonno e quegli altri?».

«Mah, verso le otto sono qui. A volte anche prima. Se intanto...».

«Li aspetterò. C'è un posto discreto dove parlare, senza essere disturbati? Senza che tutto il paese ascolti e venga a sapere?».

Massimo finse di pensare, per un momento.

«Be', se le va bene, c'è la sala biliardo. Praticamente la mattina la colonizzano loro. È anche insonorizzata. Sa, le bestemmie...».

«Perfetto». E, arraffata la borsa con un dinamismo non privo di eleganza, si diresse verso il biliardo. «Quando arrivano, potrebbe mandarmeli di là? Senza dire nulla, per cortesia».

«Certamente. Guardi che però, se vuole, intanto può aspettare anche qui».

«La ringrazio, preferisco stare tranquilla e riordinarmi un po' le idee, intanto che aspetto. D'altronde» aggiunse con perfidia «a lei certe cose non interessano, giusto?».

«Allora, signori miei, un breve riassunto».

Mentre Massimo, con il vassoio in mano, si richiudeva la porta alle spalle la commissaria, in piedi con le mani appoggiate sul piano del biliardo, si guardò intorno per assicurarsi di avere l'attenzione che meritava. Gesto inutile, dato che i vecchietti erano seduti a orecchie ritte, protesi come setter con davanti un documentario sui fagiani.

«La sera del ventisei dicembre il signor Renato Corinaldesi, farmacista, sposato, senza figli, è stato trovato morto nella propria farmacia. Siamo sicuri, da accertamenti medico legali, che sia stato ucciso all'interno della farmacia e che la ferita all'arteria che ne ha causato la morte sia stata inferta da un colpo di forza notevole vibrato con un coltello privo di filo, che ha strappato il camice e la camicia della vittima ed ha raggiunto l'arteria succlavia».

«Questo si sa tutti» ricordò Ampelio.

«Sì, certo, questo lo sanno tutti». La commissaria sorrise, con occhio volpino. «Però, sapete cosa c'è? Sono pronta a scommettere che ci sono cose che io so e che voi non sapete, e viceversa».

I vecchietti assentirono, piano piano.

«Allora, chi comincia?» chiese la commissaria, sempre sorridendo.

«Prima le signore, Diobòno» rispose Pilade, mentre Massimo gli posava davanti un cappuccino e una proibitissima pasta. «Saremo ciaccioni, ma siamo perzone educate».

La commissaria, sempre sorridendo, strinse lievemente gli occhi.

«Va bene» assentì. «Allora, Renato Corinaldesi è stato ritrovato morto alle nove e trenta dalla moglie, Patrizia. Sappiamo che era vivo alle sei e cinquantacinque minuti in quanto ha servito un cliente, e sappiamo che dopo le otto non ha risposto alle chiamate della moglie né alle varie scampanellate dei clienti della farmacia».

«De', è chiaro» ribatté Pilade. «La farmacia 'un era mìa di turno, ir ventisei dopo cena. Quer giorno lì tocca a quella di San Piero».

«Vero» ribatté la commissaria. «Però, anche se la farmacia era chiusa, l'insegna era rimasta in funzione, con la croce verde lampeggiante. E all'interno del negozio c'era una luce accesa, in magazzino. Questo ha indotto varie persone a pensare che la farmacia fosse di turno anche oltre le sette».

«Ultima persona a vederlo vivo?».

«La signora Francesca Perathoner, che è andata appunto alle sei e cinquantacinque a ritirare una medicina. Il farmacista era stato avvertito dalla guardia medica che una persona aveva bisogno di un dato farmaco per la sera stessa; il medico di guardia ha provato a telefonare a varie farmacie per chiedere chi lo avesse disponibile. Corinaldesi gli aveva risposto che ce lo aveva, e così la signora è andata a ritirarlo. E questo è quanto sappiamo».

«In realtà, sappiamo anche un'altra cosa» intervenne Massimo. «Sappiamo che il tagliacarte che le hanno portato questi giovanotti al contrario è l'arma del delitto, giusto?».

I quattro rizzarono le orecchie ulteriormente.

«Certo, sennò non sarei qui» ribatté la commissaria, senza dare a Massimo la minima soddisfazione. «Visto che nessuno si era presentato da don Baldo a segnalare l'errore, abbiamo pensato di fare qualche analisi. Il tagliacarte era stato pulito in modo molto sommario, c'erano ancora delle macchie di sangue visibili. E queste macchie sono proprio della vittima. Quindi, abbiamo anche l'arma del delitto. E non è poco, mi creda».

Quattro dentiere, col loro sorriso, irrisero Massimo.

«Mi scusi» disse Massimo, che era rimasto in piedi accanto alla commissaria. «Avrei due cose da chiederle, se posso, a questo punto».

«Mi dica».

«In primo luogo, se vuole il suo cappuccino, dovrebbe farmi la cortesia di allontanarsi dal biliardo. Scusi se mi permetto, ma basta un attimo di distrazione e al posto del panno mi ci ritrovo la mappa dell'Australia».

«E la seconda?» chiese la commissaria con un dente di meno nel sorriso, dopo essersi allontanata di un paio di metri.

«La seconda è: come mai viene a raccontare tutte queste cose a noi?».

«A noi una sega» precisò Ampelio. «Te 'un c'entri nulla».

La commissaria guardò Ampelio, sorridendogli come se pensasse peccato solo 'sti cinque decenni di differenza. Massimo volse il capo verso il nonno, con espressione giusto un tantino meno amorevole.

«Veramente, sareste nel mio bar. Son dieci anni che ce l'ho, lo dovreste sapere».

«Io so solo che ieri hai fatto tanto il furbo e avevi detto che 'un ne volevi sape' nulla» si inalberò Ampelio, fendendo l'aria col bastone. «Mancapòo fai finta d'un conoscecci nemmeno, e ora vieni fori coll'ombrellini da sole. Io se fossi in lei, signor commissario, finché c'è questo strusciamuri nella stanza 'un direi nulla».

«E farebbe male» disse Massimo, mettendo di fronte al vecchio un opportuno corretto allo stravecchio.

«E perché?».

«Perché io so chi ha ucciso il Corinaldesi».

«Prego?» disse la commissaria.

Ampelio scosse la testa.

«Già è convinto d'esse' Gesù» disse, guardando il bastone. «Se lo prega anche, è finita».

«So chi ha ucciso questo Corinaldesi» confermò Massimo. «O, meglio, l'ho dedotto».

«E da cosa lo avrebbe dedotto, scusi?».

«Me lo ha appena detto lei» assicurò Massimo, appoggiandosi al biliardo. «Grazie a quello che ha appena raccontato, mi ha dato una informazione che mi permette, unitamente ad un'altra osservazione che ho fatto, di individuare il canaglione con una ragionevole certezza».

«Sta scherzando?».

«No».

«Allora, mi dica» sorrise la commissaria. «Sono qui tutta per lei».

«Non sono sicuro di volerglielo dire».

«E perché?».

«Per due motivi. Primo, perché se glielo dicessi arrecherei a una terza persona, che so essere innocente e non coinvolta nel fatto, un considerevole danno. In secondo luogo perché, a livello giudiziario, è semplicemente un indizio. Un indizio che per me – Massimo si puntò l'indice contro –, per me che conosco la persona in questione, è una prova, ma che in tribunale susciterebbe, oltre a dei ragionevoli dubbi, delle grasse risate».

«Va bene. Me lo può dire lo stesso. Sapere chi è stato a commettere il fatto mi sarebbe di un certo aiuto nel trovare le prove contro di lui».

«Eh no, commissario mio» ribatté Massimo, oscillando il ditino come un metronomo. «Non funziona così. Sono le prove che costruiscono il colpevole, non il contrario. Se io le dico quello che so, creo un bias».

«Un cosa?» chiese Ampelio.

«Un bias» spiegò Aldo, rivolgendo il capo verso Ampelio. «Vuol dire che quello che Massimo sa, se lo dicesse, sarebbe in grado di influenzare le scelte successive del signor commissario. È un termine mutuato dalla psicologia cognitiva. Secondo Kahneman, quando...».

«Scusi, signor Viviani» partì la commissaria, chetando Aldo e meritandosi così ulteriore ammirazione da parte degli altri tre «si rende conto che così facendo ostacola le indagini?».

«Assolutamente» rispose Massimo. «Al tempo stesso, rallentandole, favorisco il risultato finale. Cioè, la giustizia. Perché se io adesso non le dico niente lei, li-

280

bera da preconcetti, può lavorare in completa indipendenza e trovare da sola elementi che la convincano dell'identità dell'assassino. A quel punto, quello che so io si andrà a sommare a quello che sa lei, se il colpevole coincide, o le metterà dei dubbi, se non coincide. Gli stessi dubbi che potrebbero venire a una giuria. Però lei così li anticiperebbe».

Qui, dopo aver parlato, a Massimo venne il concreto dubbio di avere esagerato un po'. Va bene essere sicuri delle proprie conoscenze, ma una persona di capacità intellettive non eccezionali – come era il buon Fusco, ad esempio – di fronte a un discorso del genere avrebbe dato di matto. E Massimo, che era un razzista intellettuale, era convinto da parecchi lustri che una persona di intelligenza pronta non sceglierebbe mai volontariamente di fare il poliziotto.

La commissaria valutò per un momento le parole di Massimo. Poi, inclinando la testa, parlò:

«Allora facciamo così. Lei si tenga pure quello che sa, per il momento. Io, nel frattempo, porterò avanti l'indagine. Se tra due giorni non ho fatto progressi, torno qui e le chiedo formalmente di dirmi quello che sa. Se lei si rifiuta, la incrimino per reticenza. Le può andar bene?».

Be', messa così...

«Bene, allora siamo d'accordo» disse la commissaria. «Adesso, bimbi belli, tocca un po' a voi. Chi era, tanto per cominciare, questo signor Corinaldesi?».

I quattro vecchietti si guardarono, per un attimo.

«Il classico abitudinario» incominciò Aldo, con calma. «Dal lunedì al venerdì in farmacia, il sabato fuori in pizzeria con la moglie, la domenica a vedere il Pisa, e il giovedì sera al cinema. Tutti gli anni, per l'anniversario di matrimonio, invece che in pizzeria a cena fuori nel miglior ristorante di Pineta».

«Il suo» chiarì Pilade.

Aldo confermò, con un sorrisetto modesto.

«Un novello Kant, insomma» osservò la commissaria, stiracchiandosi. «Ricco?».

«Parecchio. Si presume».

«Mmh. Ricco, tranquillo, abitudini regolari. Una vittima ideale per un rapimento, non per un assassinio. Cos'è che ancora non mi avete detto?».

I quattro si guardarono nelle cataratte, presi alla sprovvista.

«Noi, in assenza der diretto interessato, non si vorrebbe parla' male di nessuno...» mentì Gino. Poi, dopo un secondo, guardò Pilade.

«Era uno strozzino» rispose Pilade, per tutti e quattro.

«Salute» rispose la commissaria. «Così sicuri?».

«Garantito» rispose Ampelio. «Come l'interessi che faceva lui».

«Quindi, proviamo a ricostruire la faccenda» disse la commissaria, seduta con le gambe incrociate sul bracciolo e con il quarto cappuccino della mattinata in mano, mentre Massimo si chiedeva se avesse intenzione di pagarli o se, viceversa, avrebbe momentaneamente abbandonato la divisa per entrare in parlamento un attimo prima di uscire dal bar. «Mettiamo che io sia, diciamo così, uno dei clienti del Corinaldesi, e vada in farmacia per parlargli. Magari compro qualcosa, se c'è qualcuno presente in farmacia, per non avviare sospetti. Poi ci mettiamo a parlare, e la discussione diventa brutta. Ma a un certo punto si vede che stanno per arrivare altri clienti. Cosa avrebbe fatto il Corinaldesi?».

«Ti avrebbe detto di andare via» disse Aldo.

«Se l'avevi pagato, sì» dubitò Pilade. «Sennò t'avrebbe detto d'aspetta' un momento».

«Ma io» continuò la commissaria «non lo posso pagare. Ho portato però qualcosa in pegno. Un oggetto prezioso, magari preso da una collezione di famiglia. Glielo voglio far vedere, e ho bisogno di farlo in privato. Cosa farebbe, a quel punto, il Corinaldesi?».

«De', ti direbbe d'aspetta' di là, nel retrobottega. Dove c'è le medicine».

«Ma è illegale» disse Gino.

«Anche esse' stupidi come te dovrebbe esse' illegale» disse Ampelio, indicando il Rimediotti col bastone. «Uno che presta i vaìni a strozzo seòndo te si perita a di' a uno d'anda' ner magazzino delle medicine?».

«Infatti, il magazzino delle medicine» continuò la commissaria, dondolando le gambe. «Esattamente il posto dove è stato ritrovato il corpo. Il che ci pone un problema. Ovvero, chi è stato ad ammazzare il Corinaldesi?».

«De', l'urtima perzona entrata in farmacia» provò Gino.

«Oppure la prima, che fra una discussione e l'artra è stata nascosta ner magazzino tutta la giornata» migliorò Pilade.

«Ad ogni modo, poco cambia» continuò la commissaria. «Quello che vi chiedo è: siamo d'accordo che chiunque sia stato a uccidere il Corinaldesi è uno che è entrato in farmacia nel pomeriggio e ha partecipato alla tombola dei troiai la sera?».

«Ovvio» rispose Aldo, dato che a quel punto era ovvio davvero.

«E allora, non resta che una sola cosa da fare. E per quella, ho bisogno di voi».

«Allora, signori» riprese la commissaria, estraendo dalla borsa una cartella, da cui tirò fuori alcuni fogli stampati al computer «partiremo dalle liste. La prima lista, eccola qua: è quella delle persone che hanno comprato qualcosa in farmacia».

«E chi ce la dà, Gesù?» chiese Ampelio.

«No, il signor Codice Fiscale. Chiunque entri in una farmacia oggi come oggi, se può, dà il codice fiscale per scaricare la spesa».

«Se compra un medicinale» si inserì Aldo. Ampelio e Gino, intanto, si erano impossessati con la massima nonchalance della lista e avevano abbassato gli occhiali, per ovviare alla totale assenza di cristallino.

«Certo. Abbiamo un elenco parziale, e da quello cominceremo. Ma» continuò la ragazza «abbiamo un elenco del numero di scontrini che sono stati battuti. Mancano sette persone. E qui entrate in gioco voi».

Eccoci, dissero le facce del quadrato.

«Per provare a completare l'elenco» continuò la commissaria, con quel tono indifeso e lievemente rauco che solo le donne sanno usare quando vogliono servirsi di un maschio, anche se l'unica cosa che desiderano realmente tirare su è la loro valigia dal pavimento dello scompartimento alla reticella «sarebbe bello se qualcuno di voi, nel corso della giornata, chiedesse con la massima tranquillità a chiunque entri nel bar, di quelli della lista, se è entrato in farmacia il giorno dell'omicidio. E, quando dirà di sì, chiedergli se per caso in farmacia ha visto qualcun altro, al momento di entrare o di uscire. Se tanto mi dà tanto, da questo bar passa mezzo paese».

«E quell'altro mezzo?» chiese Pilade, non senza pignoleria.

«Ma via, signori» sorrise la ragazza. «Non ditemi che siete tutti celibi».

«Gesù, comunque, ci può venire in aiuto lo stesso, signor Ampelio» riprese la commissaria, dopo un momento. «Non proprio Gesù, diciamo uno dei suoi rappresentanti».

«Già» disse Aldo. «La tombola dei troiai».

«Esatto. Don Baldo mi ha consegnato la lista delle persone che hanno partecipato alla tombola». Mentre diceva questo, la commissaria estrasse dalla borsa una seconda cartella contenente (come la prima) una lista, che venne appoggiata al tavolino (vedi sopra) e immediatamente annessa alla prima da un paio di mani adunche (idem).

«Alcune sono iscritte come persone, altre come famiglie» continuò la commissaria. «Ciò significa che alcuni hanno portato un troiaio a testa, altri hanno portato il troiaio come gruppo familiare. Ma, tra quelli che hanno partecipato, c'è qualcuno che ha tentato di liberarsi dell'arma con cui è stato commesso il delitto. Sarebbe utile sapere anche se don Baldo si ricordasse la dimensione dei pacchi portati da ognuno, ma sostiene di non ricordarsene».

A questa affermazione, i vecchietti scossero la testa, confermando. Don Baldo, da tipico uomo che fa una cosa pensando contemporaneamente ad altre ventisei, aveva una certa tendenza a non badare a quello che faceva. Questo, di tanto in tanto, aveva conseguenze spettacolari: come la volta che, arrivato tutto trafelato in sagrestia con venti minuti di ritardo sull'orario della messa causa estenuante riunione con le suorine dell'Ordine del Divino Amore In Perpetua Adorazione del Prez.mo Sangue, si era preparato in circa tre secondi infilandosi la tunica e mettendosi al collo la prima stola viola capitagli per le mani, finendo così per celebrare la SS. Messa con addosso una sciarpa con scritto VIOLA CLUB POGGIBONSI a caratteri leggibili anche dall'ultima panca.

«Basterà quindi confrontare le due liste, e la loro intersezione ci darà un elenco delle persone che ci interessa...».

«To', beccato!» disse, o meglio ululò, Ampelio, puntando l'indice sulla prima pagina della lista.

«Eeh, lui non m'è mai garbato...» confermò Gino, annuendo.

«Vedere, vedere...» tentò Aldo, ma venne immediatamente preceduto dalla commissaria.

«Batini Annalisa» disse la ragazza dopo qualche attimo, portando poi gli occhi sulla seconda lista. «Come, lui? Io non la vedo, Batini, qui sul foglio. È la moglie di qualcuno?».

«Sì» rispose Gino, testeggiando. «Del Barbadori, quello che cià la concessionaria. Intendiamosi, lei è sposata col figlio, Pietro...».

«Però dice che a vorte si faccia da' una controllata a' paraurti anche dar babbo» completò Ampelio. «Che si chiama Giampiero. Sai, son nomi simili, ci sta che si confonda».

«Barbadori, Barbadori...» compulsò la commissaria. «Eh, io però, abbiate pazienza, non vi seguo. Qui non vedo nemmeno Barbadori. Né figlio, né babbo».

«Lei non lo vede, il babbo del Barbadori, ma di siùro la Annalisa il ventisei di dicembre l'ha sentito» affermò Ampelio, puntando il dito sulla stampata del farmacista. «Perché il figliolo di anni n'ha trenta, e il babbo sessantasei. Ora, seòndo lei ir Viagra la Annalisa per chi l'ha ritirato, per ir cane?».

La commissaria, virando sul porpora, levò la lista dal tavolo di fronte ai vecchi alla velocità del suono. Quindi, portatili a distanza di sicurezza, disse:

«Facciamo così. Adesso trascrivo i nomi della lista su questo foglio, insieme all'ora di entrata, così non c'è ulteriore rischio di violazione della privacy. Voi, intanto, vi guardate la lista del prete e mi scrivete i nomi dei familiari, quando c'è indicata una famiglia. E dopo confrontiamo, eh?».

Erano le sette di sera circa, e incominciava il momento dell'aperitivo. E, paradossalmente, anche Massimo incominciava a rilassarsi. Un po' perché era l'ora del giorno che gli piaceva di più, certo; ma anche perché era stata una giornata parecchio movimentata.

Nel corso di tutto il pomeriggio, infatti, i vecchietti avevano raccolto informazioni, fatto domande e richiesto movimenti con una discrezione da KGB, tanto che Massimo in un paio di momenti aveva sinceramente temuto la rissa.

Adesso, per fortuna, i quattro erano andati a cena (Aldo era chiuso per turno), ed era ragionevole aspettarli solo verso le nove; orario in cui, dopo che le rispettive consorti si erano installate in poltrona a guardare i pacchi (quelli televisivi), scattava la libera uscita.

«Salve».

Massimo si girò, di scatto. Di fronte a lui, la commissaria, in jeans e giubbotto di pelle scamosciata: probabilmente, per una così, il massimo dell'eleganza.

«Salve. Se è venuta ad arrestare mio nonno, lo trova a casa sua».

«E perché dovrei arrestarlo? Mi è stato di grande aiuto. E mi auguro che lo sia ancora. In più, mi sta veramente simpatico».

L'ho notato, avrebbe voluto dire Massimo.

«Prende qualcosa?» chiese, invece.

«Un analcolico alla frutta, grazie».

«Non preferirebbe un Negroni sbagliato?» disse Massimo, cominciando a preparare lo shaker.

«Come? No, grazie. Non bevo. Non bevo alcolici, s'intende».

«Mi dispiace per lei» rispose Massimo, cominciando a sbatacchiare lo shaker con vigore su e giù, con una mano sola. «Convinzione? Religione? Psicofarmaci?».

La commissaria lo guardò, alzando un sopracciglio.

«Le tratta sempre così, lei, le donne, vero? Ecco perché».

«Perché cosa?».

«Perché è così bravo» la commissaria indicò lo shaker, che andava su e giù «in quel gesto lì. Si vede che è allenato».

Massimo, molto opportunamente, tacque.

«Nessuno dei tre, comunque. Semplicemente, mi piace essere sempre lucida. Esattamente come lei, mi sembra di capire».

«Be', sì. Ecco qui l'analcolico. Gradisce qualche cicchetto?».

«No, grazie. Credo li abbiano già presi loro» la ragazza indicò un tavolo con tre o quattro persone sulla trentina, sedute e chiacchieranti.

«Ah, è con loro?».

«Esattamente. A-mi-ci. Significa "persone che trovano gradevole la tua compagnia". Ne ho ancora qualcuno, incredibilmente. E mi vengono a trovare fino dall'Elba. Può succedere, sa, se uno riesce a non fare lo stronzo ventiquattr'ore su ventiquattro».

«Ciao Massimo. Posso usa' un attimo ir telefono?».

Alzando gli occhi, Massimo vide Pilade piantato di fronte a lui. Come da tabella oraria, essendo le nove e mezzo, la sala biliardo era stata colonizzata dai vecchietti.

Solo che, contrariamente all'usuale, la porta era aperta.

E dalla sala, nessun rumore. Nessuno che tirasse né colpi né bestemmie.

Strano.

«Dipende. Urbana o interurbana?».

«No no, urbana. È una 'osa parecchio importante».

«Potresti usare il cellulare. È scarico?».

«Macché scarìo e scarìo. E ciò la Vilma che mi 'ontrolla le chiamate, e se mi becca che ho chiamato in commissariato alle dieci di sera addio. Dice che mi faccio sempre l'affari di vell'artri, come se lei ciavesse l'esclusiva».

Massimo si fece da parte.

«Tutto tuo».

Mentre Pilade, che era largo più o meno quanto lo stanzino del telefono, tentava di incastrarsi davanti all'apparecchio, Massimo aggiunse un grado di difficoltà ulteriore, chiedendogli:

«Allora, avete trovato una corrispondenza?».

«Magari» rispose Pilade, che una volta riuscito ad entrare stava tentando di disincagliare un braccio per poter impugnare la cornetta.

«E allora cosa telefoni a fare in commissariato?».

«'Un se n'è trovata una» rispose Pilade affannosamente, provato da tutta quell'attività fisica, mentre componeva il numero. «Tre, se n'è trovate».

«Allora, eccoci qua». La commissaria tirò fuori dalla borsa un paio di occhiali griffatissimi, in evidente contrasto con il resto dell'abbigliamento, e li inforcò sul naso.

«Campanini Luciano, che ha pagato in farmacia alle

diciassette e cinque del ventisei. Ha partecipato alla tombola dei troiai in compagnia della moglie Barbara».

«Detta Cleopatra» ritenne necessario aggiungere Gino.

«Cleopatra?» chiese la ragazza, senza alzare gli occhi dal foglio. «E perché?».

«Mah, di persona non ho notizie certe» disse Aldo. «Però, a vederla, ha un naso normalissimo. Per cui...».

«Smettetela immediatamente» ridacchiò la commissaria. «Questa è una cosa seria. Bernardeschi Lucilla, che era in farmacia alle diciassette e trentuno scontrino alla mano. È andata alla tombola dei troiai da sola».

«De', come sempre» sottolineò Ampelio. «Chi vòi che se ne giovi?».

«Brutta?».

«Fuori, bruttina, sì. Ma dentro è peggio. La donna più cattiva dell'universo» corresse Aldo. «Una tutta sempre in ghingheri, che si fa i capelli una volta alla settimana, vestita sempre a festa. Un paio d'anni fa se l'è presa con un mio cameriere, facendogli una partaccia assurda, da regina offesa. Le ho dovuto chiarire che quella volta sarebbe stata ospite mia, ma che se entrava nuovamente nel mio ristorante non c'era rischio che mangiasse qualcosa anche solo di minimamente tiepido».

«Però. E chi le regala qualcosa, a questa qui?».

«Nessuno» spiegò Aldo. «Va alla tombola dei troiai con un regalo autoprodotto, per far vedere che anche a lei arrivano i regali di Natale».

«Boia» commentò la commissaria, chiarendo così definitivamente la propria provenienza dall'ex granducato dei Lorena. «Un caso umano».

Aldo allargò le braccia.

«Capita. Questo è un caso limite, e triste, ma non è così raro. Dietro ogni stronzo, di solito, c'è una persona che si vergogna di far vedere quanto è sola».

In quel momento, entrò Massimo con un vassoio con sopra due birre, un caffè, una sambuca e un succo alla pera.

«Perché guardate me?» chiese, trovandosi cinque paia di lenti addosso.

«Nulla, nulla» glissò la commissaria. «Puntoni Paolo, che da scontrino risulta in farmacia alle diciotto e zero otto. È andato alla tombola dei troiai con la moglie Francesca».

«Gran topa» sottolineò Ampelio. «Rispetto parlando, eh, signor commissario».

«Anche lui è un bel figliolo» concesse Pilade. «Arto, sportivo, sempre elegante. Stupido come una carriola, però un bel ragazzo per davvero».

«Via, mi sembra che li conosciate bene tutti» sorrise la ragazza, mettendo via la borsa. «Chi di questi potrebbe essere stato un cliente, diciamo così, sottobanco, del Corinaldesi?».

«Campanini ci lavorava, in farmacia, dal Corinaldesi» disse Aldo. «Poi andò via, e ha aperto la parafarmacia lì dove sto io, a Villa del Chiostro. È un investimento consistente. Non è impossibile che abbia avuto dei problemi».

«La Bernardeschi è una zitellona che gli garba fa' la gran signora» continuò Gino. «A quanto dice, va a fa' i capodanni a Venezia, in Costa Azzurra, 'nzomma in questi posti. E ir casinò di vì, e la serata da Cipriani di và... Con uno stipendio da inzegnante delle superiori, la vedo dura. Dice ciabbia i soldi di famiglia, eh, ma a furia d'anda' ar casinò anco i sordi di famiglia finiscano».

«A Paolino der Puntoni l'è sempre garbata la bella vita» finì Ampelio, scuotendo la testa. «Ci s'è rovinato, con le donne e con le discoteche. Era un velocista di quelli che 'un hanno paura di nulla, nell'urtimi cento metri era una berva. E sempre ritto sur sellino, senza oscillare, senza fatica. Sembrava andasse in motorino, artro che. Ma ciclismo e bella vita 'un van d'accordo. Gli garbava troppo le donne per anda' davvero forte in biciretta, e a un certo punto smise».

«Chiamalo scemo» chiosò Aldo. «E poi, lasciare il ciclismo è uno di quei rari casi in cui abbandonare lo sport ti salva dalla droga».

«Insomma, tutti e tre» dondolò la testa la commissaria, prima di togliersi gli occhiali e di guardare Massimo di sbieco. «Lei, che dice? C'è, il suo sospettato numero uno, fra questi tre?».

Però, che occhi.

«Presente» rispose Massimo, come risvegliandosi. «Sì, è fra questi tre».

«Allora siamo stati bravi. Ha intenzione di dirmi chi è?».

«No, credo di no. Siamo ancora in fase indiziaria. Potrei fare una cosa, però. Potrei suggerirvi un metodo per trovare il colpevole».

«Ma davvero» sorrise la commissaria. «Aspetti, provo a leggerle nel pensiero. Lei mi vorrebbe suggerire di chiedere a tutti i partecipanti alla tombola che cosa hanno messo nel pacchetto di cui si sono liberati, e contemporaneamente di chiedere a tutti i vincitori quale troiaio hanno trovato. L'oggetto mancante, quello che secondo la persona o la famiglia in questione è stato messo, ma non trovato, è quello che è stato sostituito. Giusto?».

Ah. E poi quello che si comporta da stronzo sarei io.

«Bell'idea».

«Proprio bella» confermò Pilade. «Guardi, io, se fossi in lei, signor commissario, farei in un dato modo».

«Mi dica, signor Pilade».

«Lei interroghi in modo ufficiale le perzone che 'un c'entrano, que' diciassette che non dovrebbero esse' andati in farmacia».

«E voi?».

«De', e noi si prova a sentì la Bernardeschi e le mogli di quell'artri due, in modo che 'un s'inzospettiscano di nulla. Ardo a parla' colla moglie del Campanini 'un ci mette nulla, lavoran nello stesso posto. E Ampelio al Puntoni saranno vent'anni che gli attacca dei bottoni lunghi 'osì sur ciclismo, la prima volta che lo becca con la moglie è un attimo. Tanto bisogna senti' le mogli, son loro che decidano su queste cose».

«E la Bernardeschi?».

«Quella il problema è chetalla, mica falla parla'».

«Il BarLume buongiorno».

«Buongiorno, qui il commissariato di Pineta. Le passo la dottoressa Martelli».

294

«Buongiorno Viviani. Disturbo?».

«Lei, no».

«Suo nonno e gli altri sono al bar?».

«Loro, sì. Questo, tra l'altro, vale anche come risposta alla sua domanda preceden...».

«Perfetto. Può dire che passerò dal bar tra qualche minuto?».

Da badante a segretario. Dovrei essere contento, sto facendo carriera.

«Volevo solo dirvi» cominciò la commissaria dopo i convenevoli di rito, tenendo la tazza del cappuccino stretta tra le mani a coppa «che grazie a voi siamo riusciti a individuare la persona».

La Martelli (ormai, per tutti, il signor commissario era andato a farsi benedire) estrasse un tabulato telefonico, e puntò il dito su di una riga verso la fine.

«Oggi, dopo che il giudice ha autorizzato la richiesta, sono arrivati i tabulati. Ecco qua, ore sei e quarantanove. Corinaldesi manda un sms a questo numero. Testo: "Non abbiamo finito. Torna qui. È meglio". E questo numero...».

«... è il numero di Luciano Campanini».

La Martelli, ripiegando in due il foglio e tenendolo con la destra, se lo appoggiò sul palmo dell'altra, picchiettando lievemente.

«Luciano Campanini in questo momento è in stato di fermo. Sostiene di essere tornato, verso le sette e mezzo, alla farmacia, e di aver trovato la farmacia chiusa. Di aver suonato, ma di non aver ricevuto risposta, per circa cinque minuti, e aver atteso per altri cinque circa. Passati anche quelli, sostiene di aver girato i tacchi e di essere semplicemente andato via».

«De'...» commentò Gino, chiudendo virtualmente a chiave la porta del carcere dietro alle spalle del Campanini.

La Martelli ripiegò il tabulato telefonico, guardando i vecchietti che a loro volta si guardavano orgogliosi, a piume ritte.

«Torna tutto, torna» approvò Pilade. «Non so a questo punto se le serve ancora, come prova, ma quello der Campanini è propio uno de' du' regali che non tornano».

«Come, come?».

«To', qui c'è la lista» disse Ampelio. «Su tutte le cose regalate, e poi ritrovate da quarcuno, c'è un tratto di penna sopra. Ne restan solo due».

Ampelio, dopo che la commissaria ebbe inforcato gli occhiali, puntò un dito sotto la voce «troiai in uscita», dove erano rimasti due soli superstiti: «bottiglia di vodka norvegese con tappo a forma di gnomo (prov. Puntoni)» e «statuetta di legno della Val Gardena (prov. Campanini)». A fianco, sotto la voce «troiai ritrovati», i due oggetti rimasti malinconicamente orfani riguardo alla loro provenienza, ovvero «CD con musiche di mandolino (ritrov. vedova Piombanti)» e «tagliacarte colla bisellatura (arma del delitto, ritrov. ~~Poston~~ Boffici)».

«Due?».

«Eh òh, son due...».

La ragazza rimase in silenzio, guardando la lista.

«Comunque, 'un è che ci sia tanto da ragiona'» provò a svegliarla il Del Tacca. «Il farmacista manda ir messaggino, ir Campanini torna, i due litigano, e lui lo stempia. Si sa che verso le sette era ancora vivo, e quindi dev'esse' successo dopo. Torna tutto».

«No, non torna tutto» disse la commissaria. «Non mi sembra che torni tutto. Perché torni tutto deve essere spiegato anche quello che non riguarda direttamente il Campanini. Ovvero, perché il Puntoni dovrebbe aver mentito sul regalo».

«Quello verrà fòri» assicurò Pilade, già pronto a sedersi sulla riva del fiume ad aspettare il cadavere del nemico. «Lei intanto penzi a 'nterroga' un po' ir Campanini e a chiedenni se cià un alibi».

La commissaria, non convinta, scosse la testa.

«Lo farò, certo. Ma prima mi piacerebbe capire... O almeno avere un'ipotesi... Così, alla cieca, non mi piace. Non mi piace, non mi sento sicura. Lei, non mi deve dire proprio niente?».

«Non sono ancora passati due giorni esatti» disse Massimo, senza alzare la testa dal bancone.

«Potrebbe almeno dirmi se la persona corrisponde?».

«No».

«A quale parte della domanda sta rispondendo?».

«Alla seconda, temo».

La commissaria, dopo aver guardato Massimo per un istante, posò nuovamente lo sguardo sul senato.

Questo è matto, fece cenno.

Dillo a noi, risposero le facce dei vecchietti.

Erano passate due ore, circa, e Massimo stava finendo di pulire i tavoli, mentre i vecchietti, consci di aver dato con i loro modi incivili il loro contributo alla società civile, si erano rintanati nella sala biliardo. Tutti tranne Aldo, che era tornato al ristorante, a lavorare.

Massimo raccolse un foglio dal tavolo, e fece per appallottolarlo. La famosa lista dei troiai. E come sempre, mentre leggeva, si ipnotizzò sul contenuto.

Dopo una decina di secondi, con le mani tremanti, andò al telefono e fece un numero. Dopo un paio di squilli, una voce garrula rispose:

«Il Boccaccio, buonasera».

«Ciao Tiziana. Passami Aldo».

Tiziana restò un secondo interdetta.

«Ciao, Massimo. Io sto bene. Grazie di avermelo chiesto».

«Lietissimo. Passami Aldo, per cortesia».

Ci fu qualche secondo di silenzio. Poi, al telefono il tono flautato di Tiziana venne sostituito da una non sgradevole voce da basso-baritono.

«Buonasera Massimo».

«Ciao Aldo. Quanto bene lo conosci il Campanini?».

«Mah... abbiamo aperto qui insieme... ci si conosce per forz...».

«Sì, sì. Abbastanza da fargli un regalo per Natale?».

«Sai, Massimo, qui nell'emisfero nord di solito si usa. Si chiama buona educazione».

«Provo a indovinare. Gli hai regalato un disco?».

«Massimo, io regalo sempre dischi. O libri. Dato che il Campanini non mi sembra il tipo che legge...».

«E quel disco erano per caso i Concerti Grossi di Corelli?».

«Be', sì. È uno dei miei... Oddio».

«Ecco, appunto. Ti aspetto qui al bar, o ti faccio chiamare al ristorante?».

«Arrivo subito».

Buttata giù la cornetta, Massimo respirò profondamente e premette sulla tastiera, tre volte. Dopo due squilli, qualcuno rispose.

«Sì, pronto. Sono Massimo Viviani del caff... sì, esatto, quello lì. Per favore, dica al commissario Martelli che devo parlarle».

Breve silenzio.

«Sì, esatto. È urgente».

Silenzio paziente.

«Va bene, glielo dica lei. Le dica che Massimo Viviani sa chi ha ucciso il Corinaldesi, e non è quello che pensa lei. Le dica che stavolta ho le prove di quello che sto dicendo. Prove che si possono esibire in tribunale».

Silenzio pesante.

«Sì, grazie. A dopo».

Massimo posò la cornetta, con delicatezza. Poi, sentendo un rumore, si voltò.

Davanti alla porta della sala biliardo, i vecchietti stavano guardando Massimo, con omonimo stupore.

«Allora, è successo questo: a chiedere quale troiaio

avesse portato la moglie del Campanini alla tombola è stato Aldo. Purtroppo, il fatto che fosse proprio Aldo a porre la domanda ha influenzato notevolmente l'esito della risposta. O, per dirla tecnica, ha prodotto un bias nell'esperimento».

Di fronte a Massimo, i vecchietti stavano immobili e silenti. Accanto al biliardo, la commissaria, pesche agli occhi e aria tesa, col cappuccino d'ordinanza.

«Insomma, l'interrogato si è trovato a fare i conti con l'effetto che avrebbe avuto la propria risposta nei confronti di chi poneva la domanda. Perchè il troiaio in questione era un regalo dello stesso Aldo, ovvero il CD con i Concerti Grossi, sommo capolavoro di quell'Arcangelo Corelli da Fusignano che Aldo considera il massimo esponente dell'arte del contrappunto, cosa con la quale ci rompe le palle da anni».

Aldo, signorilmente, annuì con pesante consapevolezza.

«Campanini e signora, ahimè, non se ne giovano, e lo destinano alla tombola. Però, a domanda di Aldo, la moglie del Campanini si trova costretta a mentire, e tira fuori una bruttura sempreverde, cioè una statuetta di legno tirolese».

La commissaria, in ritardo sul vegliardo, annuì a sua volta.

«La vedova Piombanti, che si ritrova in mano questo CD, sa una sega chi è Corelli. Quando le chiedono del regalo, qualche giorno dopo, l'unico collegamento che le viene è con il mandolino del capitano Corelli, quel film orribile sui caduti di Cefalonia che ha avuto un gran successo, una decina di anni fa, per motivi a me incomprensibili. Per cui, i concerti di Corelli diventano "un CD con musiche per mandolino"».

Massimo, con l'approvazione della Legge, si accese una sigaretta. Sto smascherando un assassino, potrò fumare nel mio bar, no?

«A questo punto, il regalo che non collima è uno solo. Cioè, quello del Puntoni».

«Eh. Ora però c'è i tempi, che 'un tornano».

«Cioè?».

«Cioè che il Corinaldesi era sempre vivo verso le sette, quando il Puntoni era stato lì da più d'un ora, e soprattutto quando ha chiuso la farmacia. L'unico che lo pole ave' ucciso è ir Campanini, quando è tornato».

«Se ragioniamo in questo modo, sì. Ma torniamo un attimo ai dati in nostro possesso. Secondo il medico legale, a che ora è morto il Corinaldesi? O, meglio, in che intervallo di tempo è avvenuto il decesso?».

«Fra le sei e mezzo e le otto di sera» rispose la Martelli, senza bisogno di consultare alcunché.

«Benissimo. Un intervallo di tempo piuttosto larghetto. Per restringerlo, ci siamo affidati al fatto che una persona ha visto il Corinaldesi vivo alle sei e cinquantacinque. Ora, proviamo a chiederci: chi è l'ultima persona che ha visto vivo il Corinaldesi?».

«De', è quella che è andata a ritira' la medicina della guardia medica. La signora Panettoni, o giù di lì».

«Appunto. La guardia medica. E quand'è che chiami la guardia medica per avere una ricetta? Di solito, quando sei fuori di casa. Giusto?».

La commissaria, sotto lo sguardo di Massimo, assentì.

«Sì, ho interrogato la signora Perathoner nuovamente. Mi ha confermato quello che ha suggerito lei».

Le teste dei vecchi, prima puntate su Massimo, ruotarono verso la commissaria, come spettatori a una partita di tennis.

«E cioè?».

«E cioè che, quando è andata a ritirare il medicinale, la farmacia aveva la serranda chiusa, e solo l'insegna era accesa. Ha provato a suonare il campanello, e le hanno risposto dal citofono. Ha detto che la mandava la guardia medica, e le hanno risposto chiedendo: "è la signora a cui serve il toradol?". Lei ha risposto di sì, e a quel punto da dentro il negozio è arrivato un tizio in camice bianco che ha aperto il cassetto scorrevole, quello che usano le farmacie aperte per turno in piena notte, e le ha detto di mettere dentro la ricetta. Lei ha eseguito, il farmacista è tornato indietro, le ha messo il medicinale nel cassetto e glielo ha riaperto».

«La signora Perathoner non ha visto il Corinaldesi, che peraltro la signora non conosceva, essendo residente a...».

«Ortisei».

«Appunto. La signora ha visto un tizio in camice che le ha dato una medicina. Nella penombra, e con la fretta di ritirare un antidolorifico».

Le teste dei vecchi tornarono su Massimo, che andò al servizio.

«Io ipotizzo che sia andata così» continuò il barrista, spegnendo la sigaretta. «Il Puntoni va a trovare il Co-

rinaldesi. I due, in assenza di clienti, vanno nel retrobottega e discutono. Una discussione lunga, interrotta
dal continuo andirivieni di clienti nel corso della cui presenza il nostro deve rimanere nascosto nel magazzino,
ma fondamentalmente una discussione riguardo ai debiti. Quelli del Puntoni, nella fattispecie. Quest'ultimo,
nel tentativo di ottenere una dilazione oppure come garanzia, mostra al Corinaldesi un oggetto di valore. Il Corinaldesi gli dice che non sa di che farsene, del suo tagliacarte d'argento, e che vuole i soldi».

Ace (cioè, la commissaria non rispose). Le teste dei
vecchi tornarono su Massimo.

«A quel punto, arriva la telefonata. Corinaldesi risponde, dice che ha il medicinale, e va a prenderlo, in
presenza del Puntoni che, ricordiamolo, è sempre lì in
magazzino. E sente tutto».

Massimo fece un sospiro.

«Magari il toradol è in un cassetto in alto. E magari, mentre allunga il braccio verso il cassetto per prendere il flacone, il Corinaldesi si lascia anche sfuggire
un commento sui suoi debitori. Qualcosa tipo: "È Natale, ma regali da me non aspettatevene. Né te né
quell'altro scemo che lavorava qui e che ha voluto fare lo splendido". E al Puntoni va il sangue alla testa.
E zok, lo splendido oggetto d'arte con tutta la sua bisellatura si va a piantare nel braccio del Corinaldesi».

Massimo si accese un'altra sigaretta, mentre la commissaria lo guardava.

«Il Puntoni adesso è nel casino. Sa che, fra l'altro,
a momenti arriverà la cliente del toradol. Non può usci-

re rischiando di venire beccato in pieno. Ma ha sentito il nome al telefono. Perathoner è un cognome ladino, per cui è sicuro che la persona che sta arrivando non è di Pineta, e non conosce né lui né il farmacista. Ha un'unica possibilità».

La commissaria, stavolta, rispose al servizio.

«Abbassa le luci, chiude la serranda e si mette un camice trovato in magazzino».

Massimo rispose lungo la stessa linea.

«Esatto. Ma prima, col cellulare del farmacista, manda un messaggio. Convoca il Campanini con un messaggio ambiguo, in modo che, con un po' di culo, potrebbe essere lui l'ultima persona vista sul luogo del delitto».

I vecchietti girarono la testa verso la commissaria, che prese la palla al balzo.

«La signora Perathoner ha visionato le fotografie di vari soggetti. Non è in grado di riconoscere la persona che l'ha servita, ma è sicura che era un uomo alto e snello. Il Corinaldesi pesa quasi cento chili».

«Questo non ci basta» rispose Massimo, con un pallonetto amico.

Una palla inaspettata, facile facile. La commissaria aspettò che rimbalzasse, studiandone bene l'effetto, per essere sicura che non schizzasse di lato prima di prepararsi allo smash:

«Non ci basterebbe, se non avessi interrogato separatamente il Campanini e la moglie».

Un attimo di silenzio, e la commissaria scaricò il dritto.

«I quali entrambi confermano che il regalo portato alla tombola dei troiai era un CD con i Concerti Grossi di Arcangelo Corelli».

Ci fu un attimo di silenzio carico di tensione, come alla fine di ogni match che si rispetti. Poi Massimo, con un sorriso, porse la mano alla commissaria.

Gioco, set, partita.

Il giorno dopo, Massimo stava lottando con la lavastoviglie quando udì una voce da sopra al bancone:

«Salve».

«Salve» rispose da dentro al mostro. «Un cappuccino, presumo».

«Esatto. E anche due chiacchiere».

Massimo, dopo aver chiuso lo sportello, si trovò di fronte la commissaria in versione Martelli, ovvero con un bel sorriso da poliziotto in borghese e carica di buste di plastica di dimensione variabile, dal micro al giga.

«Allora, mi sento in dovere di aggiornarla» disse la commissaria. «Abbiamo finito di interrogare il Puntoni da qualche ora. Ha reso una confessione piena».

«Complimenti».

«Non avrebbe potuto fare altro. Le prove erano veramente schiaccianti. Fra l'altro, dopo averlo visto dal vivo in confronto, anche la signora Perathoner lo ha riconosciuto».

«Complimenti anche a lei» rispose Massimo, mettendo davanti alla commissaria un cappuccino fatto con tutti i crismi.

La commissaria, guardando Massimo, prese un piccolo sorso. Poi, senza muovere gli occhi, abbassò la tazza.

«Allora, ora me lo può dire cosa ha visto?».

Massimo, prima di rispondere, passò lo straccio sul bancone.

«Ha portato cosa le avevo chiesto?».

La commissaria, senza dire una parola, sollevò la bustona più grossa.

A quel punto, Massimo puntò un indice fuori dalla porta a vetri.

«Lo vede quel cassone giallo?».

«Il raccogli vestiti della San Vincenzo?».

«Esatto. Quando uno ha vestiti smessi, o vecchi, li mette in un sacchetto e li butta lì. Ecco, il ventisei dicembre, verso le sette e cinque, ho visto il Puntoni in camicia e maglione, senza giacca nonostante ci fosse un freddo becco, che buttava un sacchetto nel raccoglitore».

«Strano» sorrise la commissaria.

«Strano davvero, perché il Puntoni è fissato con i vestiti eleganti, e va sempre in giro agghindato all'ultima moda. Ma è ancora più strano quello che è successo il giorno dopo».

E, senza alzare la testa, Massimo si rivolse a un tipo seduto in un angolo del bar. Un tipo male in arnese, con una mano priva di dita e col solo pollice intatto, capelli lunghi e sporchi, barba cespugliosa, ma con addosso una giacca blu che doveva valere più o meno un paio di stipendi medi.

«Ochei, glielo dici alla signora dove l'hai trovato quel bel giaccone che hai addosso?».

«Eeeh, visto bello?». Il barbone lisciò il giaccone col dorso della mano. «Me l'hanno dato le sòre della San Vincenzo. Roba da signori. Solo che è bello da vedessi, è anche cardo, ma non è impermeabile una sega. Quando son fòri mi tocca tenecci sopra la cerata».

«E quando te l'hanno dato?».

«Me l'hanno dato ir ventisette. Du' giorni dopo Natale, come tutti l'anni». Il barbone si lisciò di nuovo la giacca, con fierezza. «Figurati che 'un me lo volevano da', queste rintronate. Dicevano che era sudicio». E con la mano Ochei indicò alcune macchie scure, come spruzzate, sul petto e sul braccio destro del giaccone. «L'hanno visto loro, ir sudicio. Vedessero dove dormo io, lo ringrazierebbero ancor di più, ir Signore, per quer che n'ha dato».

«Un bel regalo, via» commentò la commissaria, sorridendo.

Il barbone annuì, guardando entrambi. La commissaria, dopo aver rivolto a Massimo uno sguardo obliquo, prese un respiro profondo.

«Senta, signor…».

«I signori sono in barca a vela» rispose il tipo. «Io sono Ochei».

«Senta, Ochei, la giacca che ha addosso è un corpo di reato, e sono costretta a sequestrargliela».

Gli occhi del barbone si velarono, per un attimo.

«In cambio, le avrei portato questo».

E, dal bustone, la commissaria estrasse un giaccone impermeabile della polizia, porgendolo all'uomo con delicatezza non priva di orgoglio.

«Bello» disse l'uomo, palpandolo. «Questo sì che è impermeabile. Senti vì che tela. E me lo regala?».

«Omaggio del corpo di polizia».

Ochei rimase con l'oggetto in mano, per qualche secondo.

«Certo, come cambiano i tempi» disse con aria burbera, dopo un attimo. «Quand'ero giovane i poliziotti erano òmini, e ti cariàvano di legnate. Ora sono donne, e ti fanno i regali per Natale».

Massimo, guardando Alice che sorrideva, sorrise di sponda.

Be', direi che c'è un certo miglioramento, no?

Indice

Questo volume è stato stampato
su carta Palatina
delle Cartiere di Fabriano
nel mese di dicembre 2013
presso la Leva Arti Grafiche s.p.a. - Sesto S. Giovanni (MI)
e confezionato
presso IGF s.p.a. - Aldeno (TN)

La memoria